Just because I need you
Emily Key

Impressum

Bibliografische Information der Deutschen Nationalbibliothek: Die Deutsche Nationalbibliothek verzeichnet diese Publikation in der Deutschen Nationalbibliografie; detaillierte bibliografische Daten sind im Internet über www.dnb.de abrufbar.

Copyright © 2023 by Emily Key
Lektorat: Textwerkstatt - Sabrina Cremer
Korrektur: Sandra Paczulla
Satz & Layout: Julia Dahl

prointernet GmbH & Co. KG
C/o Emily Key
Marktplatz 8
56288 Kastellaun
Germany

Alle Rechte vorbehalten.
Eine Kopie oder anderweitige Verwendung ist nur mit schriftlicher Genehmigung von Seiten der Autorin gestattet. Dies ist ein fiktiver Roman. Orte, Events, Markennamen und Organisationen werden in einem fiktiven Zusammenhang verwendet. Alle Handlungen und Personen sind frei erfunden. Alle Ähnlichkeiten mit lebenden oder verstorbenen Personen sind rein zufällig und nicht beabsichtigt. Markennamen und Warenzeichen, die in diesem Buch verwendet werden, sind Eigentum ihrer rechtmäßigen Eigentümer.

ISBN: 9783757913397
Veröffentlicht über tolino media

Herstellung und Druck über tolino media GmbH & Co. KG,
Albrechtstr. 14, 80636 München. Printed in Germany.
Fragen zu Produktsicherheit an: gpsr@tolino.media.

Just BECAUSE I need YOU

EMILY KEY

Für dich, Mama.
Es ist nie ein Rest in Peace.
Es ist immer ein „Komm zurück."

Vorwort

Harpers Ferry ist in der realen Welt ein Dreihundert-Seelendorf in Virginia und ich habe es für meine Zwecke ein bisschen umgebaut und vergrößert. Ich wünsche euch viel Spaß beim lesen.

Zum Inhalt

»Ich will mehr als diese eine Nacht!«, **diesen Satz solltest du niemals sagen, wenn du einen Mann halten willst.**
Ich bin Florence Price, Dauersingle und brauche dringend Geld! Deshalb werte ich es auch mal als Schicksal, dass ich ausgerechnet an diesem Punkt meines Lebens dem unfassbar heißen und charismatischen Verlagsinhaber Caleb begegne, der mich allein mit seinen Blicken in den Wahnsinn treibt. Allerdings scheine ich diesem Spiel aus Feuer und Eis nicht gewachsen zu sein ... oder?
»Ich lasse mich nie wieder auf jemanden ein.« **Selbst wenn du diesen Satz in deinen Gedanken hast, sprich ihn niemals aus, sonst schlägt sich das Karma gegen dich und mischt die Karten neu.**
Ich bin Caleb Molina, alleinerziehend und durch Florence und diese sinnliche unschuldige Art ständig an meine Grenzen getrieben. Aber, auch wenn ich zurück ins Leben finden möchte, darf ich die Vergangenheit nicht loslassen und genau deshalb, ist es ein riesen Fehler diese zauberhafte brünette Frau in mein Bett zu lassen, oder? Immerhin ist sie eine gefundene Ablenkung ... wäre ich nicht so unglaublich unersättlich!
Dieser »Millionär-Single-Dad«-Liebesroman enthält sinnliche Szenen und ein Happy End.

Content Note

Dieses Buch beinhaltet unter anderem folgende Themen: Panikattacke, Schlaganfall, pflegebedürftige Mutter, Handgreiflichkeiten/Ohrfeige, Tod, Schimpfwörter, Trauer

Prolog

Caleb

Ich lief seit Wochen ohne Musik. Ohne neue Musik.

Es war für mich nicht zu ertragen, dass die Welt sich weiterdrehte, dass die Menschen fröhlich waren und dass sich die Musik weiterentwickelte, obwohl Phoebe nicht mehr war. Das Pulsieren meines Blutes durch meine Adern, wenn ich diese fröhlichen Gute-Laune-Songs hörte, die damals angesagt waren, fühlte sich falsch an.

Ich war kein Idiot, auch wenn es genug Menschen gab, die vom Gegenteil überzeugt waren, aber ich wusste natürlich, dass die Jahreszeiten so strahlend schön wie eh und je waren. Selbstverständlich war mir klar, dass die Uhren nicht anhielten und die Welt nicht einfach stehen blieb. Alle entwickelten sich weiter, obwohl mir danach war, einfach in der grenzenlosen Dunkelheit zu versinken und mich selbst zu bemitleiden. Doch das ging nicht. Auch das wusste ich. Ich hatte Verantwortung. Für eine Familie. Für mein Unternehmen. Für … unser Unternehmen, das jetzt meins war.

Mühsam zwang ich mich, weiterhin gleichmäßig zu atmen, während meine Füße im selben Rhythmus, im selben schnellen Tempo wie schon die ganze Zeit auf den Asphalt trommelten.

Als wir vor ein paar Jahren auf Hochzeitsreise auf Bali gewesen waren, waren wir am Strand entlanggelaufen. Nebeneinanderher. Wir hatten uns frisch und frei und wunderbar gefühlt und so, als könnte uns niemand etwas zuleide tun.

Als wären wir unbesiegbar und für immer damit gesegnet, vereint zu sein.
Bis ... bis zu jenem Tag, seitdem ich allein laufen musste. Es war Sommer in New York, es war Juni und bald schon würde sich mein Schicksal jähren. Mich einholen. Dagegen half weder die Erinnerung an unsere Läufe am Strand von Bali noch die Tatsache, dass Phoebe es gehasst hatte, wenn wir in New York über den Asphalt gejoggt waren statt durch den Central Park, der direkt vor unserer Haustür war.

Als ich in die Straße einbog, in der ich mit Katie gewohnt hatte, verlangsamte ich das Tempo und bemerkte erst jetzt, dass die Kopfhörer, welche ich kurz zuvor aus meinen Ohren gezogen hatte, passend zum Rhythmus meiner Füße gegen meine verschwitzen Shorts klopften. Über das langsam aufwachende New York und somit einem stärker werdenden Verkehr hinweg hörte ich schwach irgendeinen Charts-Hit und drückte auf meiner Smartwatch herum, damit er stoppte. Es sollte aufhören, dass ich mir diese gute Laune versprühende Scheiße anhören musste, wenn ich es nicht wollte. Jeden Morgen, wenn ich meine Runde von zwanzig Kilometern begann, startete auch automatisch über meine Uhr die Musik. Ich brachte es nicht übers Herz, diese Automatikfunktion zu deaktivieren, denn sie war eines der letzten Dinge, die Phoebe mir heimlich programmiert hatte, um mich zu überraschen. Jeden Morgen um fünf Uhr hörte ich immer die von ihr erstellte Playlist mit den Songs, die wir immer gemeinsam gehört hatten. Mir war klar, dass das lächerlich war.

Ich nutzte die Treppen statt einen der Fahrstühle und gab schließlich über das Bedienpanel an der Wohnungstür den Code zum Öffnen ein. Wenn ich mit dem Aufzug gefahren wäre, stünde ich nun direkt in dem langen Flur in der Wohnung.

»Guten Morgen, Mr. Molina.«
»Guten Morgen, Valerie, danke, dass Sie aufgepasst haben.«
»Kein Problem, Mr. Molina. Ob ich nur die Wäsche mache, oder ob ich nebenbei auch auf die kleine Katie achte, das spielt doch keine Rolle.«

»Trotzdem, ich weiß das sehr zu schätzen, vielen Dank.«
»Hi, Daddy«, rief meine Tochter mir ihrer glockenhellen Stimme quer über den Flur. »Wie war's beim Laufen?«
»Hallo, Prinzessin«, antwortete ich ihr, ging auf die Knie und breitete die Arme aus. »Gut geschlafen?«
»Jepp«, erklärte sie nickend. »Und ich hab mich fast allein angezogen.«
»Wow, das ist spitze!«, erwiderte ich und schob Katie ganz sanft von mir, damit ich sie ansehen konnte. »Du siehst grandios aus!« Das tat sie wirklich. Seit sie herausgefunden hatte, dass sie einen der Hocker in ihrem Zimmer vor ihren Schrank schieben und sich dort bedienen konnte, war sie immer kunterbunt angezogen. Heute waren es schwarze Leggings zu einem blau-weiß gestreiften Kleidchen, darüber eine rosafarbene Strickjacke und Socken einer Kinderfernsehserie, die ebenfalls kunterbunt waren. Ich lächelte sie milde an, ich wusste, dass ich viel zu nachsichtig mit ihr war, aber ich konnte nicht anders. Was uns in den letzten Monaten passiert war, war zu viel. Ich wollte nicht, dass sie das Gefühl hatte, ihr würde etwas fehlen, nur weil Phoebe ... Katie schaffte es wie immer, mich abzulenken.

»Daddy, ich habe heute etwas entdeckt.« Sie sagte das, als würde sie gleich eine Bombe platzen lassen.

Aufmerksam sah ich sie an, aber meine Tochter hatte nicht vor, auch nur ein Wort mit der Sprache herauszurücken.

»Okay, verrätst du es mir auch?«
»Wenn du Bitte sagst!« Ich lachte, denn ich erkannte mich selbst in ihr wieder.
»Bitte, liebe Katie, verrate mir dein Geheimnis.«
»Entdeckung, Daddy. Entdeckung.«
»Okay, deine Entdeckung.«
»Ich habe ...« Katie knetete ihre Finger, bei denen jeder Nagel in einer anderen Farbe leuchtete. Ihre Nanny und sie hatten gestern Beautysalon gespielt.
»Du hast ...?«, wiederholte ich und nun grinste sie mich mit ihren kleinen, perfekten Milchzähnchen an.
»Ich habe eine Kiste gefunden.«

»Eine Kiste? Ist da ein Schatz drin?«
»Du glaubst, es könnte eine Schatzkiste sein?«
»Gut möglich, oder?«, erwiderte ich mit der nötigen Ernsthaftigkeit, die eine Vierjährige bei diesem Thema von mir erwarten würde. »Hast du reingeschaut?«
»Nein. Valerie meinte, ich soll warten, bis du da bist.«
»Ohh, okay. Und wo ist die Kiste?« Manchmal war unsere Haushälterin ein Schatz. Privat hatten wir zwei Beschäftigte. Einmal Valerie, die für unseren Haushalt und dass wir etwas Anständiges zu essen bekamen, zuständig war. Und einmal Katies Nanny, die wirklich nur für meine kleine Prinzessin eingestellt worden war.

Katie kam nahe an mein Gesicht, legte ihre Hand an mein Ohr und flüsterte: »Unter meinem Bett.«

»Das ist sehr klug. Wenn das wirklich ein Schatz ist, dann findet ihn dort niemand.«

»Das dachte ich auch!«, sagte sie nun laut. »Kannst du kurz mitkommen und ich zeige dir die Kiste?«

Ich sah an mir herunter, ich war nach wie vor in den verschwitzten Laufklamotten, aber ich wollte das Katie nicht abschlagen. Sie kam ohnehin viel zu kurz und mein schlechtes Gewissen machte sich oft in mir breit, weil ich zu viel arbeitete.

»Klar, zeig mir den Schatz!«
»Dann los!«

Sie nahm mich an der Hand und ich liebte dieses sanfte Gefühl ihrer weichen, kleinen Finger zwischen meinen. Gemeinsam liefen wir den Flur entlang bis zu ihrem Zimmer. Sie stieß die Tür auf, an der haufenweise von ihr gemalte Bilder hingen, und steuerte auf ihr Bett zu. »Du musst dich auf den Boden legen.«

»Okay«, willigte ich ein, legte mich auf der kurzen Seite ihres Bettes neben sie auf den Boden und wir hoben die Tagesdecke nach oben, die Valerie schon wieder ordentlich auf ihr Prinzessinnenbett gelegt hatte. »Das ist das Schätzchen?«, fragte ich ernst, als ich die schwarze Schachtel sah, auf der rundherum mit goldenem Stift ›Privat‹ stand. Ich erkannte Phoebes Handschrift sofort. Mein Herz wurde schwer und wie immer, wenn ich unvorbereitet auf etwas stieß, das mit Phoebe zu tun hatte, fühlte ich diesen heftigen Schmerz, als wäre es gestern gewesen, dass sie uns hatte verlassen müssen.

»Denkst du, das ist ein Schatz?«, fragte sie mich und ich schluckte schwer, versuchte das Bild zu verdrängen, wie Phoebe an ihrem Schreibtisch saß und etwas schrieb. Irgendwann einmal hatte sie diese Box bekritzelt. Ich wusste nicht, was darin war, aber wenn ›Privat‹ drauf stand ... dann war es das sicherlich auch. Und da meine geliebte Frau ziemlich kirchlich und nicht sehr offen erzogen worden war, hatte sie immer beim Sex gesagt, dass wir »privat« waren. Diverse Situationen schossen in meinen Kopf. Diverse Nächte und Tage, in denen sie rot angelaufen war und ich ihr ein Stück dieser unglaublichen Unschuld geraubt hatte. Genau deshalb schrillten alle Alarmglocken, als ich das Wort ›Privat‹ auf der Kiste entdeckte.

»Katie!«, rief Carmen. »Guten Morgen, Mäuschen, wo bist du?«

»Ahhh, meine Bespaßung ist da!« Katie vergaß den Schatz, der vermutlich für zumindest einen von uns keiner war, und rannte aus ihrem Zimmer, um ihre Nanny zu begrüßen.

Schwer schluckend betrachtete ich die Kiste weiterhin. Was dort wohl drin war? Und wieso war sie unter Katies Bett? Und wieso wusste ich nichts davon? Vermutlich hatte Valerie die Kiste schon das ein oder andere Mal entdeckt, aber wenn etwas privat war, konnte ich mich darauf verlassen, dass Valerie niemals solch eine Kiste öffnen oder etwas dazu sagen würde. Sie war äußerst diskret.

Ich hörte, wie Katie fröhlich ihre Nanny Carmen bequatschte und die beiden in die Küche gingen. Dann war es leise. Ich lag immer noch in meinen verschwitzten Sportklamotten mit dem Bauch auf dem Teppich vor Katies rosa Himmelbett und betrachtete die Kiste. Sie war nicht sehr groß, vielleicht A4-Größe, und war auch nicht sonderlich hoch. Wenn darin ein Schatz war, dann kein riesiger.

Aber hatte nicht Phoebe immer gesagt, dass es nicht auf die Größe ankam? War ein echter Diamant nicht winzig und dennoch sehr wertvoll?

Unruhe ergriff von mir Besitz und ich fasste schließlich all meinen Mut zusammen, griff nach der Kiste und zog sie unter dem Bett hervor. Sie war nicht staubig oder abgegriffen. Na gut, wie sollte das auch sein, wenn wir sie eben erst – durch Zufall – gefunden hatten? Wärme wurde von meinen Fingern, die das schwarze Pappmaterial berührten, durch mich hindurchgeleitet. Könnte mein Herz sprechen, würde es vermutlich aufheulen. Der Gedanke, dass diese Kiste wirklich von Phoebe war, ein letztes Stückchen von ihr, ein Überbleibsel aus glücklichen Tagen, brachte die Traurigkeit mit voller Wucht zurück.

Ich beschloss, diese Schachtel mit in mein Zimmer zu nehmen und hineinzuschauen. Nur wollte ich das irgendwie nicht machen, wenn jederzeit jemand anderes in das Zimmer platzen konnte. Ich wollte lieber alleine und ungestört sein.

Ich lief den Flur auf Zehenspitzen entlang, damit mich niemand hörte. Mein Herzschlag beschleunigte sich, nachdem ich in meinem Zimmer angekommen war und die Tür hinter mir verschloss.

Meinen Blick starr auf die Box fixiert, lief ich weiter in mein Bad, welches ich von meinem Schlafzimmer aus erreichen konnte, und drehte den Knauf, damit zu gesperrt wurde. Ich wollte nicht, dass irgendjemand hereinkam.

Nervosität wuchs in mir und ich stellte die Schachtel auf den Waschtisch und begann damit, an meinem Fingernagel zu kauen. Diese schlechte Angewohnheit hatte ich schon seit meiner Jugend abgelegt, und als mir das bewusst wurde, hörte ich sofort damit auf, zog energisch meine Kleidung aus und stellte mich unter die Dusche. Ich seifte mich ein und betete, dass das warme Wasser meine rasenden Gedanken und mein stark klopfendes Herz beruhigen würde. Ich hoffte, dass es aufhören würde, dass ich mich nach Phoebe sehnte, obwohl ich wusste, dass das niemals aufhören könnte. Dafür war unsere Liebe zu stark gewesen. Zu einzigartig. Zu besonders.

Ich shampoonierte meine Haare energischer als nötig, als könnte das meinen Kopf davon abhalten, zu denken.

Mit der flachen Hand schlug ich gegen die anthrazitfarbenen Fliesen, die meine Frau und ich zusammen ausgesucht hatten, als wir damals diese Wohnung gekauft und alles neu gestaltet hatten. Mühsam hielt ich die aufkommenden Tränen zurück, meine Verzweiflung war greifbar, und wie immer drohte sie mich zu überwältigen. Mit beiden Händen stützte ich mich an der Wand ab, als der Wasserstrahl, der konstant auf meinen Rücken prasselte, mich langsam beruhigte. Gleichmäßig atmend konzentrierte ich mich. Als die aufkeimende Panikattacke schließlich vorbei war, stellte ich das Wasser ab und verließ die Dusche. Mit nur einem strahlendweißen, weichen Handtuch um die Hüften, holte ich tief Luft, um die Kiste zu öffnen. Einzelne Tropfen fielen aus meinen Haaren, landeten auf meiner nackten Brust und rollten über die Haut.

Ich sollte es hinter mich bringen. Ich sollte diesen Schmerz lieber sofort mitnehmen, dass es etwas Unentdecktes von Phoebe gab, das mich eine Weile begleiten würde.

Es war definitiv besser als heute Abend, sonst würde ich die ganze Nacht nicht schlafen. Wieder nicht schlafen. Und wenn ich es jetzt mitnahm, wenn ich mich jetzt diesen Dämonen, die unweigerlich aus dieser Kiste kommen würden, stellte, dann hätte ich den ganzen Tag Zeit, damit zurechtzukommen. Tagsüber war es weniger schmerzhaft. Tagsüber war es manchmal auszuhalten. Nicht immer, aber manchmal. Nachts hingegen … da war es der Horror.

Tief durchatmend stieß ich den Deckel von der Kiste, als würde ich mich verbrennen.

Darin war ein grauer Umschlag, auf dem ebenfalls in Phoebes geschwungener Druckschrift der Name unserer gemeinsamen Tochter stand.

Langsam zog ich die Zettel heraus und traute meinen Augen kaum.

Es war eine Besitzurkunde.

Über ein Haus im Wert von 1,2 Millionen Dollar.

In Harpers Ferry.

Dem Ort, in dem Phoebe aufgewachsen war.

Kapitel 1

Florence

Ich schmiss meine Tasche auf den Küchentresen und warf mit der anderen Hand die Tür am Hintereingang der Küche zu. So eine Scheiße.
Ich hasste diese Pfleger.
Und dieses beschissene Pflegeheim.
Ich hasste das Gesundheitssystem, das bei uns so sehr von den Politikern gelobt wurde, obwohl es einfach nur stinkender, ätzender Mist war. Richtiger Bullshit. Ich hasste es so dermaßen, dass ich meine Mom am liebsten aus dem verdammten Heim genommen und sie zu Hause gepflegt hätte.
Meine Mutter hatte vor einigen Jahren einen Schlaganfall gehabt. Damals hatte sie noch allein gelebt und da sie ein paar Stunden allein gewesen war, war es schlimm. Na gut, sie konnte sprechen und erkannte mich. Aber sie war schwach, mittlerweile war sie halt auch schon älter, und brauchte Hilfe bei der täglichen Pflege und trug inzwischen nachts auch Erwachsenenwindeln. Vorhin war ich bei ihr gewesen und hatte mich wieder einmal aufregen müssen, dass es bereits nach Mittag war und meine Mutter immer noch die Windel der Nacht trug, weil angeblich niemand Zeit hatte, sie ihr auszuziehen und sie auf die Toilette zu führen. Dass aber drei von sechs Pflegerinnen und Pflegern ihrer Station gerade vor der Tür standen und genüsslich eine Zigarette rauchten, das erwähnte niemand.
Ich war so stinkwütend und aufgebracht.

Es kotzte mich an, dass man alles kontrollieren musste und dass immer mehr Geld von einem kleinen Bürger wie mir verlangt wurde, um sicherzustellen, dass ein Angehöriger versorgt war. Das Pflegepersonal nervte mich. Das Heim kotzte mich an. Zusätzlich zur amerikanischen Regierung und unserem ach so tollen Staat, auf den kein Verlass war, wenn man ihn brauchte, hatte ich also auch extremen Hass auf den Verband der Pflegeeinrichtungen in unserem kleinen Städtchen, von dem jeder immer sagte, wie unglaublich toll es hier war und dass man sich nichts Schöneres vorstellen konnte, als hier alt zu werden.

Doch, ich konnte mir etwas Besseres vorstellen: nämlich gar nicht in dieser verfluchten Stadt wohnen zu müssen.

Würde es nach mir gehen, dann würde ich die Anonymität einer Großstadt bevorzugen. Ja, es war wunderschön hier und ich war auch gern hier … aber mittlerweile … Ich hoffte, dass sich das wieder ändern würde und ich wieder gern hier durch die Straßen und am Hafen entlanglief, denn das Haus, welches ich hier besaß und von meiner Mom überschrieben bekommen hatte, war mein Zuhause. Jepp, ich könnte es verkaufen, um mehr Geld für das Pflegeheim zu haben, um die laufenden Kosten noch besser abdecken zu können, aber die Sache war die: Häuser in Harpers Ferry wollte schlicht und einfach niemand kaufen, also waren sie extrem günstig. Von dem Geld, welches ich für unseren kleinen Bungalow bekommen würde, waren solche sprichwörtlichen Peanuts, dass damit vielleicht für ein halbes Jahr sichergestellt war, dass ich das Pflegepersonal schmieren konnte, damit meine Mom am Mittag nicht mehr in ihrer vollgepinkelten Windel von der letzten Nacht lag.

Erneut flammte Wut in mir auf und ließ sich kaum mehr unterdrücken. Ich war so enttäuscht von unserem System, so sauer auf meinen Erzeuger, der uns im Stich gelassen hatte und jetzt irgendwo in Alaska lebte, wenn ich meiner Nachbarin glauben durfte, die immer besser über mein Leben Bescheid wusste als ich selbst.

Mein Vater hatte uns verlassen, als ich noch ein Kind gewesen war, und ich wollte von diesem Mistkerl nichts mehr wissen. Nie wieder. Natürlich hatte er geglaubt, als er von irgendjemanden hier in Harpers Ferry – vermutlich auch von unserer ach so tollen Nachbarin – erfahren hatte, dass meine Mom das Haus selbst nicht mehr bewohnte, dass er es mir wegnehmen konnte. Das ging sogar bis zum Anwalt, aber er wusste ebenso wie ich, dass meine Grandma und meine Mutter gut vorgesorgt hatten … und dass es nichts gab, das er mir wegnehmen konnte und durfte. Für mich spielte es beinahe keine Rolle mehr, ob er lebte oder nicht.

Es klingelte an der Tür und davor stand der Briefträger, der ein Einschreiben für mich hatte. Ich seufzte, unterschrieb und öffnete es noch auf der Veranda. Natürlich war Mrs. Arden, meine besagte Nachbarin, in ihrem Garten und beobachtete mich mit Adleraugen. Sie verbrachte beinahe ihre komplette Lebenszeit draußen und bekam so alles mit, was sich in Harpers Ferry abspielte.

»Und, Florence?«, rief sie, als ich gerade dabei war, den Brief zu öffnen. »Alles bestens?«

»Alles super!«, schrie ich zurück, stellte fest, dass es eine erneute Rechnung aus dem Pflegeheim war, und stand kurz davor, zu weinen, als ich den Betrag sah. Noch mal tausend Dollar Nachzahlung zusätzlich zur Erhöhung, die ich bekommen hatte. So eine verfluchte Scheiße. Aber das brachte nichts. Egal wie sehr ich mich wieder darüber aufregte, ich würde noch einen Job brauchen, damit ich das alles bezahlen konnte und über die Runden kam. Irgendwie ging es immer.

»Immer noch alles bestens?«

»Alles perfekt.« Ich war auf meiner kleinen Veranda, lief die Stufen hinunter und verstaute im Laufen den Brief in meiner Gesäßtasche der Jeans. Mrs. Arden hatte solche Röntgenaugen, dass sie sicherlich das Logo des Pflegeheimes erahnen konnte, wenn sie auch nur den Hauch einer Farbe erkennen würde.

»Wie geht es Ihnen, Mrs. Arden?«

»Ach, Kindchen«, begann sie und ich lächelte leicht, sah, wie der Nachbar seinen Hund einen Haufen auf den Bürgersteig machen ließ, ohne ihn beiseitezuräumen. »Die Arthrose.«
»Ja, die Arthrose, ich verstehe«, murmelte ich. »Nehmen Sie weiterhin Teufelskralle?«
»Ja, aber das Zeug hat der Teufel erfunden, das sage ich dir.«
»Halten Sie durch.«
»Das werde ich, meine Liebe, das werde ich.« Mrs. Arden legte die Schere, mit der sie immer die Rosenbüsche schnitt, von ihrer einen Hand in die andere. »Und bei euch? Wie geht es dir und deiner Mutter?«
»Ganz gut. Es ist manchmal eben einfach schwierig.«
»Das glaube ich. Eine Tragödie. Das alles ist eine absolute Tragödie.« Ja, definitiv. Auch wenn mir natürlich klar war, dass Mrs. Arden das nur so sagte, weil sie mehr Informationen haben wollte. Aber ich wusste es besser und ging nicht darauf ein. Ich kannte sie schon seit meiner Kindheit. »Hast du schon gehört?«, fragte sie und wechselte in den Tratschmodus. Wie immer verneinte ich und wir beide beobachteten weiter, wie der Nachbar auf der anderen Straßenseite seinen Hund dafür lobte, dass er schön und munter alles vollpinkelte. »Unmöglich dieser Kerl!«, sagte sie über unseren jüngeren, neuen Nachbarn, den wir beide nicht sehr gut kannten.

»Was für Neuigkeiten gibt es denn, Mrs. Arden?«, brachte ich das Gespräch auf unser eigentliches Thema zurück. Das Wort Tratsch sollte man bei ihr tunlichst vermeiden auszusprechen, sonst wurde sie ziemlich wütend und würde sich wieder umdrehen und ich würde nichts erfahren.

»Das Haus neben den Millers die Straße runter ist ja frei, wie du weißt.« Nun stützte sich die Frau, die sobald auch nur ein Sonnenstrahl am Himmel war, einen riesigen Sonnenhut trug, auf dem Gartenzaun ab. »Und dort wird jemand einziehen.«

»Ach so?« Ich wusste nicht einmal, dass das Haus neben den Millers frei war und die Straße runter war auch übertrieben, denn zwischen dem Haus der Millers und meinem war nur ein weiteres. »Ich dachte immer, dass in dem Haus direkt neben meinem auch jemand wohnen würde.«

»Ist aber nicht der Fall, Kindchen.« Mrs. Arden sagte das alles, als würde sie mir ein absolutes Geheimnis offenbaren. »Wo hast du nur deine Augen?«

Bei meiner Mom? Bei den Kosten? Bei meinen zwei Jobs? Ich sollte wohl nach drinnen gehen und die Anzeigen durchforsten, damit ich einen Job finden konnte, bei dem ich besser verdiente. Oder eben einen dritten, der irgendwie noch mit meinen beiden vereinbar sein musste. »Ich weiß auch nicht«, antwortete ich abwesend und lächelte. »Aber ich gehe jetzt wieder mal nach drinnen.«

»Willst du gar nicht wissen, wer dort einzieht?«

»Ist das wichtig?« In Gedanken schalt ich mich eine Idiotin. Natürlich war es wichtig. Ich unterhielt mich gerade mit Mrs. Arden.

»Aber, aber, Kindchen. Wer möchte denn uninformiert sterben?« *Ich* war jetzt sicherlich nicht die richtige Antwort. »Eben, niemand.« *Und wer will neugierig sterben?* Ich beließ es bei einem Schulterzucken. Sicher dachte Mrs. Arden, dass ich nicht alle Latten am Zaun hatte, wenn ich so tat, als verstünde ich sie nicht.

»Dort zieht ein Mann ein. Alleinstehend. Mit Kind.« Sie sprach zuerst in freudigem Ton, als könnte sie mich endlich unter die Haube bringen, und direkt im Anschluss sprach sie ziemlich abwertend, als wäre ein Kind eine Schande. Dabei waren Kinder doch das Wichtigste überhaupt, oder? Mrs. Arden selbst besaß keine Kinder, weil sie – O-Ton – diese kleinen Blagen nicht ausstehen konnte. Deshalb schien sie es eher kritisch zu sehen, wenn ein neuer Zwerg in der Nachbarschaft wohnte.

»Und die Mutter?«

»Das, meine Liebe, ist eine tragische Geschichte.«

»Ich muss jetzt rein, mein Telefon klingelt.«

»Aber ich hör gar nichts, Kindchen.«

»Es ist ziemlich leise eingestellt.« Ich winkte ihr kurz, während ich davonlief, und schüttelte den Kopf, nachdem ich in der Sicherheit meines Hauses war. Ich mochte Tratsch, jeder mochte Tratsch, aber war es wirklich nötig, dass sie direkt die Vergangenheit dieses Mannes und was seine Frau ihm und dem Kind angetan hatte, vor mir ausbreitete? Dass sie die beiden im Stich gelassen hatte, stand für mich außer Frage, denn welche Mutter würde ihr Kind beim Vater zurücklassen? Doch wieso nährten sich manche Menschen einfach von Gequatsche? Ich verstand es nicht, aber es nervte.

Ich beschloss, mir einen Kaffee zu machen und dann die aktuellen Stellenanzeigen durchzulesen, ehe ich nachher zur Arbeit beim Pizzaservice musste. Abends fuhr ich für Domino's Pizza aus, da dies ein Job war, bei dem man nicht allzu schlecht bezahlt wurde. Außerdem brauchte ich etwas, das ich neben meinem Job frühmorgens in der Markthalle erledigen konnte. Mein Schlafrhythmus war etwas außer Kontrolle, aber es ging schon ... Meistens schlief ich von dreiundzwanzig Uhr bis vier Uhr morgens und am Nachmittag noch einmal eine Stunde. Das musste reichen, denn ich wollte unbedingt den Stand meiner Mom auf dem Markt aufrechterhalten, auch wenn ich eigentlich mit dem Verkauf von Blumen nichts am Hut hatte. Ich würde so lange damit Geld verdienen, bis irgendwann in Harpers Ferry wieder eine Stelle als Erzieherin in einer der örtlichen Einrichtungen frei werden würde.

Das Problem in Amerika war nämlich nicht nur das Gesundheitssystem, wie ich fand, sondern auch, dass ich durch die lange Fehlzeit nach dem Schlaganfall meiner Mutter meine Stelle in der Kindertagesstätte verloren hatte, und aktuell war nichts frei. Aufgrund der langen Fahrzeiten bis nach Boston – ich wäre eine Stunde pro Strecke unterwegs – würde ich es nicht schaffen, dann auch noch meine Mom zu besuchen und zu betreuen. Zumindest in dem Umfang, in dem meine Fähigkeiten dazu ausreichten. Deshalb hatte ich mich dazu entschlossen, erst einmal den Marktstand mit den Blumen weiterzuführen und abends Pizza auszufahren. Es war schwer, etwas für tagsüber zu finden, bei dem man nicht über den Tisch gezogen wurde.

Das große, hübsche Diner in der Harpers Lane suchte eine Kellnerin, aber das kollidierte mit dem Job bei Domino's.

Nachdem ich das Kaffeepulver direkt in die Tasse gegeben und mit Wasser aufgegossen hatte, griff ich nach meinem Telefon und googelte nach einem weiteren Nebenjob. Hundesitten oder Betreuung von kleinen Kindern oder so was, irgendwas, das mir zusätzlich ein paar Kröten einbrachte.

Ich wollte, dass meine Mutter es im Pflegeheim so entspannt und gut wie nur irgend möglich haben konnte, nachdem sie mich beinahe allein großgezogen hatte. Sie sollte sich keine Sorgen machen müssen und scheiße, ich wollte verdammt noch mal, dass sie nicht mittags noch in ihrer Windel liegen musste. Wir brauchten eine bessere Kategorie ihres Zimmers, dann wäre auch die Verpflegung und das um sie Kümmern etwas besser. Denn sollte sie das nicht bald bekommen, würde ich irgendwann vor Wut platzen.

Und das wollte definitiv niemand erleben.

Kapitel 2

Caleb

Wir brauchten eine Auszeit. Das fiel sogar meiner Sekretärin auf, die eigentlich eine ziemlich emotionslose, ältere Dame war, deren einziges Glück im Leben ihr Job und ihre Pudeldame Goldy waren. Manchmal erinnerte sie mich daran, dass ich ein junger Kerl war, aber das war eher die Ausnahme statt die Regel, wenn sie mir sagte, dass sie fand, ich sollte mal ausgehen oder so was.
Wenn ich dann nur nickte, seufzte sie, streichelte die Pudeldame Goldy und murmelte etwas, das ich nicht verstand. Meine Sekretärin, die mein Büro seit Phoebes Tod schützte und alles von mir fernhielt, was mich zusätzlich belasten würde, würde in etwas weniger als sechs Monaten in den Ruhestand gehen und ich hatte immer noch keine Idee, wie ich die Nachfolge regeln sollte.
»Mr. Molina«, sagte sie nun in sanftem Oma tadelnden Ton wieder. »Nehmen Sie sich heute eine Auszeit. Nehmen Sie sich frei, verbringen Sie den Tag mit Ihrer Tochter.« Sie versuchte es einfach immer wieder.
Ich wusste, dass sie das sagen würde, und dass sie es nur gut meinte, allerdings war ich kurz davor, auszurasten, weil sie das nichts anging. Sie nahm sich zu viel raus. Aber das würde ich von allen sagen. Auch von meinen Eltern, die sich diese Tage sicher auch bei mir melden würden.

Es war bald so weit und Phoebes Todestag würde sich jähren. Ein Jahr ohne sie. Ein Jahr, das düster und bitter und kalt gewesen war. Ein Jahr, das mich an den Rand des Abgrundes getrieben hatte und mich ständig taumeln ließ. Ich durfte nicht abstürzen. Für Katie nicht. Für mich nicht. Für den Verlag nicht.

»Ich denke tatsächlich, dass Sie recht haben, und gehe für den Rest des Tages. Termine habe ich keine mehr und die Telefonkonferenz kann ich von zu Hause aus erledigen.«

»Ja, ich denke, das wäre heute eine gute Sache für Sie.«

»Vielleicht haben Sie recht.«

»Natürlich habe ich das.« Wieder streichelte sie ihren Pudel. »Ich bin alt und weise.«

»Sie sind nicht alt.«

»Aber natürlich bin ich das, nicht umsonst gehe ich bald in den Ruhestand.«

»Einen Ruhestand, den Sie sich mehr als verdient haben.«

Sie lächelte. Unser Gespräch war beendet, denn das Telefon klingelte, und ich ging in mein Büro, klappte mein Notebook zu und griff nach meiner Tasche.

Schmerz durchzuckte mich, als mir klar wurde, dass zu Hause keine Phoebe auf mich warten würde. Niemals wieder. Wieso traf mich das nach einem Jahr immer noch so hart? Wieso fühlte ich mich immer noch einsam?

Weil du einsam bist, flüsterte eine Stimme in mir, doch ich bezwang dieses stärker werdende Gefühl wie immer erfolgreich. Eine neue Frau zu haben, kam für mich nicht infrage. Ich lebte wie ein Mönch und das war gut so. Wenn ich nur daran dachte, dass ich jemand anderen berührte oder küsste, fühlte ich diesen tief sitzenden Verrat des Betrügens. Die einen ließen ihn heraus, weil sie betrogen hatten, und andere scheuten dieses Gefühl so sehr, dass sie lieber sterben würden, als es zu empfinden. Ich war eher die zweite Fraktion.

Auf direktem Weg fuhr ich in die Tiefgarage und war froh, dass es später Morgen und noch lange nicht Mittagspause war und ich somit allein im Fahrstuhl nach unten unterwegs war.

Auf der Fahrt nach Hause quälte ich mich. Ja, manchmal war ich ein verdammter Idiot, aber ich konnte nicht anders und fuhr einen Umweg über die Clarksen Avenue, jene Straße, auf der es passiert war. Ja, es hätte jede in New York sein können, aber diese Straße war für mich ... das schlimmste. Das allerschlimmste.

An der Stelle, an der der tragische Unfall passiert war, fuhr ich etwas langsamer. Wie immer hatte ich ein beklemmendes Gefühl, war den Tränen nahe und gab erst wieder Gas, als die Autos hinter mir zu hupen anfingen.

Es war damals Nacht gewesen und es hatte geregnet. Ein Taxifahrer auf der anderen Straßenseite, er war betrunken und hatte über 2 Promille, kam durch den heftigen Regen ins Schleudern und raste frontal in den Wagen meiner Frau.

Heftig blinzelte ich, als die Bilder des Unfallorts vor meinen Augen aufblitzten, als ich hier ankam, nachdem die Polizei mich angerufen hatte. Ich war noch im Verlag gewesen, war wie ein Irrer hierhergerast, wohl wissend, dass es zu spät war. Ich spürte es auch, als es passierte, denn meine Welt stand in diesem Augenblick still. Es war so, als hätten Phoebe und ich eine besondere Art der Verbindung, als würde sie mir etwas sagen wollen. Ich wusste in dem Moment, als mein Telefon klingelte und es die Polizei war, dass es mit Phoebe zu tun hatte. Und dass sie uns verlassen hatte.

Phoebe hatte immer gewusst, dass sie vor mir sterben würde. Schon immer. Schon ab dem Tag an, an dem für uns beide klar war, dass wir unser Leben gemeinsam bestreiten wollten, dass wir zusammen sein würden, und das bis in alle Ewigkeit.

Sie sagte an dem Tag, an dem ich sie bat, beinahe anflehte, mich zu heiraten, etwas Seltsames. Sie sagte, und damals fand ich es romantisch, schob es darauf, dass sie emotional war, dass sie beten würde, dass sie hoffte, wenn es einem von uns vorbestimmt war, vorzeitig zu gehen, dass sie es wäre. Weil sie ohne mich nicht leben konnte.

Nachdem ich sie erstaunt ansah und wissen wollte, wieso sie das auf einmal dachte, kam sie zu mir, legte ihre Arme um mich und blickte mir fest in die Augen. Ihre Worte waren leise, aber deshalb nicht weniger eindringlich. Meine wunderschöne Frau sagte zu mir, dass sie darum bat, sofern einer von uns beiden sterben musste und das, ehe wir richtig alt waren, dass sie hoffte, sie wäre es.

Ich riss die Augen auf, verstand nicht, wieso sie so etwas zu mir sagte, aber Phoebe ließ mich wissen, dass sie es niemals überstehen würde, auch nur einen Tag ohne mich verbringen zu müssen. Sie erklärte, dass ihr klar war, wie groß dieser Egoismus von ihr war, das zu denken und auszusprechen, aber sie sagte ganz eindeutig, dass sie nicht eine Sekunde ohne mich verbringen wollte. Und genau das war eingetroffen.

Es war nicht so, dass ich es als Schicksal ansah, dass Phoebe gehen musste, aber ich fragte mich häufig, ob sie es geahnt hatte.

Auch wenn zwischen diesen Sätzen und ihrem Tod einige Jahre gelegen hatten.

Nachdem ich zurück in unserer Wohnung war, ging ich direkt in mein Arbeitszimmer. Katie war offensichtlich mit ihrer Nanny spazieren. Klar, um diese Uhrzeit rechnete niemand damit, dass ich nach Hause kommen würde. Nicht einmal ich selbst.

In meinem Arbeitszimmer stand ich vor der großen Schrankwand, welche mit reichlich Büchern gefüllt war. Verdammt, ich war der Inhaber von *Collins Publishing*, dem Verlag, welcher meinem Onkel Flyn Molina gehört hatte. Flyn war kinderlos gewesen und als er gestorben war, hatte ich alles geerbt. Es war mit Sicherheit nicht seiner großen Zuneigung mir gegenüber geschuldet gewesen, sondern eher der Tatsache, dass er das Verlagshaus in Familienbesitz hatte wissen wollen und ich als Lektor, der bereits für ihn gearbeitet hatte, war also die erste Wahl gewesen.

Bei *Collins Publishing* hatte mein Leben schon oft Wendungen genommen. Nicht nur, dass ich dadurch ziemlich erfolgreich wurde und Katie und mir dieses wundervolle Leben ermöglichen konnte, ich hatte dort auch Phoebe kennengelernt. Wir waren beide Junglektoren und so ziemlich die Einzigen gewesen, die sich dort nicht als Konkurrenten gesehen hatten.

Seufzend betrachtete ich die Wand in meinem Büro, welche über und über mit klassischen Werken und auch mit zeitgenössischen Büchern, welche wir veröffentlicht hatten oder die Bestseller gewesen waren, gefüllt war.

Natürlich standen dort alle Bücher, die Phoebe oder ich lektoriert hatten. Es war wie eine kleine persönliche Challenge gewesen, wer die dickeren Bücher gehabt, wer die mit Farbschnitt bekommen hatte. Alles Faktoren, die von so vielen Dingen abhingen, dass man es im Voraus gar nicht wusste, wenn man das Manuskript sichtete. Aber das war irgendwie unser Ding gewesen. Phoebe hatte mich natürlich an der Anzahl der Titel überholt, denn ich war irgendwann aus dem Tagesgeschäft ausgestiegen und hatte das Operative übernommen, wie mein Onkel es gewollt hatte – wie es auch Phoebes und mein heimlicher Traum gewesen war. Wir hatten davon geträumt, irgendwann einen eigenen Verlag zu haben, die Entscheidung darüber zu treffen, was wir veröffentlichten. Und was sollte ich sagen – es hatte funktioniert. Beinahe ein Jahr lang hatten wir zusammen den Verlag geführt, auch wenn ich das Gesicht nach außen gewesen war. Und nun leitete ich den Verlag schon so lange allein.

Sie fehlte mir.

Seufzend drehte ich den antiken Schlüssel, der zu einem speziellen Schrank gehörte, im unteren Teil meines Schreibtisches, der direkt neben der Bücherwand stand. Das, was mir als Erstes in die Hände fiel, war der Umschlag mit der Urkunde für das Haus in Harpers Ferry. Ich sollte dringend nachforschen, ob die Unterlagen, die dabei waren, rechtskräftig waren: ein Kaufvertrag, eine Notarurkunde und eine Eintragung in die entsprechenden Ämter bei der Verwaltung von Harpers Ferry.

Aber das würde ich nicht heute erledigen. Heute würde ich mich darum bemühen, irgendwie den Tag zu überstehen. Ich seufzte tief, ignorierte das Klingeln meines Telefons und zog den unbeschrifteten schwarzen Ordner, der mein eigentliches Ziel gewesen war, aus dem Regalboden. Es war der Ordner mit allen Zeitungsberichten, mit allen Informationen und mit allem, was von dem Tag, der mein Leben für immer veränderte, übrig geblieben war.

Wut durchfuhr mich, als ich den ersten Bericht sah, dass der Taxifahrer nur eine milde Strafe bekommen hatte, weil er gestanden hatte. Doch wenn ich zu mir selbst ehrlich war, dann war alle Strafe nicht genug, die man ihm hätte geben können. Es gab nichts, das genug war, es gab nichts Negatives, das er nicht verdient hätte, auch wenn mir natürlich klar war, dass das ein zu großer Wunsch meinerseits war.

Ich legte den abgegriffenen Bericht zur Seite und sah auf einen Artikel aus der New York Times, in dem es Phoebe Molina auf das Titelbild geschafft hatte. Phoebe war für Amerika nicht irgendjemand gewesen, sie war die Tochter des damaligen Senators gewesen und in Washington aufgewachsen. Ihr Dad war in der Politik sehr beliebt und auch wenn sie sich von zu Hause losgelöst hatte, war ihr tragischer Unfalltod doch diskutiert und ausgeschlachtet worden. Ihre Eltern waren nicht mit ihrer Berufswahl als Lektorin und mit mir als ihren Ehemann einverstanden gewesen.

Es war furchtbar. Der Artikel in der Times war einer der wenigen, der in meinen Augen die Wahrheit dieses Unfalls wiedergab. Auch wenn das niemand hören wollte: andere Artikel erzählten Quatsch. Die Unwahrheiten und die damit verbundenen Kämpfe waren anstrengend gewesen. Aber nun, ein Jahr nach ihrem Tod, sprach niemand mehr von Phoebe Molina, geborene Tonkin. Nicht einmal ihre Eltern. Seit Phoebe nicht mehr bei uns war, bekam Katie zu Weihnachten und Thanksgiving, ebenso zu ihrem Geburtstag Karten, die von ihren Großeltern nur unterschrieben waren und nicht einmal ein paar persönliche Worte enthielten. Aber das war der Preis, wenn die Mutter den Kontakt auf ein absolutes Minimum reduziert hatte.

Tränen schossen in meine Augen, als ich den Bericht fand, den jemand über das Begräbnis geschrieben hatte. Phoebes letzter Wunsch wurde verurteilt, dass sie bei ihrer Großmutter in Harpers Ferry begraben werden wollte. Angeblich war das nicht gut genug für die Tochter des großen Senators, aber ich als ihr Ehemann hatte mich durchgesetzt. Phoebe und ich hatten uns, nachdem ihre Großmutter kurz nach Katies Geburt gestorben war, mit diesem schrecklichen Thema auseinandersetzen müssen und waren zu der Erkenntnis gekommen, dass wir Vorkehrungen treffen mussten. Egal, wie jung wir waren.

Deshalb verfolgte ich zielstrebig ihren letzten Willen, dass sie an dem Ort begraben wurde, an dem sie die meiste Zeit ihres Lebens verbracht hatte. Nämlich bei ihrer Grandma in Harpers Ferry, eine Kleinstadt nahe des Wohnorts ihrer Eltern in Baltimore.

Schwer schluckte ich, der Kloß in meinem Hals wollte sich nicht auflösen und ich drohte, daran zu ersticken. Scheiße, ich war so vollkommen im Eimer. Es war mir egal. Ich ließ den Schmerz zu, er nahm von mir Besitz, breitete sich aus wie Eiskristalle über einem See. Ich verbrannte innerlich an meinem Schmerz und erfror im selben Augenblick daran. Es war beinahe noch schlimmer als an dem Tag, an dem ich meine leblose Frau in meinen Armen gehalten hatte und mich von ihr hatte verabschieden müssen. Brüllen, Weinen, Schluchzen. Rationalität, Verzweiflung und Wut. Nichts half, denn sie würde nie wieder einen Atemzug nehmen. Sie würde nie wieder aus ihren strahlenden, großen braunen Augen, die unsere gemeinsame Tochter geerbt hatte, zu mir aufblicken.

Scheiße, ich war ein gebrochener Mann, war nicht fähig, irgendetwas dagegen zu tun. Ich war am Ende. Völlig und total. Keine Ahnung, wie mein Herz jemals wieder heilen sollte.

Plötzlich hörte ich Katies fröhliche Stimme durch den Tunnel meiner Gedanken und meiner Trauer dringen. Schnell wischte ich die Tränen weg, welche über meine Wangen liefen. Ich schnäuzte kräftig in ein Taschentuch und beinahe im selben Augenblick, als ich es in den Mülleimer warf, stand meine kleine Tochter in der Tür zu meinem Arbeitszimmer, welches gleichzeitig als Bibliothek fungierte.

»Daddy«, rief sie erfreut aus und kam in einem Hüpfsprung angelaufen, den sie sonst immer im Park nutzte. »Was machst du denn hier?«

»Darf ich nicht zu Hause sein?«, neckte ich sie und schloss sie fest in meine Arme.

»Doch, aber wir haben noch nicht Mittagessen und vor dem Mittagessen kommst du eigentlich nie nach Hause.«

»Damit hast du recht, aber heute ist es irgendwie anders. Das ist doch auch schön, oder?« Vielleicht sollte ich in

Erwägung ziehen, etwas mehr von hier aus zu arbeiten, wenn meine Tochter schon wusste, dass ich selten bis nie vor dem Mittagessen zu Hause war. Erstaunlich, wie Kinder sich solche Dinge merken konnten.

»Es ist sogar unglaublich, unfassbar, doppelschön.« Aufmerksam sah sie mich an. »Aber wieso siehst du dann so traurig aus? Bist du so traurig, weil du daheim sein musst und nicht in deiner Arbeit sein darfst?«

Bitte was? Okay, Katie bekam wesentlich mehr mit, als ich gedacht hatte.

»Was? Nein! Auf keinen Fall. Hier war wohl ein Staubmonster unterwegs, das sich in meine Augen gesetzt hat und sie lostränen ließ.«

»Ach, das hatte ich heute im Park auch, ich glaube, es war eine Blüte von einer Blume, die in mein Auge geschwebt ist.«

»Tatsächlich?«

»Natürlich.« Ernsthaft nickte sie mit ihren blonden Haaren und sah mich mit demselben Lächeln an, wie meine Frau es immer getan hatte. »Können wir etwas zusammen unternehmen?«

Als ich gerade sagen wollte, dass es heute nichts wurde, standen Valerie und Carmen in der Tür und sahen mich mitleidig an. Genauer gesagt sahen die beiden so aus, als wären sie gerade überall lieber statt in meiner Wohnung. Sie wussten, welcher Tag heute war und was das bedeutete.

»Weißt du was?«, erklärte ich einem Impuls folgend und warf einen Seitenblick auf den Umschlag, den ich geöffnet hatte. »Wir beide machen heute einen Ausflug. Mit Übernachtung.«

»Eine Pyjamaparty, Daddy?« Katie sprang durch mein Büro und hüpfte auf und ab, während sie in die Hände klatschte. »Das ist so, so, so, so, soooo cool.«

»Das ist es.« Valerie lächelte mich an. »Soll ich ein paar Klamotten zusammenpacken?«

»O ja!«, beantwortete meine Tochter die Frage von Valerie. »Ich komm mit.«

»Na dann, Prinzessin!« Sie hob ihr die Hand entgegen und Katie ergriff diese. »Dann komm.«

Abwartend warf ich ihrer Nanny einen Blick zu und diese nickte nur leicht, Tränen glitzerten in ihren Augen und sie sah mich mitleidig an.

»Es ist schon okay.« Erneut nickte sie, ihr hatte es wohl die Sprache verschlagen und sie wusste nicht weiter. »Sie können nach Hause gehen für heute.«

»Danke«, brachte sie hervor und konnte nicht schnell genug das Weite suchen. Ich wusste, dass sie ein Problem damit hatte, dass Phoebe nicht mehr war und dass es sie schmerzte. Aber dass sie so sehr litt ... Vielleicht sollten wir uns unterhalten, wenn ich wieder aus Harpers Ferry zu Hause war.

Denn genau dort würden wir hinfahren.

Ich griff nach dem Umschlag mit den Dokumenten, dem Schlüssel, welcher noch darin gewesen war, und verließ mein Büro. Ich sollte auch ein paar Sachen packen.

Vielleicht würden die vier Stunden Fahrt mich beruhigen.

Vielleicht würde der Schmerz an ihrem Grab sich nicht anfühlen, als würde sie noch mal sterben.

Vielleicht.

Ich hoffte es.

So sehr.

Kapitel 3

Florence

»Weißt du, Tante Flo, irgendwie ist das doch eine riesige Scheiße!«, begann ich zu schimpfen, nachdem ich meine Tante oder viel mehr das, was von ihr noch übrig war, begrüßt hatte. Ich stand auf dem Friedhof von Harpers Ferry und rammte die Harke in die Erde. »Ich meine, was denkt sich denn unser Präsident dabei, die Betreuungsstundensätze noch mehr anzuheben?« Erneut schüttelte ich den Kopf und rupfte an dem Unkraut. Ja, ich mochte die warme Jahreszeit wesentlich lieber als die kühle, aber es war auch anstrengender, weil der Garten meiner Mom und das Grab ihrer Schwester und meiner Tante Flo, nach der ich benannt war, viel mehr Pflege bedurfte als in den kalten Monaten. Aber das war egal. Während ich mich hier um ein hübsches, gepflegtes Äußeres kümmerte, erzählte ich Tante Flo immer, was so los war und wie es so lief. Und nachdem ich den Brief erhalten hatte, dass das Pflegeheim noch teurer werden würde … lief es nicht mehr so richtig. Also ließ ich meine Wut hier aus. »Was denkt dieser Kerl denn, was wir verdienen? Wir Normalsterblichen? Ich meine, ich gehe nicht mit prall gefüllten Taschen nach Hause, wie er und seine Regierungsmitarbeiter das tun.« Ich schüttelte weiterhin den Kopf und harkte etwas tiefer, weil die Wurzel einfach nicht herausgehen wollte. »So ein Idiot. Jetzt muss ich mir noch einen Job suchen. Klar, ich suche den wegen Mom, und ich mache das gern, aber manchmal wäre es schon auch schön, einfach wieder in meinem Beruf arbeiten zu können und die Abende und die Nächte freizuhaben.« Genau aus diesem Grund war ich Erzieherin geworden. Na gut, und weil ich Kinder liebte. »Ich mag nicht mehr. Ich will wieder einen Job haben, der mir Spaß macht und bei dem ich mich darauf verlassen kann, dass ich ihn kann. Keinen, bei dem ich am Abend drei Telefonnummern und eine schleimige Anmache bekommen habe. Ernsthaft. Ich mag nicht mehr.« Schwer seufzte ich und harkte weiter vor mich hin. Ich riss an den Unkrautstängeln und an den verblühten Frühjahrsblühern, die meine Mom wollte, dass ich sie beim letzten Mal, als sie ganz klar war, einpflanzte. Der Sommer kam mit schnellen Schritten und heute würde ich die Pflanzen in die Erde stecken, die die Hitze vertragen würden. Tendenziell wurde es nämlich immer heißer bei uns und das, obwohl wir nicht einmal im Süden der Vereinigten Staaten lebten.

»Weißt du, Tante Flo …«, begann ich erneut und wollte wieder eine kleine, aber feine Nicht-Lobeshymne auf unseren Präsidenten halten, als ein Mann und ein Kind meine Aufmerksamkeit auf sich zogen. Die beiden wirkten völlig deplatziert und nervös, was ich aus der Entfernung sehen konnte, denn immerhin waren sie einen Grabaufgang weiter und ich hörte nicht, was sie miteinander sprachen. Ich sah nur, wie das kleine Mädchen mit den blonden Locken immer wieder nickte und sich an die Hand ihres Vaters – ich ging davon aus, dass er es war – klammerte.

Diese Aura, die von den beiden ausging, vereinnahmte mich sofort. Sie wirkten vertraut miteinander und doch war der Mann extrem weit weg. Seine Körperhaltung gegenüber dem Grab wirkte distanziert. Nachdem ich einen Blick auf dieses Prachtexemplar – war der Gedanke am Friedhof etwas unangemessen? – werfen durfte, sah ich ihm den Schmerz an.

Sicher besuchte er einen nahestehenden Verwandten, denn es stand so offenkundig in seinem Blick, wie sehr er litt, dass ich ihn am liebsten in den Arm genommen hätte, um ihn zu trösten.

Die beiden stoppten vor einem Grab. Es wirkte sehr unscheinbar – zumindest das, was ich von hier aus erkennen konnte –, und doch war es gepflegt, auch wenn nur grüne Pflanzen und keine farbigen darin zu sehen waren. Das Mädchen legte den kleinen Blumenstrauß, den es wie einen Schatz hielt, auf der Erde neben der Pflanze ab, die ein bisschen wie Efeu aussah. Der Mann den Strauß mit den weißen Rosen direkt daneben. Selbst über die Entfernung konnte ich sehen, dass das nicht einfach nur Rosen waren, sondern *Englische Winchester Cathedral*, die für ihre vollen weißen Blüten und rosa Knospen bekannt waren. Sie waren eine wahre Schönheit und jede Frau, die ich kannte und solche Blumen schon einmal bekommen hatte, verging vor Verzückung. Wer auch immer in diesem Grab lag, musste ihm also etwas bedeuten, denn *Englische Winchester Rosen* kaufte man nicht einfach so. Diese Blume war teuer, deshalb ging ich davon aus, dass der Kerl sich gut überlegt hatte, für wen er so viel Geld ausgab. Oder er besaß einfach unglaublich viel davon.

Mein Blick blieb weiterhin auf dem Rücken der zwei Personen, die an dem schlichten Grab standen, auf dem nun der bunte Strauß des kleinen Mädchens und die langstieligen weißen Rosen lagen und ich merkte, wie mein Herz schwer wurde. Ich fühlte die Trauer, die von beiden ausging, und als der Mann den Kopf hängen ließ, offensichtlich voller Schmerz und gebrochen, als von diesem starken, großen Mann, der hier so völlig deplatziert wirkte, weil er das pure Leben und Fitness durch seine Figur ausstrahlte, fühlte ich, wie mein Herz sich zusammenzog und einen Schlag aussetzte.

Wie gebannt beobachtete ich die beiden, wie sie unter freiem Himmel standen und diesen, scheinbar für sie wichtigen und intimen Moment genossen. Das kleine Mädchen warf ihrem Vater immer wieder einen Blick zu, ehe es schließlich nach seiner Hand griff. Dies veranlasste den Mann dazu, das Kind auf seine Arme zu nehmen. Die Kleine schmiegte ihr Gesicht an den Hals des Vaters. Es dauerte nicht lange, da hob sie den Kopf und sah über die Reihe der Grabsteine, welche zwischen uns war, direkt in meine Augen.

Traurig.
Gebrochen.
Einsam.
So wirkte sie auf mich.
 Ich vergaß meine Arbeit, die nun viel zu schwere Harke glitt aus meinen Fingern. Der Verlust des Gartengeräts riss mich aus meiner Schockstarre und ich räusperte mich. Augenblicklich wandte ich den Blick ab und schalt mich eine Idiotin, weil ich die beiden während ihres intimen Moments so angestarrt und beobachtet hatte. Ich fühlte mich wie ein Eindringling und leckte mir mit der Zunge über die Lippen, weil das Mädchen ihre Augen von mir nicht mehr abwandte und ich irgendetwas tun wollte. Gefühlte Stunden später, sicher waren es nur Minuten, lächelte die Kleine mich an und das verwandelte ihr sowieso schon unglaublich schönes Gesicht in eine strahlende Einheit aus Liebe und Zuneigung. Ich konnte gar nicht anders, als sie ebenfalls anzulächeln. Schließlich schmiegte sie ihr Gesichtchen wieder an den Hals ihres Vaters, der sich nun in Bewegung setzte und zurück in Richtung Parkplatz lief, welcher schräg rechts von uns war. Ich duckte mich, während die beiden an mir vorbeiliefen, und versuchte gleichzeitig doch noch einen Blick auf das Gespann zu erhaschen. Die Aura, die beide umgab, das Gefühl, das sie beide irgendwie gegangen waren, ließ mich nicht mehr los. Auch dann nicht, als ich die kaputten Pflanzen zusammensammelte und in einen Eimer warf, damit ich Platz hatte, um die neuen einzupflanzen. Auf einem Friedhof war es immer so, dass es ein kleines bisschen gruselig, zusammen mit einer ordentlichen Portion Kälte war. Es konnte über dreißig Grad sein, selbst dann war es hier seltsam.
 Ich hatte Respekt vor den Toten, eine ordentliche Portion Ehrfurcht und Angst vor dem Ungewissen, was wohl auf der anderen Seite wäre. Aber das war in meinen Augen etwas Gutes. Sie waren das, was man brauchte, damit man überstand, hier jemanden zu begraben.
 Meine innere Unruhe wuchs und ich war froh, als ich endlich meine Gartengeräte zusammenpackte, den Müll sorgfältig

trennte und meinen Kunststoffabfall in mein Eimerchen stopfte, damit ich auf dem Weg zu meinem Auto nichts davon verlor.
Während ich einen Schritt vor den anderen setzte, fühlte sich der Weg seltsam an. Nachdem ich mich von Tante Flo verabschiedet hatte, blieb ich ruckartig stehen, drehte mich um, und statt in Richtung der Parkplätze zu gehen, schlug ich den Weg zu dem Grab mit den weißen englischen *Winchester Cathedral* Rosen und dem kunterbunten Sträußchen von dem kleinen Mädchen ein.
Ich fühlte mich, als würde ich zu meiner eigenen Hinrichtung laufen. Der Kloß in meinem Hals drohte mich zu ersticken, die Gänsehaut, die sich über meinem Körper ausbreitete, ließ mich trotz der sommerlichen Temperaturen frösteln. Ich war nicht spirituell, aber ich glaubte an die Macht der Liebe. Diese Liebe hier war wie ein unsichtbarer Faden, den der Mann und das Kind um dieses Grab gesponnen hatten.
›Ruhe in Frieden. Geliebte Mutter, Ehefrau, Tochter und Enkeltochter‹ stand in schwungvollen Buchstaben auf dem Grabstein. ›Phoebe Molina‹.
Das hier war das Grab von Phoebe Molina. Natürlich wusste ich, dass sie in Harpers Ferry begraben lag, weil das schlicht und einfach jeder wusste, denn jeder kannte ihren Dad und ihre Großmutter waren in Harpers Ferry eine Art Legende gewesen. Aber was ich nicht wusste und wonach ich auch nie gesucht hatte, war ihre letzte Ruhestätte. Ich wusste nicht, dass Phoebe Molina auf demselben Friedhof begraben worden war wie meine alte Tante Flo und wie es irgendwann meine Mom sein würde und irgendwann einmal ich. Ich wusste nicht, dass ihr Mann und ihre Tochter in der Stadt waren, denn ich hatte im Kopf, dass sie in New York oder in New Jersey lebten. Als ich noch einmal die Inschrift des Grabsteines las, fiel der Groschen und ich wusste es einfach.
Die Verbindung klickte so selbstverständlich ineinander, wie es zwei Puzzleteile tun würden, die eindeutig zusammenpassten.
Der Mann und das Kind mussten ihre Tochter und der Ehemann gewesen sein.

Vielleicht waren sie doch nicht mehr in der großen Stadt. Ja, definitiv. Der Schmerz, die Trauer, das Quäntchen Wut, das von ihm ausgegangen war. Sie mussten ihre direkten Angehörigen sein, denn einen Bruder hatte Phoebe Molina nicht, das wusste die ganze Welt aus den diversen Zeitungsartikeln, die damals veröffentlicht worden waren, als sie plötzlich ums Leben gekommen war.

Nachdenklich starrte ich die Blumen an, dann wieder den Grabstein und zurück zu den Blumen. Ein Bild von dem kleinen Mädchen, das mich in meinem Kopf nun neugierig und irgendwie bittend ansah, kroch herauf und ließ sich auch mit äußerster Anstrengung nicht mehr vertreiben.

Es war so, als hätte ich die Packung dieses Eine-Milliarden-Teile-Puzzles geöffnet und gerade eben zwei Randteile gefunden, die ineinander passten.

Mehr nicht.

Aber der Anfang war gemacht. Ich musste nur mutig sein und weitergehen.

Wieso ich dieses Gefühl hatte, weshalb das nun meine Gedanken waren, das wusste ich nicht, aber ich würde es herausfinden.

Kapitel 4

Caleb

»Wir kriegen bitte den Schokoshake mit extra Kirschen, die Pommes und den Burger für die junge Dame hier und für mich bitte ein Bud Light zu dem Steak medium mit Kartoffeln und Salat.«

»Sehr gern.« Die Bedienung in dem Diner, die das Namensschildchen mit dem Aufdruck Whitney an ihre weiß, rosafarbene Kleidung gepinnt hatte, lächelte uns milde an. »Sie sind neu in der Stadt«, stellte sie fest. Ich nickte knapp und presste die Lippen aufeinander. Mir war nicht nach Small Talk, mir war nicht einmal nach essen. Aber ich war verdammt noch mal Vater und als solcher musste ich meinem Kind etwas zu essen geben und Katie hatte Hunger. Großen Hunger, der sie bald dazu bringen würde, zu sterben, wie sie lauthals kundtat, als ich durch die Stadt fuhr und das Häuschen suchte, welches Phoebe ihr offensichtlich gekauft hatte.

Mein Handyakku war leer und statt mich für das Auto mit Komfort zu entscheiden, waren Katie und ich die vier Stunden in einem alten Ford Mustang ohne Navi gefahren, den ihre Mom geliebt hatte und wir damals mit diesem Sommer an der Amalfi Küste in Verbindung gebracht hatten. Wir hatten ihn auf Pump gekauft, aber mittlerweile war er abbezahlt. Als wir heute Vormittag in New York losgefahren waren, hatte es sich so gut angefühlt, in dem Wagen zu sitzen, das alte, abgenutzte Leder zu riechen und das Gefühl zu haben, dass Phoebe immer noch dabei war. Dumm war nur, dass meine Handybatterie keinen Saft mehr hatte und ich jetzt an der Tankstelle des Ortes eine Straßenkarte kaufen und in dieser das Haus suchen musste. Dadurch, dass wir eine Handy- und Computergeneration waren, musste ich mich jetzt in dieses Ding erst einmal einfuchsen, denn ehrlich gesagt hatte ich keine Ahnung, wie ich es zu benutzen, geschweige denn zu lesen hatte. Katie malte gerade mit den Stiften, die die Kellnerin ihr zusammen mit dem Shake und meinem Bier gebracht hatte, während ich dieses monströse Ding aufklappte und versuchte, mich zurechtzufinden. Ich war in der Washington Street und das Haus war scheinbar gar nicht in dieser Stadt, wenn man danach ging, dass ich die Straße gerade nicht fand.

Die Tür öffnete sich und die typische Glocke, wie sie in den Diners hier auf dem Land noch über der Tür hing, meldete sich und wir, zusammen mit einem mürrisch dreinblickenden Mann an der Bar, waren nicht länger die einzigen Gäste. Es war früher Abend und ich ging davon aus, dass das Abendgeschäft erst in einer Stunde starten würde. Mit meinem Finger suchte ich die Park Row auf dieser beschissen großen Straßenkarte. Wieso noch mal wollte ich mit dem Mustang hierherkommen statt mit dem Wagen, der ein funktionierendes Navigationssystem besaß? Ach ja, Nostalgie. Und Liebe. Liebe zu Phoebe.

»Daddy?«, fragte Katie, die das milchige Glas ihres Milchshakes sanft gegen meine Budweiser Flasche stieß. »Wie lange bleiben wir hier?«

»Ich weiß nicht«, antwortete ich ausweichend und ignorierte mein vibrierendes Handy, das ich hier neben unserem Tisch angesteckt hatte, erneut.

»Es war schön, heute den Tag mit dir zu verbringen.«

»Das fand ich auch.« Wir hatten die meiste Zeit davon bisher im Auto gesessen, aber sie hatte recht, wir verbrachten viel zu wenig Zeit miteinander. Vielleicht sollte ich einen Tag in der Woche frei machen oder mehr von zu Hause arbeiten.

»Wo schlafen wir denn?«

»In einem Haus hier in der Stadt.«

»Du hast ein Haus hier?« *Nein, mein Schatz, nicht ich. Sondern du, zumindest dann, wenn ich nach deiner Mom gehe.*

»Kann man so sagen«, erwiderte ich vage und fühlte mich eher wie in einem Verhör statt wie bei einem Dinerbesuch mit meiner Tochter. »Wenn wir die Straße finden.«

»Du warst noch nie da?« Jetzt war ihre Neugierde geweckt und sie betrachtete mich aufmerksam, während sie ihren Shake schlürfte.

»Nein, war ich nicht. Trink dich bitte nicht an dem Milchzeug satt.«

»Nein, nein, Daddy, ich habe noch richtig Hunger. Ich hatte seit dem Frühstück ja nichts mehr.« Scheiße. Das stimmte. *Klasse, Caleb. Du bist ein super Vater. So ein guter, dass du gleich mal vergessen hast, deinem Kind etwas zum Mittagessen zu geben.* »Aber mach dir keine Gedanken, ich hatte noch Gummibärchen in meiner Tasche.«

»Prima!«, sagte ich ironisch.

»Finde ich auch!« Meine Tochter war ernst und während sie nickte, wippten ihre lockigen blonden Haare. Erneut ging das Glöckchen über der Tür und ein paar Jungs in Highschool-Jacken kamen herein und setzten sich an einen Ecktisch. Die Stimmung war ausgelassen, denn sie feierten und grölten. »Die haben aber gute Laune«, stellte Katie altklug fest, nachdem sie die Jungs kurz beobachtet hatte. »So gute Laune hätte ich auch einmal gern.« Ich sah die Kerle kurz an und ich verstand, was Katie meinte. Aber dass sie sich so aufführte wie diese Teenager, wollte ich nicht. Wieder vibrierte mein Handy. Es war wieder das Büro in New York.

»Geh schon ran, Daddy!«, kam es auffordernd von ihr und sie nickte in Richtung meines Telefons. Ich hob eine Braue, betrachtete sie mit einer Mischung aus Stolz und Tadel und nahm den Hörer ab.

Meine Tochter summte, kniete sich auf das grüne Leder, mit dem die Bänke im Diner bezogen worden waren, und sah sich um, wobei sie mir den Rücken zuwandte. Ich verdrehte die Augen und wollte sie gerade ohne große Worte, denn ich hing ja am Telefon, dazu bringen, dass sie sich wieder vernünftig hinsetzte, als sie damit begann, sich mit einer jungen Frau zu unterhalten. Dankbar lächelte ich die Dame an und konzentrierte mich nun darauf, was zur Hölle so wichtig war, dass es nicht einen Tag warten konnte, bis wir zurück in New York wären. Es war der Lektor, der an einem Roman von einem Bestsellerautor saß, welcher bei uns für eine komplette Reihe unterschrieben hatte. Ich war froh, dass wir ihn verpflichten konnten, denn auch wenn von ihm nur ein Buch im Jahr erschien, war er eine sichere Einnahmequelle und extrem unterhaltsam. Ja, wenn man der Chef in einer Firma war, dann konnte und durfte man nicht nur so agieren, dass es Spaß machte. Manchmal gab es auch unangenehme Dinge oder eben solche, bei denen der Verdienst im Fokus stand. Immerhin hatte ich viele Angestellte, die sich auf mich verließen.

»Ich werde Ihnen alles per E-Mail schicken, Mr. Molina«, hörte ich Nick sprechen. »Sie bleiben ja sicher ein paar Tage länger, oder?«

Würde ich das? Ich beobachtete Katie, die mit der Frau mit den kurzen Haaren am Nebentisch Quatsch machte und die hinter einer Serviette verstecken spielten. Das sah so niedlich aus, wie Katie kicherte, und ich mochte es, dass sie hier so gelöst war. In New York war sie auch ein Kind … aber seit wir hier angekommen waren und im örtlichen Blumenladen Blumen für Phoebes Grab besorgt hatten, wirkte sie freier. Als könnte sie hier richtig atmen. Das erinnerte mich daran, dass Phoebe das auch immer so beschrieben hatte. Dass sie hier gelöster, freier und wilder sein konnte als in Washington, der Stadt, in der sie groß geworden war und wo die Augen noch mehr auf sie gerichtet gewesen waren.

»Mr. Molina?«, hörte ich wieder seine Stimme durch das Telefon und räusperte mich. Erwachte wie so oft aus der Vergangenheit und hielt den Blick aber dennoch weiterhin auf Katie und die unbekannte Frau gerichtet. Vielleicht sollten wir wirklich ein paar Tage hierbleiben, anstatt morgen wieder zurückzufahren. Ich müsste ja sowieso irgendwann dieses Haus sehen und mich damit auseinandersetzen.

Wir hatten nur eine übergroße Luftmatratze und Schlafsäcke im Auto, die von diversen Campingausflügen in meiner Collegezeit noch in einer Kiste verstaut waren. Aber wen störte es, wenn wir dort schliefen? Wenn es uns gefiel, könnten wir es vielleicht als Wochenendhaus nutzen? Oder zum Urlaub machen? Aber um das herauszufinden, mussten wir Harpers Ferry eine Chance geben.

Phoebe hätte es gefallen, wenn wir öfter hier gewesen wären. Deshalb ... ich glaubte, das könnte gut werden.

»Wissen Sie was, Nick?«, sagte ich zu meinem Gesprächspartner, der immer noch auf eine Antwort wartete. »Sie haben recht, wir werden einige Tage hier verbringen und daher wäre es besser, wenn Sie mir das alles per E-Mail schicken würden.«

Im Kopf ging ich kurz durch, ob ich alles, was ich dafür brauchen würde, mithatte. Ich hatte meinen Laptop dabei und die aktuellen Unterlagen, weil ich mir vorgenommen hatte, dass ich heute Abend noch arbeiten würde, sobald Katie schlief, denn ich wusste jetzt schon, dass ich mich schwertun würde, einzuschlafen.

»Soll ich das dann so vermerken?«, fragte er mich und ich wusste genau, was er meinte. Er meinte, dass er mich in unserem Intranet als abwesend einschreiben würde, damit die Mitarbeiter Bescheid wussten.

»Ja, machen Sie das bitte.« Ich würde zusätzlich natürlich auch meine Sekretärin informieren, dass ich ein paar Tage abwesend war. In mir wuchs der Gedanke, dass das eine richtig gute Idee sein würde, ein bisschen abzuschalten. Ich konnte ja trotzdem arbeiten. Es standen keine Messen oder Ähnliches bevor, sodass ich vor Ort sein musste, um mit dem Marketing-Team zu sprechen, es gab nichts, das nicht auch per Telefon geklärt werden konnte. Und in ein paar Tagen wären wir zurück in New York, dann war ich wieder vor Ort.

»Wie lange soll ich Sie denn einschreiben?« Nick wurde expliziter und ich lächelte, als die Frau am Nebentisch einen Serviettenkopf bastelte und damit meine Tochter zum Lachen brachte. Katie quietschte vor Freude und mein Grinsen wurde noch breiter.

»Tragen Sie mich bis Ende der Woche als abwesend ein, das sollte reichen.« Reichen zum Kraft tanken. Zum Luft holen. Zum Gedanken sortieren. Es sollte ausreichend sein, damit ich auch das nächste Jahr überstehen würde.

Ein weiteres Jahr ohne Phoebe.

Wir beendeten das Telefonat und ich fühlte mich direkt freier. Ja, wir würden Kleidung kaufen müssen, aber das konnten wir in Ruhe morgen erledigen. Katie war durch und durch eine Prinzessin, denn sie liebte es, Kleidung zu kaufen. Das würde gut werden. Beinahe konnte ich fühlen, wie Phoebe in dieser vertrauten Geste eine Hand auf meine Schulter legte, um mir zu zeigen, dass sie da war, dass sie meine Entscheidung unterstützte. Auch wenn ich es mir nur einbildete.

Es fühlte sich gut an.

Kapitel 5

Florence

»Bitte, darf ich Sie als Dankeschön zum Essen einladen?«, sagte der Mann, nachdem er sich bei mir bedankt hatte, dass ich seine Tochter in der Zeit des Telefonats beschäftigt hatte. Das war nicht so geplant gewesen und einfach so passiert, aber es fühlte sich irgendwie gut an. Ich vermisste meinen Job und diese strahlenden Kinderaugen so sehr, das wurde mir gerade wieder bewusst.

»Das ist nicht nötig, das habe ich gern getan«, brachte ich hervor und es fühlte sich irgendwie so an, als wäre ich in etwas Intimes eingedrungen. Etwas, in dem ich nichts verloren hatte, und doch nicht damit aufhören konnte. Ich wusste natürlich, dass die kleine süße Maus die Tochter von Phoebe Molina war und er der Vater. Es war wie verrückt durch die Presse gegangen und … da ich wusste, an welchem Grab ich die beiden heute hatte stehen sehen, wusste ich natürlich auch, in welcher Verbindung sie zueinanderstanden.

»Ach bitte, bitte, bittteeee, iss mit uns«, sagte die Kleine und blinzelte mit ihren langen Wimpern, als wüsste sie genau, welche Wirkung das auf einen außenstehenden Menschen hatte. »Ich wünsche es mir so sehr.«

»Ja, bitte, essen Sie mit uns«, sagte der Mann und lächelte mich an. Es war ein schönes Lächeln in einem wunderschönen Männergesicht, aber es erreichte seine Augen nicht. Er lächelte, weil es von ihm erwartet wurde, weil er es tun musste, denn so verlangte es die Erziehung und so hatten es Menschen verinnerlicht.

»Sie sind zu freundlich.«

»Ach was, er will sicher nur auch mal mit einer erwachsenen Person sprechen, wenn wir zu Abend essen.« Die entwaffnende Ehrlichkeit dieses Mädchens traf mich ins Herz. Genau wegen solcher Kinder liebte ich meinen ehemaligen Job unglaublich.

»Wenn es wirklich in Ordnung ist? Ich möchte mich nicht aufdrängen.« Ich hoffte, dass er ebenso ehrlich wäre, würde er anders empfinden.

»Nein, ehrlich, kommen Sie zu uns.« Katie setzte sich wieder auf ihren Hintern, oder eher ließ sie sich hinplumpsen, und klopfte neben sich.

»Komm«, forderte sie mich auf und ich lächelte, griff nach meiner Cola light und setzte mich neben das Kind. »Ich bin Katie und das hier ist mein Daddy.«

»Caleb«, ergänzte er wieder mit diesem entwaffnenden Lächeln, das einen umhaute, aber nicht bis in seine Augen reichte. So als hätte er lange dafür trainiert, dass es echt aussah, aber eben nicht echt war. Hoppla, woher kam dieser Gedanke? War ich plötzlich unter die Mimik-Experten gegangen, oder was?

Ich schüttelte leicht den Kopf und Katie legte ihren schief. Als ich es bemerkte, grinste ich sie an. »Ich bin Florence.«

»Ohhh.« Begeistert klatschte sie in die Hände. »Das ist ein schöner Name.«

»Vielen Dank, ich hab ihn von meiner Mutter, sie hat sich gegen meinen Vater durchgesetzt.« Zum Glück. Ich sprach die Worte aus, ehe ich mir darüber bewusst wurde, was sie nach sich ziehen konnten. Aber zu meinem Glück sagte sie nichts. Ich wollte nichts aufwühlen, das gerade an einem Tag wie heute noch mehr blutete als sowieso schon. Ich konnte nämlich lesen. Und ich wusste, welches Datum heute war. Es war schrecklich und ich wollte mir nicht ausmalen, was die Kleine hatte durchmachen müssen, als sie ihre Mutter vor einem Jahr

verloren hatte. Ich wollte nicht darüber nachdenken, wie schrecklich das für die beiden war.
Ich sah Caleb kurz an und sah dieselben Gedanken auf seinem Gesicht wie auf meinem.
»Gut«, murmelte er schließlich und holte tief Luft, »was darf es für dich zu essen sein?« Ich mochte es, dass wir zum persönlicheren *Du* gewechselt waren.
»Ich nehme hier immer einen Caesar Salad mit extra Soße.«
»Ohhh, das esse ich auch gern«, erklärte Katie an mich gewandt und sah dann aber ihren Vater an und fragte: »Was ist ein Caesar Salad, Daddy?«
Caleb lachte laut los und in diesem Moment wirkte es echt. Es klang wunderbar und wüsste ich nicht, dass er vor einem Jahr seine Frau verloren hatte, dann würde ich ihn allein aufgrund dessen, dass er so herzlich und ehrlich lachen konnte, ansprechen, um ihn zu fragen, ob er mit mir ausgehen wollte.
Ich hatte kein Problem damit, einem Mann zu zeigen, dass ich ihn mochte und ihn näher kennenlernen wollte. So selbstbewusst war ich. Und natürlich war mir durchaus bewusst, dass dies in einem Korb enden konnte, aber … na ja, die Frage, ob ich von ihm einen Korb kriegen würde, stellte sich nicht. Denn egal wie toll und hübsch er war, ich würde niemanden angraben, dessen Frau heute Todestag hatte.
So viel Anstand hatte ich durchaus.
»Also, Florence«, begann Katie schließlich, nachdem ihr Dad ihr erklärt hatte, was genau ein Caesar Salad war. »Was machst du hier?«
Erstaunt hob ich die Brauen. »Im Diner?«, fragte ich und grinste sie an. Mit meinem Finger stupste ich gegen ihre Nase.
»Nein, ich meine in dieser Stadt.«
»Wir sind in Harpers Ferry, Süße«, warf Caleb ein. An seinem typischen, elterlichen ›Das hab ich dir schon hundertmal gesagt‹-Tonfall, hörte ich heraus, dass er nicht verstand, wieso sie es sich nicht merken konnte. Mit Sicherheit hatte er es ihr heute schon knapp hundertmal gesagt.

»Schwierig, oder?«, ergriff ich bewusst Partei für Katie und sie nickte.

»Ja, ich meine, ich lebe in New York, das ist nicht so schwer zu merken wie Harpers Ferry.«

»Wie jetzt? Ich lebe hier schon, seit ich auf der Welt bin und finde es schwierig, New Yob zu sagen.«

»Es heißt New York«, betonte Katie das Wort York nun kindlich altklug und ich grinste erneut. Es machte mich so glücklich, endlich wieder ein Kind um mich zu haben. Dringend sollte ich nach einem dritten Job als Babysitterin oder so was suchen. Ich vermisste diese gelöste Art, zu lachen und zu sagen, was man eben einfach sagen wollte. Ich vermisste es, Fragen zu beantworten und Geschichten zu hören, die den Eltern mit Sicherheit ein Stückchen weit peinlich waren.

»Ich sagte doch, dass ich es schwer finde.«

»Okay.« Nun tätschelte sie meinen Arm, als wäre ich das Kind. »Du wirst es schon noch lernen.«

»Ganz bestimmt!«

Das Essen der beiden kam. Sie waren ein paar Minuten vor mir hier gewesen. Ich wusste nicht, wieso ich mich direkt an den Tisch hinter Katie gesetzt hatte, obwohl zu dem Zeitpunkt meines Eintreffens die meisten Tische frei gewesen waren. Irgendwas an den beiden zog mich magisch an und ich spürte eine Wärme in mir, wie ich sie seit einigen Monaten vermisst hatte. Eine vertraute Wärme, die mich glücklich machte. Nachdem vor Caleb ein Steak und vor Katie ein kleiner Burger mit Pommes stand, kam auch schon mein Salat. Es ging hier immer schnell.

»Guten Appetit«, sagte Caleb und wollte gerade zu essen anfangen, als Katie rief: »Piep, Piep Mäuschen!« Er sah sie mahnend an.

»Das können wir doch machen, wenn wir wieder allein sind. Florence kennt das sicher nicht.«

»Was?«, klinkte ich mich gespielt entrüstet ein. »Piep, Piep, Mäuschen? Na klar kenn ich das!«

Ich zwinkerte Caleb zu und er lächelte mich dankbar an. Ich verstand ihn, er hatte sicher keine Lust auf ein öffentliches

Drama mit seiner Tochter, nur weil er keinen Tischspruch aufzählen wollte.

»Also los!«, forderte ich Katie auf und sie reichte mir ihre Hand, die andere ihrem Dad. Natürlich musste ich nun auch eine Hand von Caleb berühren.

Diese Berührung durchfuhr mich wie ein Blitz. Ein Blitz, der sich anfühlte, als würde er in einer Tour durch meinen Körper rasen und keine Stelle finden, um sich zu entladen. Es fühlte sich so an, als hätte ich die weichsten Hände zwischen meinen Fingern, die ich jemals fühlen durfte. Und es ging hier nicht um die Hand von Katie. Es war eine Berührung, die sich für immer in meine Erinnerung brennen würde. So ähnlich wie der erste Kuss oder das erste Mal einen Blick von einem Jungen zu bekommen, den man selbst toll fand.

Katies sanfte Stimme riss mich aus meiner Trance und ich hob den Blick, der bislang auf unseren Händen gelegen hatte. Ich sah Caleb in die Augen, schluckte schwer und er hob ebenfalls den Blick, denn er hatte meine Finger genauso angestarrt wie ich seine. »Piep, Piep, Mäuschen, bleib in deinem Häuschen. Wir essen unseren Teller leer, da bleibt für dich kein Krümel mehr. Piep, piep, piep, guten Appetit.«

Ich sagte den Spruch mit auf und Katie stürzte sich sofort im Anschluss auf ihre Pommes mit Ketchup und Majo.

»Hast du Kinder?«, fragte Caleb mich direkt und als er bemerkte, wie indiskret diese Frage für zwei Fremde war, erklärte er sich: »Wegen des Spruches, du kennst ihn. Ich kenne niemanden, außer meine Eltern, die den Spruch kennen und keine kleinen Kinder haben.«

»Ich bin gelernte Erzieherin«, antwortete ich und lächelte. »Ich kenne sogar noch ein paar mehr Tischsprüche zum Essen, wenn du Abwechslung für zu Hause brauchst.«

»O nein, lass mal gut sein.« Er grinste mich an. »Danke, dass du dich vorhin um Katie gekümmert hast. Es war das Büro und … na ja, die können da wohl nicht ohne mich.«

»Was machst du denn, wenn ich fragen darf?«

»Ich arbeite für einen Verlag.«

»Oh. Das ist ein besonderer Job.«

»Na ja, nicht so schwer wie der des Vaterseins«, erklärte er spaßig und Katie verdrehte die Augen. Vielleicht hörte sie das öfter.
»Kinder sind nicht immer leicht.«
»Umso bewundernswerter, dass du Kindergärtnerin bist.«
»Ich liebe es, es macht mir Spaß.«
»Ich habe zu Hause eine Nanny und gehe in den Kindergarten.«
»Da hast du aber richtig Glück«, sagte ich zu der kleinen Prinzessin.
»Finde ich auch. Auch wenn ich Carmen nicht so gern mag.«
»Was? Ehrlich?« Caleb klang entsetzt.
»Ja, ich muss mir immer die Hände waschen vor dem Essen.« Katie schüttelte den Kopf und versuchte, von ihrem Burger abzubeißen. Ihre Finger, die das Brötchen festhielten, quetschten alles heraus.
»Das ist natürlich gemein«, stimmte ich mit ernster Tonlage zu. Kinder waren doch irgendwie alle gleich, auch wenn sie so absolut unterschiedlich waren. Ein paar Themen bewegten alle im selben Maße.
»Hey, du kannst doch meine Nanny sein, du wolltest jetzt nicht, dass ich mir die Hände waschen gehe!« Ihre Stimme klang so, als hätte sie eine Eingebung, eine Erleuchtung. »Also denke ich, würden wir wenig streiten und hätten viel Spaß zusammen.« Katie wackelte mit ihren Fingern vor meinem Gesicht herum und ihr Vater legte die Stirn in Falten. Shit, selbst wenn er so einen genervten Gesichtsausdruck trug, wirkte er unglaublich anziehend und heiß. Caleb warf mir einen Blick zu, der eine stumme Warnung in sich trug. Nur hatte ich absolut keine Ahnung, wovor genau er mich warnen wollte.

Ich lachte nervös, denn ich wusste nicht, was ich dazu sagen oder wie ich nun reagieren sollte. Es war einfach eine richtig doofe Situation.

Damit ich die Antwort endgültig umgehen konnte, nahm ich eine Gabel meines Salates. Er war wirklich lecker, aber ich schmeckte kaum etwas, so nervös war ich. Ich war verrückt, mit zwei völlig fremden Menschen am Tisch zu sitzen und zu Abend zu essen.

»Was machst du denn den ganzen Tag?«, fragte ich nun Katie und versuchte zurück auf ein unverfänglicheres Thema wie das Arbeiten zu kommen.

»Ich gehe in den Kindergarten und wenn ich dann nach Hause komme, unternehme ich manchmal was mit meiner Nanny. Wir gehen in den Park oder so. Hin und wieder auch mal einkaufen, aber das übernimmt eigentlich Valerie, das ist die Frau, die meine Mama ersetzt.«

»Oh«, brachte ich hervor. Aber es war ja eigentlich klar, dass ein Mann, der so anziehend aussah und so sexy wirkte, nicht lange unentdeckt von den Piranhas – manche Menschen meines Geschlechts verhielten sich wirklich so – bleiben würde. »Ich hoffe, es gibt keinen Ärger, wenn ich hier mit euch esse?«

»Wegen Valerie?« Calebs blaue Augen weiteten sich. »Oh … also … äh«, stammelte er und seufzte schließlich tief. »Das verstehst du falsch.« Er zeigte mit dem Finger auf mich und wedelte dann mit seiner Hand umher. Er trug einen Ehering. O mein Gott, das war mir bisher noch gar nicht aufgefallen, er war wieder verheiratet. Scheiße und ich stellte ihn mir nackt vor. Okay, nein, das hatte ich bisher nicht, aber das wollte und würde ich heute Abend doch definitiv tun, wenn ich einsam und allein in meinem Bett lag und eigentlich heulen wollte, weil ich so eine verdammte Idiotin war. »Das versteht sie falsch, richtig, Katie?« Die Kleine sah ihren Vater an und schüttelte den Kopf.

»Aber was versteht sie denn daran falsch?«, fragte sie nun. »Valerie ist doch bei uns und macht alles das, was früher Mom gemacht hat.«

»Na ja, nein, also …«

»Das ist schon in Ordnung«, klinkte ich mich ein und schämte mich wegen dieser peinlichen Situation. Vielleicht nahm er es gar nicht so wahr, denn für ihn war das hier wohl wirklich nur ein Abendessen. Konnte ja niemand ahnen, dass ich am liebsten mit dem Kerl im Bett landen wollte …

»Nein, ist es nicht.« Caleb atmete tief durch. »Valerie ist unsere Haushälterin. Nicht meine Freundin oder Frau oder so etwas.« Er warf nun einen Blick auf den schlichten Goldring an seiner Hand und ich folgte ihm.

»Ja«, erklärte Katie wieder, während sie sich Pommes, die in Ketchup getränkt waren, in den Mund schob. »Sag ich doch. Sie macht alles das, was früher Mom gemacht hat. Oder willst du sagen, dass du unsere Wäsche wäschst?« Sie kicherte, als hätten die beiden ein Geheimnis die Wäsche betreffend.

»Nein, du hast natürlich vollkommen recht.« Caleb schüttelte den Kopf und sah mich entschuldigend an. Wir wussten, was er meinte, aber nun lenkte er offensichtlich ein, weil er nicht riskieren wollte, dass Katie auf die Idee kam, nachzufragen, was denn Valerie nicht machte, das ihre Mom gemacht hatte. Wir Erwachsenen wussten das. Und es hatte etwas damit zu tun, was ich auch gern mit ihm machen würde.

Katie plapperte vor sich hin und gab sich große Mühe mit ihrem Burger, um diesen richtig zu essen.

»Sag mal, du bist Kindergärtnerin, richtig?« Er wollte sich rückversichern?

»Ja, das ist richtig«, stimmte ich ihm zu. »Weil?«

»Könntest du morgen ein paar Stunden auf Katie aufpassen, würde das vielleicht gehen? Also bei uns … oder kennst du einen Babysitterdienst in Harpers Ferry, eine Einrichtung oder so was?« Er stockte kurz, sprach dann aber weiter. »Also bei uns im Haus, das wäre wohl am besten. Ich bin auch da, habe aber eine Telefonkonferenz, an der ich gern teilnehmen würde.« Katie sah ihn an.

»Wir bleiben länger hier?«, fragte sie und schien sich darüber zu wundern. »Ich habe aber Amalia gesagt, dass ich bald wieder im Kindergarten bin. Amalia ist meine Freundin in meiner Gruppe«, stellte sie an mich gewandt klar.

»Nur ein paar Tage. Ich dachte, das gefällt dir vielleicht«, erklärte ihr Dad und ich fand es ziemlich cool, dass die beiden miteinander sprachen, als wären sie ebenbürtig und nicht einer das Kind und einer der Erwachsene.

»Ja, schon.« Nachdenklich legte die Kleine den Kopf schief und ihre blonden Locken streichelten ihre Schulter. Die Haare waren so lang, dass sie sie beinahe in den Ketchup tauchte. »Unternehmen wir auch was?«
»Na klar!« Caleb sah mich wieder an. »Also wenn du zufällig nichts vorhast.«
»Wann wäre denn die Telefonkonferenz?«, fragte ich. »Also, um welchen Zeitraum würde es denn gehen?« Wieso stellte ich denn diese Frage? Natürlich würde ich mir die Zeit nehmen, denn ich fand das Mädchen so unendlich süß und sie tat mir leid. Sie wusste, dass sie ihre Mom verloren hatte, und das schon sehr früh. Kein Kind der Welt sollte das erleben müssen. Und dass heute auch noch der Todestag war ... Mein Herz wurde schwer und gleichzeitig explodierte es.
»Am frühen Nachmittag. Ich denke, sie geht so zwei Stunden circa.«
Perfekt. Auch wenn ich alles dafür getan hätte, dass ich es möglich gemacht hätte. »Ja, da könnte ich tatsächlich.«
»Ohhh ja!«, rief Katie und schlürfte von ihrem Shake. »Das wird großartig.«
»Wird es das?«, fragte Caleb und legte die Stirn in Falten. »Was hast du vor?«
»Ich lasse mir die Gegend zeigen, wenn wir wirklich ein paar Tage hier sind, dann ist das doch prima.«
»Finde ich auch!«, ergänzte ich. »Ich weiß einen schönen Spielplatz in Harpers Ferry.« An Caleb gewandt sagte ich: »Wo genau wohnt ihr denn?«
»In der Park Row«, brachte er hervor und trank einen Schluck Bier. Er war schon fertig mit essen. »Wenn wir die Straße irgendwann einmal finden sollten.« Park Row. Verdammt. Das war wirklich das Haus, das in meiner Straße war. Meine ätzende Nachbarin hatte mal wieder richtig gelegen und recht gehabt. Caleb und Katie würden also zwei Häuser weiter einziehen. Zumindest für ein paar Tage, wie er vorher sagte.
»Ich hoffe, das ist nicht so weit von deinem Haus weg.« Caleb half seiner Tochter mit dem Burger. »Sofern es die Park Row hier gibt.«

»Die gibt es«, erklärte ich lachend. »Ich wohne auch in dieser Straße.«

»Ach wirklich?« Katie klatschte in die Hände. »Das ist uuunnnfassbar.«

»Woher hat sie das nur?«, fragte Caleb an sich selbst gewandt. »Entschuldigung.« Er spielte darauf an, dass Katie so laut und euphorisch gesprochen hatte. Aber mir war es immer lieber, ein Kind war laut und fröhlich, anstatt in sich gekehrt und verschüchtert. Gerade eines wie Katie, deren Mutter viel zu früh verstorben war.

»Ach was, wir haben Spaß und sind einfach fröhlich, nicht wahr?«

»Richtig!« Tadelnd sah Katie ihren Daddy an. Ich hatte mich bereits jetzt in ihre Mimik und Gestik verliebt. Sie war unglaublich niedlich.

»Na wenn ihr beide euch da einig seid, dann kann ja nichts mehr schiefgehen.« Seltsam. Es ist das erste Mal, dass ich zu zwei Menschen, die ich zuvor noch nie gesehen hatte, so eine Verbindung aufgebaut und solch ein Vertrauen gefasst hatte. Während wir aufaßen und Caleb und ich einer Geschichte aus dem Kindergarten von Katie lauschten, beschlich mich das Gefühl, dass sich ab heute alles ändern würde.

Der Stein rollte und ich konnte ihn nicht mehr aufhalten.

Kapitel 6

Caleb

Ich machte kein Auge zu. Nicht ein einziges Mal in der gesamten Nacht.

Nicht einmal fühlte es sich so an, als würde ich auch nur im Ansatz einschlafen können. Mein Hirn arbeitete auf Hochtouren und wurde nicht müde.

Katie neben mir streckte ihren Hintern in meine Richtung, sie suchte immer Körperkontakt, wenn sie bei mir im Bett lag, oder ich bei ihr einnickte. Meine Tochter schlief in der fremden Umgebung wie ein Baby und ich wagte es nicht, mir auch nur für eine Sekunde Ruhe zu gönnen.

Wieso hatte Phoebe das getan? Wieso hatte sie dieses Haus gekauft und uns damit allein zurückgelassen?

Ich hatte keine Ahnung. Ich wusste nur, dass wir jetzt in dieser Scheiße festhingen, und ich irgendwie versuchen musste, zu verdrängen, dass wir gemeinsam hier hätten sein sollen. Dass wir gemeinsam durch die Räume streifen sollten, um uns zu überlegen, was wir wie einrichten würden.

Das Haus war süß. Es war nicht sehr groß, aber es war auch nicht klein. Eine vierköpfige Familie würde hier locker Platz finden, aber ich besaß an Räumlichkeiten und Platz einen anderen Anspruch, weil ich in anderen Verhältnissen aufgewachsen war als Phoebe. Ihre Eltern waren schon immer wohlhabend und meine nicht. Ich hatte alles, was ich Katie und auch meiner verstorbenen Frau bieten konnte, selbst erarbeitet und wusste, dass es ein Privileg war, wenn man ein eigenes Zimmer in seinem Zuhause hatte. Nachdem Katie und ich also eine Runde durch das ganze Häuschen gestreift waren und festgestellt hatten, dass außer einer Küche und Sanitäreinrichtungen nichts zum Mobiliar zählte, hatten wir uns dafür entschieden, dass wir unser Nachtlager direkt im Wohnzimmer aufbauen würden statt in einem der Schlafzimmer im ersten Stock. Sobald es morgen hell war, würden wir uns das genauer ansehen.

Katie neben mir schnarchte und ich beobachtete durch das Fenster rechts von mir, wie die Sonne langsam aufging und es Tag wurde.

Phoebe hätte es gefallen, dass Katie und ich hier eine Auszeit nahmen. Sie hätte es vermutlich sogar so gut gefunden, dass sie sich irgendetwas Verrücktes hätte einfallen lassen. Wie sie es immer getan hatte. Man hatte so viel Spaß mit ihr gehabt.

Katie hatte heute gesagt, nachdem wir allein in diesem Haus standen, dass sie mit Florence so viel Spaß gehabt hatte wie mit ihrer Mommy immer. Ich wusste, dass das eine Momentaufnahme war und sie es gar nicht so meinte. Herrgott, das war ein vier Jahre altes Mädchen, das schwache bis gar keine Erinnerungen an ihre Mutter hatte. Dennoch traf es mich. Diese Aussage erinnerte mich daran, dass unser Leben einfach so weiterging, als wäre nichts gewesen. Auch wenn plötzlich alles anders war.

Mein Handy leuchtete auf und ich bewegte mich vorsichtig auf unserer gemeinsamen Luftmatratze, damit die Kleine nicht aufwachte. Wäre Katie einmal wach, war sie wach.

Es war fünf Uhr und die automatische Playlist, welche Phoebe mir programmiert hatte und ich immer zum Joggen hörte, startete leise. Ich hörte sie sehr gedämpft, weil meine Ohrhörer nicht verbunden waren, aber dadurch, dass ich diese Liste schon tausende Male angehört hatte, kannte ich jeden Song, jede Zeile, jedes Wort auswendig. Heute war also der erste Tag, an dem ich nicht laufen gehen würde. Ja, Katie schlief, aber wir waren hier fremd und ich würde niemals mein

Kind allein in diesem Haus lassen. Also legte ich mich auf den Rücken, das Telefon auf meinen Bauch und hörte den leisen, gedämpften Lauten von *44 Caliber Love Letter* von *Alexisonfire* zu. Ja, der Song war alt, aber wir hatten ihn immer auf dem College gehört und genau aus diesem Grund hatte es mich damals nicht überrascht, dass er der erste auf der Liste war.

Manchmal fragte ich mich, ob meine Frau vielleicht gewusst hatte, dass sie uns so früh verlassen würde, denn einige Dinge wirkten so, als hätte sie sie von langer Hand geplant. Wir waren jeden Tag gemeinsam gelaufen. Und doch hatte sie mir eine Playlist erstellt, die automatisch jeden Morgen startete. Als hätte sie gewusst, dass ich irgendwann allein laufen würde und sie nicht mehr neben mir joggen konnte.

Der Song erreichte seinen Höhepunkt und flaute dann schließlich ab. Das Lied wechselte zu *Closer* von *Nine Inch Nails* und erinnerte mich daran, wie wir uns bei einer der bescheuertsten Gartenpartys bei ihren Eltern zu Hause davongeschlichen hatten, um zu knutschen, und dabei lief dieser Song im Radio. Ich grinste in die Dunkelheit. Phoebe fehlte mir. Und sie fehlte mir so sehr, dass ich manchmal kaum atmen konnte.

Gestern Abend war die Stimmung mit Florence so gelöst gewesen, obwohl wir sie nicht kannten. Es fühlte sich so unglaublich an, dass Katie gelacht hatte und locker gewesen war. Ich hatte geglaubt, dass sie das immer war, aber diesmal war es anders. Im Nachhinein fiel mir auf, dass zu Hause in New York immer ein Schatten über ihrem Gesicht lag, auch wenn sie mir eigentlich glücklich vorkam.

Wieder lauschte ich den Textzeilen, und schließlich wurden meine Lider schwer und ich gab mich der hingebungsvollen Stille des Schlafes hin.

Das Letzte, was ich spürte, war Dankbarkeit, dass ich endlich die Augen schließen konnte und nicht mehr denken musste.

***

Ich wurde wach, weil Katie an meiner Schulter rüttelte. »Ich hab Hunger, Daddy. Wach bitte auf.« Müde blinzelte ich und sofort fühlte ich mich wie gerädert, als hätte ich die ganze Nacht nicht geschlafen. Wie witzig, ich hatte die ganze Nacht nicht geschlafen und erst …

»Wie viel Uhr ist es?« Ich schreckte hoch und die Luftmatratze wackelte gefährlich.

»Ich weiß es nicht, ich kann die Uhr nicht lesen, Daddy.«

Erschrocken tastete ich nach meinem Telefon und stellte fest, dass keine Musik mehr lief und sah, dass es kurz nach 12 Uhr mittags war. Kein Wunder, dass Katie Hunger hatte. »Wie lange bist du schon wach?«

»Ich weiß es nicht. Aber lange.«

»Wieso weckst du mich nicht?«

»Weil du so tief geschlafen hast, da dachte ich, ich schaue lieber mal noch meine Bücher an, die wir mitgebracht haben.« Wie wunderbar meine Tochter war. »Und ich muss jetzt dringend auf die Toilette.«

»Ja, klar. Natürlich!« Ich fühlte mich erschlagen, wollte nur die Augen wieder schließen, aber ich warf den Schlafsack zur Seite, mit dem wir uns zugedeckt hatten, und stand schwungvoll auf. »Toilette«, wiederholte ich leise und lief mit ihr in das kleine Badezimmer, das den Flur runter zu finden war. Das eigentliche Bad war im oberen Stockwerk, aber das wäre wohl zu weit.

Katie ging mit ihrem kleinen Po auf die Brille und hielt sich fest. Dabei wackelte sie mit den Beinen und begann ›Backe, backe Kuchen‹ zu singen. Ich holte tief Luft und wischte mir den Schlaf aus den Augen. Dass ich doch beinahe sieben Stunden geschlafen hatte, erstaunte mich. Wann hatte ich das letzte Mal so lange am Stück geschlafen? So lange und so tief, dass ich nicht einmal mitbekam, dass meine Tochter versuchte, mich zu wecken? Wow. Das war krass. Es musste an der Luft hier in Harpers Ferry liegen. Katie war fertig, nutzte die Rolle Toilettenpapier, die hier noch hing, und wusch sich die Hände.

»Jetzt habe ich Hunger, Daddy.«

»Ja, klar. Natürlich hast du das.«

»Du hast ja auch ewig geschlafen.«
»Ich … ja, das habe ich wohl. Ich war sehr müde.«
»Ich kann das verstehen. Manchmal bin ich auch sehr müde und das, obwohl ich die ganze Nacht geschlafen habe. Hast du was geträumt?«, plapperte sie weiter und ich fuhr mir mit der flachen Hand über das Gesicht. »Ich habe nichts geträumt, aber das ist nicht weiter schlimm.« Sie zuckte die Schultern. »Morgen vielleicht.«
»Ja, morgen vielleicht.«
»Was essen wir, Daddy?«
Ich ging direkt zu unserer Tasche, welche wir aus New York mitgebracht hatten, und in der ein paar Snacks waren. »Ohhh.« Die leuchtenden Augen von Katie sagten mir, dass sie mit unserem späten Frühstück, welches aus Crackern mit Käsefüllung, getrockneten Erdbeeren und Gummibärchen bestehen würde, vollkommen einverstanden war. »Ich nehm die Gummibärchen!«

»Ich würde sagen, du nimmst die Erdbeerchips und die Cracker.«

»Mhm.« Ihre Mundwinkel zogen sich nach unten, aber ich konnte nicht ständig nachgeben. »Na gut, aber nachher darf ich Gummibärchen.«

»Wir stehen gerade erst auf, können wir erst einmal frühstücken?« *Und Kaffee trinken*, ergänzte ich in meinem Kopf und sehnte mich nach dem flüssigen Gold, aber das würde ich hier wohl nicht kriegen.

Es klopfte an der Haustür und schlagartig wurde mir klar, dass es wohl Florence sein musste, als Katie die Tür bereits aufriss und sie hereinbat.

»Hallo zusa…« Florence stockte mitten im Satz und verschluckte sich beinahe an ihrem Kaffee, von dem sie trinken wollte. Sie starrte mich an, als wäre ich ein Alien und ich sah an mir herunter. Okay, womöglich hätte ich dann auch kurz gestockt. Ich stand hier mit nackten Füßen, einer tief sitzenden, lockeren Jogginghose auf den Hüften und nacktem Oberkörper.

»Hallo, guten Morgen.«

»Ihr steht gerade erst auf?« Sie sah überall hin, nur nicht in meine Richtung, und reichte mir einen der Kaffeebecher, welche sie zwischen ihren schlanken, langen Fingern hielt. »Dann passt es ja, dass ich Kaffee mitgebracht habe.« Nun klang ihre Stimme schüchtern. Sie hielt mir den Becher entgegen. Als ich ihn nahm und dabei ihre warmen Finger berührte, fühlte ich eine Hitze durch mich fahren. Das Gefühl ließ mich zurückzucken und ich verlor beinahe den Becher.

»Danke«, presste ich hervor, spürte das erste Mal seit einem Jahr, dass ... ich auch nur ein Mann war, und wandte mich ab, um mir ein Shirt anzuziehen. Ich kramte in unserer Tasche, fand es und warf es mir über, ehe ich mich wieder zu Florence umdrehte. Ich erwischte sie dabei, dass sie mich anstarrte, und ohne was zu sagen, legte ich den Kopf schief und signalisierte ihr somit, dass ich es gemerkt hatte, und genoss die Röte, welche sich über ihre Wangen legte, mehr, als mein Gewissen zuließ. Schwerfällig räusperte ich mich und Florence drehte sich leicht weg, um sich mit Katie zu unterhalten.

Ich sah ihre langen gebräunten Beine, die in einem Jeansrock steckten, der einen Waffenschein bräuchte. Na gut, ich sah das so, aber ich hatte auch lange keine Frau mehr als Frau betrachtet. Ein anderer Mann würde sich wohl fragen, ob ich verrückt geworden wäre, und er würde vielleicht anmerken, dass es viel kürzere Röcke gab. Darüber und das betonte ihre Taille, eine weiße Bluse, welche sie in den Bund des Rockes gesteckt hatte. Dazu hatte sie sich hellbraune, flache Stiefel angezogen, die bis zur Mitte ihrer Waden reichten. Die kinnlangen Haare waren ordentlich frisiert und sie war dezent geschminkt. Florence sah natürlich aus, nicht wie diese New Yorker Tussis, die alle nach und nach das letzte Jahr versucht hatten, mich aus meiner Trauer zu reißen und dabei so zu tun, als wäre es vollkommen okay, meine Ehefrau zu vergessen. Schwer seufzte ich und merkte erst viel zu spät, dass Katie und Florence das Sprechen aufgehört hatten und beide mich nun anstarrten. Erwischt. Sie lächelte leicht, fuhr sich mit den Fingern über die Lippen und auch wenn ich solch eine Geste immer als berechnend gegenüber einem Mann empfunden hatte, dann war ich mir jetzt irgendwie sicher, dass sie es vollkommen ohne Absichten tat.

Es war eine … normale menschliche und körperliche Reaktion, wenn man sich zu jemandem hingezogen fühlte und scheiße, es war okay, dass ich das tat. Vermutlich dachte ich nur an sie, weil sie auf meine Tochter aufpassen würde.

Ja, genau, das musste es sein. Darum dachte ich an sie und betrachtete sie so genau. Weil sie gleich auf Katie aufpassen würde.

»Ich …« Schwer räusperte ich mich, um den Kloß in meinem Hals zu vertreiben. Mein Blut rauschte in meinen Ohren. »Ich gehe dann mal ins Bad, damit ich gleich bereit für die Telefonkonferenz bin.«

»Ihr seid wirklich gerade erst aufgestanden.«

»Sagen wir mal so, es gab hier jemanden, der ist schneller eingeschlafen, und es gab hier jemanden, der erst im Morgengrauen die Augen geschlossen hat.« Mit meiner Hand streichelte ich Katie über den Kopf und sie grinste mich an.

»Und darum krieg ich jetzt Gummibärchen.«

»Nein, dabei bleibe ich, du solltest erst etwas Vernünftiges essen. Nicht, dass Cracker und ein paar getrocknete Erdbeeren ein richtiges Frühstück wären.«

»Na, das macht doch nichts. Raus aus dem Schlafanzug, wir ziehen dich an und gehen dir …« Florence streckte die Hand aus und deutete auf Katie und dann auf mich. »Euch etwas zum Frühstücken holen.«

»O jaaa!«, rief meine Tochter und schlüpfte bereits umständlich aus dem Schlafanzugoberteil mit den Herzen. »Ich liebe frühstücken. Gibt es auch Pfannkuchen?«

»Wenn dein Dad das erlaubt«, hörte ich Florence sagen und war bereits auf dem Weg zu meinem Geldbeutel, um den beiden Bargeld mitzugeben. Viel hatte ich nicht, ich zahlte ansonsten nur mit Karte.

»Klar, natürlich, ich spring so lange unter die Dusche.«

»Ich hab auch noch keine Zähne geputzt« erklärte Katie Florence, nachdem sie ihr beim Anziehen geholfen hatte. Ich fühlte mich gerade wie der schlechteste Vater der Welt, weil ich eingeschlafen war und mein Kind noch nicht gewaschen und angezogen war, geschweige denn etwas gefrühstückt hatte. Wenn Katie und ich allein waren, war das etwas anderes ... aber so ... Nein, das fühlte sich gerade echt mies an. Ich rieb mit der Faust über meine Brust. Das Gefühl, das ich in mir hatte, kam nicht daher, dass ich meine Tochter gleich mit einer Frau mitgehen ließ, die wir nicht kannten. Aus einem unerfindlichen Grund vertraute ich Florence ... Nein es kam daher, weil ich vor ihr gut dastehen wollte. Ich wollte, dass sie glaubte, ich würde das alles auch ohne Frau und Mutter von Katie auf die Reihe bringen. Verdammt, was war hier nur los? Wieso war ich jetzt auf einmal so?

Ich schüttelte den Kopf.

»Nicht okay?«, fragte sie mich und ich starrte sie an. Ich hatte ihr nicht zugehört.

»Was? Wie? Was ist nicht okay?«

Florence lächelte. »Ich habe gefragt, ob wir gleich etwas für euch einkaufen gehen sollen?«

»Also ...«

»Es wäre wirklich in Ordnung, oder Katie?«

»Na klar wäre es das. Ich liebe einkaufen. Mein Dad hasst Supermärkte.«

»Du kaufst nicht oft ein?«

»Wenn es nicht um Storylines und Autoren geht ... dann nicht so gern, richtig.«

Aber ich würde es wohl müssen, wenn wir ein paar Tage hierbleiben wollten.

»Na dann erledigen wir das für euch.« Florence deutete nun auf Katie. »Dieses kleine Fräulein hier weiß doch sicher, was euch beiden gut schmeckt, oder?«

»Aber natürlich!« Ihre entrüstete Stimme brachte mich zum Schmunzeln. Wenn Katie nur wüsste, wie unglaublich ähnlich sie ihrer Mom in so vielen Dingen war. Das Gefühl, dass Florence mich aus der Bahn warf, verschwand und machte der altbekannten Trauer Platz.

Eine Trauer darüber, dass Phoebe niemals mitbekommen würde, wie wundervoll Katie sich entwickelte. Und ja, das tat sie wirklich. Natürlich sagten das alle Eltern über ihre Kinder ... aber Katie war einzigartig.

Und sie war alles, was mir noch von Phoebe geblieben war.

Kapitel 7

Florence

In mir warnte mich alles mit Trompeten und Paukenschlägen.

Aber nicht, weil ich etwas besonders gut erledigt hatte. Eher aus dem Grund, weil ich verdammt noch mal eine Idiotin war.

Ich starrte Caleb an, als wäre er ein Stück Fleisch, das saftigste Steak, das ich jemals gesehen hatte. Es fehlte nur noch, dass ich wirklich zu sabbern anfing, aber davon war ich nicht mehr weit entfernt.

Ich dachte mir fast, dass er nicht schlafen konnte. Ich wusste nicht wieso, aber auch ich hatte nach dieser einzigartigen Begegnung mit den beiden gestern die ganze Nacht wach gelegen und war zwar vollkommen fertig und gerädert, aber um nichts auf der Welt wollte ich das Date mit Katie verpassen. Ich konnte ja nicht ahnen, dass ich in dieses Haus kommen würde und er beinahe nackt vor mir stand.

Scheiße, dieser Mann war … ein verdammtes Model, das absolut perfekt aussah. In Photoshop bearbeitet, damit seine verfluchten Bauchmuskeln und scheiße, das war ein überaus ausgeprägter Sixpack, noch mehr zur Geltung kamen. Während ich ihn vorher angestarrt hatte und mir beinahe die Worte im Mund stecken blieben, war alles, an das ich denken konnte, das mich interessierte, wie gut er bestückt war. Jepp, das war primitiv, aber hey, ich war auch nur eine Frau, die eine … etwas länger anhaltende Dürreperiode hinter sich hatte. Eine Frau, die gern Sex hatte. Ich stand zu meinem Körper und meiner Weiblichkeit, aber ich würde es nicht mit jedem Mann um jeden Preis tun.

Caleb allerdings ... Ich würde alles tun, was er sagte, verlangte oder sich ersehnte.

Binnen Sekunden hatte ich mich in ein lechzendes Tier verwandelt und konnte nichts dagegen tun. Dieser Mann war Sex auf zwei Beinen. Und das, was mich noch viel mehr anturnte als dieser ziemlich perfekte Körper und seine charismatische Ausstrahlung, war die Tatsache, dass er sich dessen gar nicht bewusst war. Dadurch wirkte er eher unschuldig, auch wenn ein Mann von seinem Kaliber und das Wort Unschuld in meinem Kopf nicht zusammenpassten.

»Gehen wir?«, fragte Katie und Caleb sah mich mit in die Hüften gestemmten Händen an, als würde er auf eine Antwort warten. Natürlich war mir aufgefallen, dass sein Blick ein paar Sekunden zu lange auf meinen nackten Beinen hing und er meinen vollen Busen genauso scannte, auch wenn ich mit Absicht keinen Knopf bei meiner Bluse offen gelassen hatte. Eine Freundin hatte mal gesagt, dass Frau entweder Bein zeigte oder Ausschnitt, aber dass beides zusammen einfach billig wirkte und Frau das vermeiden sollte.

Anscheinend besaß diese Theorie eine gewisse Richtigkeit, denn auch wenn ich keine Probleme mit meinem Selbstbewusstsein hatte, so wusste ich doch, dass ein Mann, der aussah wie Caleb und so erfolgreich war wie er, sich womöglich nicht für eine kleine Erzieherin vom Land entscheiden würde, hätte er die Wahl. Eine Schönheitskönigin schien eher zu ihm zu passen.

»Ja, klar.«

»Ohhhh, das wird ein Fest.« Katie sprang auf und ab. »Das ist der beste Tag meines Lebens!« Shit, zu was genau hatte ich gerade ›Ja, klar.‹ gesagt?

»Denkst du denn, dass das Möbelhaus hier genügend Auswahl hat, oder sollen wir nach Washington fahren?«

Dazu hatte ich Ja gesagt? Dass ich mit zum Möbelkaufen ging? Mit ihm? Nein, auf keinen Fall würde ich das tun. Niemals. Das konnte ich nicht machen. Katie sah mich glücklich an. Verdammt, ich war so richtig im Eimer.»Also ...«

»Okay, das können wir noch überlegen«, kam von Caleb und er sah auf die Analoguhr an seinem Handgelenk. Ich fand es schön, dass er keine Smartwatch trug, obwohl er bestimmt eine besaß, sondern eine normale Uhr, wie man sie früher hatte, bevor das Digitalzeitalter boomte.»Ich muss mich jetzt fertig machen, sonst sitze ich in einem Lakers-Shirt in der Telefonkonferenz.«

»Alles klar, Daddy, bis später.«

»Bis später!«, sagte er noch, ging auf die Knie und gab Katie einen Kuss, drückte sie und ermahnte sie nebenbei, dass sie nicht weglaufen sollte und gut hören musste. Katie nickte.

»Alles klar. Ach so, und Caleb, hier wäre noch das Zeugnis, zusammen mit der Erlaubnis und mit einem polizeilichen Führungszeugnis. Die Dokumente sind aktuell.«

»Ihr müsst in Harpers Ferry eine Zulassung haben, damit ihr Babysitter sein dürft? Auch wenn es nur einmalig für ein paar Stunden ist?«

»Zum einen das, zum anderen sind wir registriert und ich werde sowieso doppelt überwacht, weil ich ja die entsprechende Ausbildung habe, die man braucht, um Kindergärtnerin sein zu dürfen.«

»O wow ... Nicht, dass ich dich heute Nacht nicht gegoogelt hätte.«

»Und was kam raus?«, fragte ich ehrlich voller Neugierde. Ich hatte mich noch nie selbst gegoogelt.

»Nur Positives und die Geschichte mit der Kindergärtnerin stimmt wohl.« Sein ironischer Ton brachte mich dazu, dass ich schallend lachte.

»Ich pass gut auf Katie auf.«

»Das hoffe ich.«

»Wir sind in dreißig Minuten zurück. Hier ist noch meine Handynummer, sollte etwas sein.«

»Ah okay, Moment.« Er drehte sich um, und ich konnte seinen Hintern betrachten, der sich in der lockeren Jogginghose unglaublich gut machte. Er rief mich an und mein Herz setzte einen Schlag aus, weil ich nun seine Nummer hatte. Obgleich das nicht aus romantischen Gründen war, sondern einfach deshalb, weil ich auf seine Tochter aufpasste. »Vorsichtig sein, Katie.«

»Klar, Dad.« Sie drückte ihn noch einmal und er schloss dabei die Augen. Das sah so vertraut aus, dass sich mein Herz zusammenzog. »Viel Spaß beim Telefonieren.«

»Danke, Mäuschen.« Er richtete sich wieder auf und nickte leicht. »Bis gleich.«

»Bis gleich, Caleb.«

Ich wagte erst aufzuatmen, als ich Katie an der Hand hielt und wir in Richtung Supermarkt liefen. Harpers Ferry war eine Kleinstadt, die meisten Menschen kannten sich persönlich und selbst einer der drei Supermärkte war nicht allzu weit entfernt und in Laufdistanz.

»Wie hast du geschlafen, Katie?«

Die Kleine sah mich an. »Richtig gut, und wie war deine Nacht?«

»Ganz okay«, sagte ich und wir warteten an der Ampel, bis diese grün wurde. »Ich hab was Schönes geträumt.«

»Und was?«, fragte sie neugierig weiter. »Ich träume nur immer Quatsch. Von Einhörnern in einer fremden Welt und so was. Kennst du ›Mia and me‹?«

»Nein, was ist das?« Wir liefen über die Ampel und ich grüßte Greg, der einen der örtlichen Supermärkte besaß. Ich ging am liebsten zu ihm, denn bei ihm sah das Obst immer ein bisschen frischer und das Gemüse ein Stückchen gesünder aus. Ja, das war Schwachsinn, aber so kam es mir eben vor. Katie und ich schnappten uns einen Wagen und betraten den Laden.

»Das ist eine Serie. Über ein Mädchen, das in einem Buch verschwindet und dann in einem Land ist, in dem es nur Elfen und Feen und Einhörner gibt und so was.«

»Oh, das klingt aufregend.«

»Nein, das existiert ja gar nicht!«, rief Katie und ich packte verschiedene Obstsorten und etwas Gemüse in den Wagen. Wir liefen weiter zu den Frühstücksflocken und der Milch. »Ich meine, die lügen praktisch.«

»Und wie kommst du darauf?«, fragte ich weiter, unterbrach mich selbst und sagte: »Welche Frühstücksflocken magst du am liebsten?«

»Schokopops!« Ich nickte und warf eine Schachtel davon in den Wagen. »Aber das ist nicht wirklich echt, weil es Zeichentrick ist, verstehst du.«

»Mh ... nein, ich denke nicht, dass ich das verstehe.« Wir liefen weiter zum Kaffee und da ich nicht wusste, ob Galeb eine Kaffeemaschine besaß, kaufte ich einfach löslichen Kaffee. Wenn er ihm nicht schmeckte, hatte er eben Pech gehabt.

»Also Mia, okay?« Ernsthaft nickte sie und wir liefen weiter zum Brot und verschiedenen Aufstrichen. Wir entschieden uns für Erdbeermarmelade, Erdnussbutter und Toast, ehe es weiter zum Joghurt, Käse und zur Wurst für ein Sandwich ging. »Mia ist ein Mädchen wie du und ich und sie ist real, verstehst du? Total real und dann, wenn ihr Armband leuchtet, geht sie zu diesem Buch, es heißt: Die Legenden von Centopia – und dann wird sie durch ein Passwort in das Buch gezogen und auf einmal ist alles in diesem ... na ja ...« Katie überlegte, wie das hieß, während ich verschiedene Käse- und Wurstsorten in den Einkaufswagen warf. »Ich meine, wenn das alles so gemalt ist statt mit echten Menschen.«

»Du meinst Zeichentrick?«, fragte ich und griff nach Orangensaft und nahm diesen ebenfalls mit.

»Ja, genau das meine ich.« Wir gaben noch ein paar M&M's, Chips und Gummibärchen dazu, ehe wir in den Gang mit Nudeln und Soßen abbogen. Mac & Cheese gingen schließlich immer. Sie würden einfach Makkaroni und Käse essen müssen.

»Und darum denkst du, ist das nicht echt.«

»Richtig. Kann ja gar nicht. Ich meine, echte Menschen sehen anders aus. Echte Menschen haben keine pinkfarbenen Haare und so was, weißt du.«

»Waaass?«, fragte ich gespielt entsetzt. »Also meine Freundin Rosalie würde dir da etwas anderes erzählen. Sie hat pinkfarbene Haare. Mit grünen und blauen Strähnen.«

»Ohhh!« Katie wippte auf den Zehenspitzen, als wir an der Kasse anstanden. »Ehrlich?«
»Natürlich, ich würde dich nicht anlügen.«
»Hi, Katie«, begrüßte mich die Kassiererin. »Oh, du hast Nachwuchs dabei.«
Katies blonde, lockige Haare wippten auf und ab, als sie zustimmend nickte. »Ich bin Katie.«
»Ich bin Kelly, willkommen bei Greg's Supermarkt.«
»Danke, es ist hübsch hier.« Ich schmunzelte über ihre Worte, während ich unser Zeug in zwei Tüten einpackte. »Ein sehr schöner Supermarkt, aber ihr habt keine Froot Loops. Hab ich schon festgestellt.«
»Haben wir nicht?« Kellys Augen weiteten sich. »Das ist mir noch nie aufgefallen.«
»Magst du Froot Loops?«
»Ich liebe sie.« Das Wort ›liebe‹ betonte Kelly so euphorisch, dass Katie und ich kurz auflachten. »Aber es ist gut, zu wissen, dass die Flocken gerade aus sind, dann werde ich auch auf Schokopops umsteigen.«
»Das hier!« Katie beugte sich nah zu Kelly und tat so, als würde sie flüstern. »Sind die Besten. Glaub mir, alle anderen schmecken nicht mal.«
»Das werde ich beachten.«
Während ich den Rest in der Tüte verstaute, zum Glück hatte alles Platz, griff sich Katie die Schokopops und nachdem wir bezahlt hatten, verließen wir den Supermarkt wieder.
»Zu Hause in New York sind die Supermärkte etwas anders.«
»Wie meinst du das?«
»Ich bin sicher, dass Valerie die Frauen und Männer an der Kasse nicht mit Namen kennt.«
»Meinst du?« Nachdenklich legte ich den Kopf schief. An der Ampel mussten wir wieder warten. »Wenn sie immer in den gleichen geht, so wie ich das mache, dann aber vielleicht schon.«
»Ja, das kann sein. Du würdest Valerie mögen. Ich mag sie.«

»Das ist das Wichtigste.« Wieso durchfuhr mich eine Art Stich, wenn über Valerie gesprochen wurde? Ich kannte die Frau nicht, wusste aber, dass sie nur die Haushälterin der beiden war und nicht … Halt, Stopp! Welcher Gedanke wollte gerade aufkommen? Katie und ich liefen nebeneinander her und sie sang ein Lied von einer Blume und einer Biene. Das gab mir noch einen Moment, um mich zu sammeln. Wieso war ich so … besessen? Ich kannte diesen Mann nicht einmal und für mich war es absolut ungewohnt, dass ein Mann meine Gedanken so vereinnahmte. Aber mich interessierte seine Geschichte. Also nicht die Version, die man aus den Medien kannte und das war bei Gott nicht viel. Nein, mich interessierte die Wahrheit. Was war passiert? Wieso er so gebrochen und am Ende aussah, auch wenn seine Frau schon ein Jahr tot war. Nicht, dass man im Anschluss sofort zurück ins Leben finden musste, nein, das auf keinen Fall, aber man sollte durchaus … auch einmal lachen und glücklich sein. Er hatte eine wundervolle Tochter, um die er sich kümmern sollte und musste. Ich fragte mich, wie er wohl vorher gewesen war. Ebenfalls so nachdenklich? Ruhig? Gelassen? Gestern bei dem Abendessen, welches durch Zufall entstanden war, hatte er ein- oder zweimal so richtig herzlich gelacht. Aber wenn man ihn genau ansah, stellte man fest, dass dieses Lachen, egal wie großartig und vom Herzen weg es klang, nicht seine Augen erreichte. Man merkte es. Man sah es. Und ich spürte es – obwohl das völlig bescheuert klang, denn ich kannte ihn nicht.

Wir klopften an die Tür und traten danach direkt ein. Das Haus hier war fast komplett möbellos, aber in der Küche, die zu unserer Rechten war, stand ein runder Tisch mit ein paar Stühle darum. Ein weißes Laken lag darauf. Mit einem Ruck zog ich es ab, bemerkte entzückt, dass die Möbel sauber und intakt waren, und stellte die Einkäufe auf die Anrichte der Küche. Wir hatten vergessen, bei Greg zumindest zwei Tassen und eine Schale mit einem Löffel mitzunehmen, nun konnte sie wieder nicht richtig frühstücken.

»Katie?«, rief ich, denn sie saß nun wieder auf dem improvisierten Bett und blätterte in einem Buch. »Komm, wir gehen schnell zu mir und holen ein paar Tassen und Schüsseln für deine Cornflakes.«

»O ja.« Die Kleine schlüpfte wieder in ihre Schuhe und wir verließen erneut das Haus, um meine Einrichtung ein wenig zu plündern. Auf dem Weg zurück fragte Katie mich, ob ich wirklich Lust hätte, mit ihnen Möbel kaufen zu gehen, und ich nickte.

»Natürlich, wieso denn nicht?«

»Mommy war nie gern mit uns unterwegs.« Ich ließ mir nichts anmerken, fragte mich, wie sie darauf kam und was mir entgangen war. »Ich meine, es waren immer nur Valerie, Carmen und ich, oder Daddy und ich. Mom war nie gern mit uns draußen.«

»Das heißt, du möchtest lieber auf den Spielplatz gehen?« Katie sah mich an, als hätte ich ihr gerade gesagt, dass sie eine ganze Packung Chips zum Frühstück verputzen durfte.

»Ja, das wäre schön.«

Als wir wieder zurück waren, gab ich ihr von den Schokopops und der Milch in eine Schüssel und die Kleine setzte sich zu mir in die Küche an den Tisch. Ich fand einen Wasserkocher, der die besten Jahre schon hinter sich hatte, aber seinen Zweck erfüllen würde. Ich ließ ihn einmal auskochen und anschließend erwärmte ich die zweite Fuhre Wasser, damit ich Kaffee machen konnte. Auch wenn er löslich war, Kaffee war köstlich. »Wie wäre es, wenn wir heute die Möbel kaufen gehen und morgen auf den Spielplatz?«

»Nicht heute?« Ihr Gesichtsausdruck fiel in sich zusammen. »Ist okay für mich, aber morgen dann, okay?«

»Ja, das machen wir.« Ich goss den Kaffee auf, gab etwas Milch hinein und hoffte, dass Caleb ihn so trank. Wenn nicht, dann war er hoffentlich höflich genug, es mir nicht zu sagen. Ich fand ihn in einem der leeren Zimmer auf dem Boden sitzend mit einem aufgeklappten Laptop auf seinen Beinen und den Rücken gegen die Blümchentapete gelehnt. Er sah erstaunt nach oben, als ich das Zimmer betrat, und ich lächelte entschuldigend. Er trug einen dünnen schwarzen Pullover mit Rundhalsausschnitt und dazu Jeans statt seiner Jogginghose.

Seine Haare waren nun ordentlich frisiert und er sah nach außen wieder so aus, als wäre alles in bester Ordnung. Aber jedes Lächeln, jede Mimik erreichte seine Augen nicht. Was war nur mit ihm geschehen? Liebte er seine Frau so sehr? Liebte er sie immer noch so abgöttisch, dass er es nicht verkraften konnte, dass sie nicht mehr bei ihm war? Er zog einen der weißen Ohrstöpsel heraus, nahm die Tasse entgegen und bedanke sich bei mir.
»Das kommt wie gerufen. Ich bin müde.«
»Sehr gern. Ich hoffe, der Kaffee schmeckt.«
»Alles, was Koffein in sich trägt, schmeckt mir heute.«
»Das klingt gut.« Wie eine Idiotin stand ich mitten in diesem unmöblierten Zimmer mit dem hellen, sauber aussehenden Teppichboden und starrte Caleb an, während er auf dem Boden saß.

»Gibt es noch was?«, fragte er freundlich, aber ich schüttelte den Kopf. Wieso starrte ich ihn an? Wieso war ich gerade so eine Idiotin? Das durfte doch nicht wahr sein, dass ich mich wie eine Irre benahm.

Ohne ein weiteres Wort verließ ich das Zimmer und spürte seinen fragenden Blick in meinem Rücken. Nur in meinem Rücken.

Denn dass er mir auf den Hintern starrte, konnte ich mir irgendwie nicht vorstellen.

Obwohl ich fand, dass dieser sehenswert gewesen wäre.

Caleb Molina barg Geheimnisse und schien noch sehr am Tod seiner Frau zu knabbern zu haben. Auch wenn das Leben – leider – weiterging. Er war in einem Loch und in mir wuchs das Verlangen, ihn dort herauszuziehen. Ob das allerdings etwas war, das vor mir noch niemand versucht hatte, wusste ich nicht.

Aber ich wusste, dass Caleb irgendwas in mir anrührte, das ich nicht genau benennen konnte.

Ich hatte das Gefühl, dass ich auf etwas zusteuerte, von dem ich keine Ahnung hatte, wie schlimm, wie ausgeprägt und wie nervenaufreibend es war.

Kapitel 8

Caleb

Ich starrte auf ihren Hintern.

Natürlich war sie nach Phoebe nicht die erste Frau, der ich auf den Arsch glotzte. Aber sie war die erste Frau, bei der ich es tat, die mir so nah war.

Nah im Sinne von: ich war dabei, Florence in unser Leben zu lassen, obwohl es sich gerade so anfühlte, als wüsste ich selbst nicht einmal, wo genau unser Leben stattfand. In New York? In Harpers Ferry? Was sollte ich tun? Das Gefühl, welches während der Telefonkonferenz in mir konstant an Größe gewann, machte mir Angst. Es sagte mir nämlich, dass ich mir eine längere Auszeit von New York nehmen sollte. Dass ich eine Weile hier leben sollte und Katie und mir die Chance geben musste, dass wir zurück ins Leben und in eine Art der Familie finden konnten, die wir beide uns ersehnten. Das wir es schafften, unser Leben gemeinsam zu bestreiten. Seitdem Phoebe weg war, war unsere Familie … natürlich hatte ich meine Eltern. Und natürlich kamen die auch, aber was war mit Phoebes Seite? Es bestand kein Kontakt mehr, auch wenn dieser durch ihren Tod nicht noch mehr abgerissen war, sondern einfach … gleichbleibend schlecht, dann fühlte es sich jetzt nicht mehr richtig an, würde ich mich nun wieder darum bemühen, das wir uns anriefen und trafen.

Und nun? Saß ich hier auf dem Boden in einem Haus, von dem ich bis vor ein paar Tagen nicht einmal wusste, dass es unseres war, und starrte diese Tapete an, nur weil ich mich fragte, ob das Zimmer wohl etwas für Katie wäre. Es besaß einen kleinen Erker, unter dessen Fenstern eine Art Bank eingebaut worden war. Der Kleiderschrank war genau richtig für ein Mädchen, das irgendwann in die Pubertät käme und viele Klamotten besäße. Wie wäre es wohl, würden wir hier leben statt in dem gehetzten und gestressten New York. Ich fragte mich, wie Florence wohl als feste Babysitterin sein würde und ob ich hier, wenn ich näher an Phoebes früherem Leben war als bisher, es endlich schaffen könnte, Abstand zu meiner Trauer zu bekommen. Phoebe wollte ich nicht vergessen, niemals, aber ich sehnte mich danach, dass mir jemand Absolution erteilte und ich wieder frei sein durfte.

Okay, nein, das war gelogen.

Ich sehnte mich auch danach, meinen Schwanz wieder einmal in einer Frau zu versenken. Ich war ja auch einfach nur ein Mensch und keine Maschine, die ihre Bedürfnisse abschalten konnte. Aber es ging mir ganz klar nur um das Körperliche und das war doch vollkommen normal.

Wie lange sollte ich denn Phoebe hinterhertrauern? Na gut, Trauer hatte nichts damit zu tun, dass ich gerne wieder einmal Sex hätte. Der Schmerz über ihren Verlust, egal wie lange ich enthaltsam war, brachte sie nicht zurück. Und ich wusste, dass Phoebe das auch nicht gewollt hätte. Sex war immer ein wichtiger Aspekt unserer Beziehung gewesen. Sie hatte gewusst, dass das mein Ventil war, meine Art abzuschalten, und irgendwie fühlte es sich so an, als hätte ich das ganze letzte Jahr nicht abgeschaltet. Meine Hand war einfach kein würdiger Ersatz im Vergleich zu der wohligen Wärme, die eine Frau ausstrahlte.

Hier zu sitzen und diese sexy Babysitterin vor der Nase zu wissen ... scheiße, das machte mich fertig. Mein Kumpel wurde wieder hart und auch wenn sich das in mir wie Verrat anfühlte, interessierte es ihn einfach nicht. Mein Schwanz wollte vögeln, ganz gleich, was ich gern gehabt hätte.

Oder mit wem.

Ich hörte Katie unten lachen und grinste ebenfalls, verlor beinahe den Fokus, dass ich ja auch noch zuhören müsste, wie der aktuelle Stand bei einem Projekt war. Wenn wir heute noch ein paar Möbel kaufen gingen – ich konnte es gar nicht fassen, dass Florence dazu Ja gesagt hatte –, müssten wir definitiv ein iPad oder so was mitnehmen, damit Katie darauf etwas ansehen konnte.

Morgen hatte ich nämlich ein Meeting, das mindestens drei oder vier Stunden dauerte.

Einmal pro Woche durften die Lektoren unter all den Einsendungen der Manuskripte nämlich einen Pitch abliefern und diese Besprechung war morgen. Sicherlich war das eine der liebsten Besprechungen meiner Leute, weil sie dabei richtig kreativ sein konnten.

Nachdem das Meeting beinahe abgeschlossen war und ich den aktuellen Stand kannte, legte ich auf, blieb aber noch einen Augenblick sitzen. Ich wollte unbedingt noch nach Phoebes Eltern googeln, und dazu hatte ich keine Zeit, wenn Katie mich vereinnahmte. Wie auf Kommando drang ihr helles Lachen zu mir hoch und ich freute mich ehrlich, dass sie zusammen mit Florence eine schöne, angenehme Zeit hatte und sich öffnete. Ja, vielleicht war es ein wenig leichtsinnig, meine Tochter einer Frau anzuvertrauen, die wir nicht kannten, aber bisher ging es gut. Außerdem bat ich die Personalerin in unserem Verlag, also die Abteilungsleitung, die Lizenzen von Florence zu überprüfen und bereits, als ich in dem Meeting saß, kam die Information, dass alles in Ordnung wäre und ich mir keine Gedanken machen müsste. Ich atmete durch.

Vielleicht war Florence wirklich einer dieser netten Menschen, von denen Phoebe immer erzählt hatte, die sie in Harpers Ferry scheinbar häufiger gab als irgendwo sonst. Ich wusste es nicht, aber ich wusste, dass sie anscheinend meiner Tochter guttat.

Nachdem ich die Tür geöffnet hatte, hielt ich mich noch kurz im oberen Stockwerk auf, und sah in jedes einzelne Zimmer. Es gab ein großes Badezimmer, und jeweils ein zusätzliches für jedes der drei Schlafzimmer. Außerdem waren hier zwei weitere Zimmer.

Aus einem könnte man ein Büro machen und aus dem anderen vielleicht ein Gästezimmer. Wobei dafür sollte man eher das mit dem Bad nehmen.

Ich schüttelte den Kopf, um meine Gedanken zu sortieren. Eine Angewohnheit, die Phoebe am Anfang immer als Verneinen angesehen hatte, dabei wollte ich nur einfach sortieren, was mir im Kopf herumging.

Ich hörte wieder das Lachen und ging schließlich nach unten, um zu sehen, was so lustig war.

»Warum lacht ihr so?«, fragte ich und stellte die leere Kaffeetasse auf den Tresen und sah mich um. Dringend brauchte ich noch einmal etwas von diesem flüssigen Gold.

»Weil Florence ein Serviettenkopf ist.« Katie grinste mich an, was ich automatisch erwiderte.

»Ist sie?«

»Aber ein richtig guter!«, kam es von ihr und ich nickte.

»Da bin ich ja gespannt.«

»Was?« Nun klang sie entsetzt. »Nein, auf keinen Fall, werde ich dir das zeigen.« Florence wurde blass.

»Wieso nicht? Bin ich es nicht wert, dass man mir einen Serviettenkopf zeigt?«, fragte ich provokant.

»Das ist verrückt, sicher zeige ich dir keinen von meinen …«

»Aber sie sind gut.« Ich stellte fest. Immerhin war ich im Diner schon abgelenkt gewesen.

»Das mag ja sein, und vielen Dank, aber nein …«

»Du bist fies.« Verhielt ich mich jetzt ehrlich wie ein kleines Kind?

»Und du räumst bitte deine Schüssel noch hier rüber.« Erstaunt beobachtete ich, wie Katie aufstand und wirklich ihre Schüssel rüberbrachte, um sie anschließend in die Spülmaschine zu stellen. Das klappte ohne irgendwelche Probleme.

»Also, Florence«, begann ich und schlürfte an dem Kaffee, den ich mir nebenbei gemacht hatte. »Wohin geht man hier in Harpers Ferry, wenn man Möbel kaufen möchte?«

»Was brauchst du denn alles?«

»Na ja … alles?«

»Puhhh, also auch Geschirr und so was, richtig? Dann müssen wir echt in ein paar Läden, aber das schaffen wir schon.«
»Und Katie?«
»Na die nehmen wir mit!«, sagte sie ganz selbstverständlich und ich nickte.
»Dann kann sie sich gleich was aussuchen, oder wie ist dein Plan?«
»Ich hab keinen. Aber das klingt gut.« Ihre Augen faszinierten mich. Sie sahen so aufmerksam aus. Und ehrlich.
»Wollen wir los?«, fragte sie mich und sah auf die Uhr. »Ich muss heute Abend noch etwas erledigen.«
Natürlich musste sie das. Nur weil Katie und ich jetzt hier in Harpers Ferry waren, bedeutete das nicht, dass sie nicht auch etwas anderes in ihrem Leben zu tun hatte, als sich um uns zu kümmern. Sie hatte sicher noch anderweitige Verpflichtungen.
»Klar, wir wollen dich von nichts abhalten.«
Florence warf mir einen schnellen Seitenblick zu. »Das tut ihr nicht. Es ist nur so, ich arbeite abends in einem Restaurant.« Sie biss sich auf die volle Unterlippe und ich war kurz davor, sie zu bitten, damit aufzuhören. Meine Finger zuckten und ich wollte darüberstreichen, und sie somit bitten, dass sie diese sinnliche und sexy Geste unterließ.
»Das heißt, du hast tagsüber immer Zeit.«
»Also ... na ja ... nein, meistens.«
»Meistens. Okay.«
»Ich arbeite auf dem Markt in der Stadt. Also meine Mom hatte einen Blumenladen. Ich hab ihn übernommen.«
»Und den führst du fort.« Wir sprachen beinahe zeitgleich.
Sie zuckte mit den Schultern. »Nein, das nicht, aber ich führe den Marktverkauf fort. Sie hat es sich gewünscht. Und darum mach ich das.«
»Ist deine Mutter ...?« Ich wagte nicht, weiterzusprechen.
»Was? Nein, sie ist im Pflegeheim in Harpers Ferry. Und das war am Anfang extrem zeitaufwendig. Da hätte ich nicht den ganzen Tag über weg sein können, um zu arbeiten.«

»Verstehe, also darum arbeitest du nicht als Erzieherin. Du meintest doch, dass das dein Beruf wäre, richtig?«

»Ja, das stimmt.« Sie holte tief Luft, spülte ihre Tasse ab und trocknete sie anschließend mit einem Geschirrtuch, das ich hier noch nicht gesehen hatte. Vielleicht hatten die beiden das mitgebracht, als sie einkaufen waren. »Also ich arbeite morgens auf dem Markt, früh morgens, darum gehe ich abends zeitig ins Bett.«

»Das klingt aber doch gut.« Das tat es wirklich. Ich mochte bodenständige Menschen lieber als welche, die nichts mit sich anzufangen wussten.

»Und abends mache ich das mit der Pizza. In einem Kindergarten verdient man mehr, da würde ein Job reichen, aber so brauche ich beide.«

»Verstehe ich. Lust auf noch einen dritten Job?«

Sie lehnte sich mit der Hüfte gegen den Küchentresen. »Wie meinst du das?«

»Ich habe mir überlegt, dass Katie und ich länger bleiben werden und da wollte ich fragen, ob du Interesse daran hast, dass du auf Katie aufpasst? Also dann, wenn ich eine Besprechung oder so habe. Ich kann momentan leider keinen Urlaub nehmen.« Oder wollte ich nicht. Nicht, weil ich Katie nicht liebte und keine Zeit mit ihr verbringen wollte. Ich wusste nur, ich würde verrückt werden, wenn ich auch nur eine Minute zu Hause saß und mein ganzes Zuhause von Phoebe umlagert war. »Wie lange genau wir bleiben, kann ich gerade noch nicht sagen. Aber ich denke …« Ich sah mich hier um, in diesem kleinen, aber wunderschönen Häuschen und betrachtete die leeren Flächen und stellte mir vor, wie sie aussehen würden, wenn dort ein paar persönliche Gegenstände liegen würden. »Ein paar Wochen, Monate könnten es werden.«

»Und das lässt sich mit deinem Job vereinbaren?«

Langsam nickte ich. »Ja, ich denke schon. Ich bin ja nah am Geschehen und auch die Autoren, die wir haben, sitzen überall auf der Welt. Ich sehe da jetzt kein Problem.«

»Das meiste läuft mittlerweile sowieso elektronisch ab.«

Ich nickte zustimmend. »Und natürlich kann man das meiste über Videokonferenzen regeln und verhandeln.«
»Was genau ist denn deine Funktion im Unternehmen? Bist du derjenige, der die Bücher aussucht, die bearbeitet und veröffentlicht werden?«
»Nein.« Ich lachte leise und betrachtete Katie, wie sie auf der Matratze im Wohnzimmer, welche ich von der Küche aus sehen konnte, lag und ihrer Geschichte lauschte. »Ich bin der Chef.«
Katies Augen zeigten keine Regung. Keine offensichtliche zumindest. »Dir gehört der Verlag?«
»Ja, das tut er.«
»Wow. Das ist krass.«
»Ich habe ihn ja nicht selbst aufgebaut. Wir haben ihn geerbt. Also ich. Phoebe nicht so.«
»Sie war auch in der Verlagsbranche?« Ich starrte Katie an, schluckte schwer und fühlte, wie sich ein Kloß in meinem Magen bildete. Als ihr bewusst wurde, was sie gesagt hatte, knetete sie die Finger und setzte zu einer Entschuldigung an: »Es tut mir le…«
»Nein, alles gut. Ich bin es nur nicht gewöhnt, dass jemand so offensichtlich über sie spricht.«
»Das tut mir leid.«
»Mir auch.« Schwer seufzte ich und fuhr durch mein Haar. »Ich verstehe gar nicht, dass sie so verschwiegen wird. Ich meine, es ist manchmal beinahe so, als hätte sie nicht existiert.«
Florence biss sich wieder auf die volle rote Lippe. Mein Blick heftete sich darauf und ich hasste es, dass es genau in der Situation, in der ich von Phoebe sprach, passierte. »Ich denke, dass die Menschen nicht wissen, wie sie damit umgehen sollen.«
»Sie kannten sie nicht.«
»Daran kann es auch liegen.«
»Nicht, dass ich es sonderlich gut auf die Reihe bringe, damit umzugehen.«
»Es wird besser werden.«

Ich dachte daran, dass ich schon ein paar Menschen verloren hatte.

»Es geht niemals weg, einfach weil der Mensch einem wichtig ist und weil er ein Teil vom eigenen Leben war, aber es wird leichter.«

Ich ersparte mir eine Antwort darauf, denn alles, was ich dazu zu sagen hatte, wäre zynisch und gemein gewesen. Es wurde nämlich nicht leichter. Nie. Das spürte ich. Eigentlich wollte ich auch gar nicht, dass es leichter wurde, denn das würde nur bedeuten, dass ich Phoebe vergaß, und das wollte ich wirklich niemals.

»Wie ist das hier?«

»Was? In Harpers Ferry? Na, da gibt es dieselben Probleme.«

»Nein, ich meine Phoebe betreffend?« Boom. Es traf mich wie ein Vorschlaghammer. Es war das erste Mal, dass ich ihren Namen laut vor einer Fremden aussprach, die Phoebe doch irgendwie ... kannte. Die beiden mussten gleich alt sein und es würde mich wundern, in einer Kleinstadt wie dieser hier, wenn man sich nicht kannte, gerade, weil ich aus Phoebes Erzählungen wusste, wie oft sie bei ihrer Granny in Harpers Ferry war.

»Ich weiß nicht«, antwortete Florence ausweichend. Sie sah mir nicht mehr in die Augen. »Wollen wir dann los? Es ist schon später Nachmittag und ich muss später noch zur Arbeit.«

»Klar, fahren wir. Katie, kommst du? Wir wollen los.« Meine Tochter nickte und ihre Locken hüpften dadurch auf und ab.

»Darf ich mir was aussuchen?«, fragt sie nun Florence und diese lächelte wieder dieses spezielle Lächeln, das sie bei Katie immer zeige. Es wirkte leicht spitzbübisch, als würde sie etwas aushecken, und gleichzeitig so unschuldig sinnlich, dass mein Schwanz – völlig unangebracht – wieder hart wurde.

»Ich denke schon«, wisperte sie, aber ich verstand sie trotzdem. Womöglich dachte Katie an etwas anderes als das, an das Florence dachte.

Nachdem wir etwas über eine Stunde unterwegs gewesen waren, standen wir endlich in dem Möbelhaus. Wir waren nach Baltimore gefahren, denn Washington fühlte sich zu … real für mich an. Das war eine Stadt, in der sich Phoebe nie wohlgefühlt hatte und doch dort hatte leben müssen. Es war jetzt schon besser, angenehmer und auch wenn ich Möbelhäuser hasste, dann versprühte das hier einen besonderen Charme. Es spielte nicht die übliche Warenhausmusik, sondern ein ziemlich guter Sender, auf dem Klassik Rock lief und die Verkäuferinnen und Verkäufer ließen einen wirklich in Ruhe, damit man selbst erst einmal gucken konnte. Ich empfand das als angenehm.

Zu Beginn folgte ich Katie und Florence in die Abteilung für Kinderzimmer. Auf dem Weg dorthin starrte ich auf Florence' lange gebräunte Beine, als sie sich einmal leicht nach vorn beugte, und stellte fest, dass ich mit dieser Bewegung mitging. Ich schob mich ebenfalls ein Stückchen nach vorn, um mehr von ihr zu sehen.

Als mir das bewusst wurde, stellte ich mich ruckartig wieder gerade hin und betete, dass es niemand außer mir wahrgenommen hatte. Ich war wirklich ein Arschloch.

Oder einfach nur ein Mensch, flüsterte es in meinem Inneren.

Katie hatte hier Spaß. Sie sah sich alles genau an, konnte sich total schlecht entscheiden und wir überlegten hin und her, ob sie lieber etwas Buntes oder etwas Neutrales, Weißes nehmen sollte. Schließlich brachte Florence sie dazu, dass sie sich für etwas Neutrales entschied, und lockte sie damit, dass sie ja mit Vorhängen, Bettwäsche und all so etwas spielen konnte und sie dann immer wieder ihr Farbkonzept – woher kannte meine Tochter eigentlich solche Wörter? – anpassen konnte. Nach der ersten Stunde waren wir um einen Schrank, einen Schreibtisch und ein großes Prinzessinnenbett mit Vorhängen und Bettwäsche zusammen mit zahlreichen Zierkissen reicher. Ich zweifelte daran, dass irgendjemand die Zierkissen auf das Bett legen würde, aber wenn es Katie glücklich machte, machte es mich glücklich.

»Du kannst nicht Nein zu ihr sagen, oder?«, flüsterte Florence mir zu, als wir nebeneinander herliefen und Katie vorrannte, um den Fahrstuhl zu holen, damit wir in einen anderen Stock fahren konnten.

Langsam schüttelte ich den Kopf und zupfte kurz an meinem Shirt herum. »Nein. Aber du doch auch nicht.«

»Das stimmt, aber ich bin die Nanny oder ihre Babysitterin, Tagesmutter oder mit welchem Wort auch immer du dich besser fühlst. Ich muss nicht streng sein.«

»Ahhh, du nimmst den Job an?«

Sie grinste. In meinen Augen wirkte es unverschämt sündhaft. Shit, was war mit mir los? »Ich denke drüber nach.«

»Du würdest uns sehr helfen.«

»Katie ist ein tolles Mädchen.«

»Noch ein Grund mehr, den Job anzunehmen.«

»Ich weiß, ich bin eigentlich ja auch auf der Suche nach etwas.«

»Noch ein dritter Job? Ehrlich?«

»Ja.« Florence räusperte sich. »Hab da nicht so viele andere Möglichkeiten.«

»Soll ich nachfragen?« Bitte? Was war mit mir los? Ich sollte ernsthaft lernen, den Mund zu halten, und einfach still zu sein. Immerhin war das ihre Privatangelegenheit und es war besser, wenn ich nicht so viel Kontakt zu meinen Angestellten hatte, oder? Definitiv wäre das besser.

»Nein, lieber nicht«, kam es von Florence und wir waren nun in dem Stockwerk, in dem es Betten gab. Danach wollten wir noch zur Kücheneinrichtung, und dann wieder nach Hause, zurück nach Harpers Ferry.

Mein Handy vibrierte in meiner Tasche. Ich zog es heraus und sah den Namen meiner Sekretärin. Ich würde sie später zurückrufen, momentan wollte ich einfach jeden Augenblick genießen, den ich hier hatte.

Es fühlte sich nämlich verdammt gut an, das Haus einzurichten, und noch besser fühlte ich mich mit der Entscheidung, dass wir einige Zeit hierbleiben würden. Ich müsste nur Valerie bitten, dass sie uns einige Klamotten zusammenpackte und uns diese jemand bringen würde, aber das war kein Problem.

Natürlich stand für mich auch im Raum, zurück nach New York zu fahren und unseren Kram zu holen, aber allein der Gedanke daran … Ich wusste nicht, was ich aktuell für eine Wandlung durchmachte … aber sie beeindruckte und faszinierte mich so sehr, dass ich sehen wollte, wohin sie uns führte.

»Also«, begann Florence. Katie griff nach ihrer Hand, um neben ihr zu laufen. Mein Herz setzte dadurch einen Schlag aus. »Ein Bett. Was schwebt dir vor?«

Du darin?, schoss der Gedanke in meinen Kopf und ich riss die Augen auf, weil ich von mir selbst entsetzt war. Das war doch … scheiße. Wieso dachte ich das? *Nein. Schluss. Aus. Hör auf damit.* Mein Schwanz meldete sich und ich täuschte einen Hustenanfall vor, auch wenn das nichts daran änderte, dass er hart wurde. Aber so konnte ich wenigstens davon ablenken. Scheiße, ich war ein Jammerlappen, wie ein Typ auf dem College, der nichts so wirklich konnte und keine Ahnung davon hatte, wie das alles mit Frauen funktionierte.

Und das am zweiten Tag, an dem ich Florence kannte.

Ich vermutete, dass mich diese ständigen Sexgedanken so krass überrumpelten, weil ich seit Phoebes Tod keine Frau mehr attraktiv fand, weil keine Frau meine Aufmerksamkeit erregte und niemand mich von ihr und all meinen Erinnerungen auch nur kurz ablenken konnte. Ich wollte das auch gar nicht.

Und doch hatte damals mein Vater zu mir gesagt, dass irgendwann aus dem Nichts jemand komme, der mich aus dem Strudel reiße. Auch wenn ich das gar nicht wollte. Obwohl ich Angst hatte, dass ich damit all meine Erinnerungen plötzlich verlieren würde, dass sich all das und noch viel mehr in Luft auflösen würde.

»Erinnerungen kann uns niemand nehmen«, hatte Phoebe immer gesagt, wenn sie sonntags aufgewacht war und irgendwas total Verrücktes hatte unternehmen wollen. »Erinnerungen brennen sich in unser Herz und niemand wird sie uns jemals wieder wegnehmen können. Von Erinnerungen werden wir zehren können und sie werden uns in den dunkelsten aller Stunden Licht spenden.«

Nichts von all den Dingen, die wir erlebt haben, kann ein anderer Mensch nachvollziehen, denn jeder hatte ja andere Lebensumstände. Jeder besaß einen anderen Charakter. Nichts von den Gefühlen, die wir in diesem Moment gespürt haben, kann uns jemand klauen.

Wir werden niemals einsam sein, denn all das, was wir zusammen erlebt haben, auch wenn die Zeit nur kurz ist, reicht für ein ganzes Leben.

Erinnerungen leben ewig.

Wenn wir sie zulassen.

Ich blieb plötzlich stehen und Florence und Katie liefen erst mal weiter.

Aber ich war wie gelähmt, als mir Phoebes Worte in den Sinn kamen. Ich hatte gelacht, meine Kaffeetasse abgestellt und sie an der Taille in meine Arme gezogen. Anschließend hatte ich sie auf den Tresen der Küche gesetzt und sie vernascht, um, wie ich neckend sagte, Erinnerungen zu schaffen.

Doch in diesem Augenblick kam mir ein Gedanke.

Was, wenn sie geahnt hatte, dass ihre Zeit früher ablaufen würde als meine? Was, wenn sie gewusst hatte, dass sie gehen müsste?

Was, wenn sie mir eine Botschaft hatte mitteilen wollen?

Was, wenn Phoebe gewollt hätte, dass ich weiterlebte? Nicht nur atmete, aß und schlief, nein, richtig lebte?

Was, wenn in Harpers Ferry zu bleiben, der erste Schritt in diese Richtung war?

Kapitel 9

Florence

Ich war lächerlich.

Denn ich war diejenige, die nervös war, weil sie mit diesem Prachtexemplar eines Mannes ein Bett kaufte.

Es war ja nicht so, als wäre das mein Bett und als würde ich dort schlafen. Zusammen mit ihm.

Obwohl das ziemlich heiß wäre, denn ich war mir sicher, mit einem Mann wie Caleb an meiner Seite tat ich viel … aber sicherlich nicht schlafen. Doch ich wollte und musste professionell bleiben, denn wenn ich wirklich die Stelle als Babysittern/Nanny annahm, dann hätte ich eine gesicherte, dritte Einkommensquelle, aber müsste stark sein, denn ich würde niemals mit meinem Arbeitgeber etwas anfangen.

Zumindest war das bisher mein Grundsatz, auch wenn ich noch nie für jemanden gearbeitet hatte, der scharf war. Oder jung. Oder Witwer. Oder alles drei zusammen. Verflucht.

»Also?«, fragte Katie, als wir mitten in der Bettenabteilung standen. Wir beide waren vorgelaufen, da Caleb darum gebeten hatte, einen Augenblick für sich zu haben, weil er auf die Toilette musste. Ich wusste nicht, ob ich ihm das glauben konnte, denn er sah so aus, als hätte er einen Geist gesehen. »Ich finde das schön, und du?«

Sie ging zu dem erstbesten Bett und breitete die Arme aus. »Das würde sicher auch meinem Daddy gefallen.«

»Ich weiß nicht.« Ich wollte mich nicht zu weit aus dem Fenster lehnen, immerhin ging es hier nicht um mich, und meinen potenziellen neuen Arbeitgeber wollte ich sicherlich nicht verärgern, indem ich zu etwas sagte, dass es hässlich war, wenn er es vielleicht ganz hübsch fand.
»Daddy, da bist du ja.«
Caleb sah beinahe wieder normal aus, er war noch blass und seine gebräunte Haut war auch nicht mehr ganz so schal, aber er wirkte sichtlich durcheinander. »Ja. Entschuldigung«, brachte er hervor und ich lächelte. So wie es ihn nichts anging, für was ich den dritten Job bräuchte, so ging es mich nichts an, was gerade sein Problem war. »Also, ich brauche ein Bett.«
»Ein großes!«, rief Katie überschwänglich und breitete ihre kleinen Arme aus. »Wenn ich nämlich zu dir ins Bett komme, dann brauch ich auch Platz!«
»Ich verstehe!« Zärtlich streichelte er seiner Tochter über den Kopf. Diese Geste wirkte so vertraut, dass mein Herz schwer wurde. Solche Momente hatte ich mit meinem Vater nie gehabt. »Das ist natürlich wichtig. Also ein großes Bett.«
»Und eines, das lieferbar ist!«, ergänzte ich. Beim Klang meiner Stimme sah er mich so an, als hätte ich ihn gerade erst an meine Anwesenheit erinnert. »Ich meine, sonst könntest du dir den Kauf sparen.«
»Wohl wahr.«
»Also ein großes Bett, das wir sofort mitnehmen können, richtig?«, fasste Katie klug zusammen und wir beide Erwachsenen nickten. Sie griff nun wieder nach meiner Hand. Genauso wie nach der ihres Vaters, während wir durch die Gänge schlenderten. Hier und da blieb Caleb stehen, schüttelte aber jedes Mal den Kopf und lief weiter.
»Wie wäre das hier?«, fragte ich, als ich ein Boxspringbett sah, das aus schokoladenbraunem Lederbezug war und Überbreite hatte. Es wurde als King Size angepriesen. »Das kann ich mir gut bei dir vorstellen.« Ähhh, oops? Was sagte ich da? War ich nun von allen guten Geistern verlassen? Caleb legte die Stirn in Falten, betrachtete mich genau und schüttelte schließlich leicht den Kopf, ehe er den Blick abwandte.

Verdammt noch mal, das hätte ich nicht sagen sollen, denn das war eindeutig zweideutig.

»Ja, tatsächlich. Das hier finde ich schön.«

»Na endlich!«, kam es von Katie und sie verdrehte die Augen, als wäre sie total genervt von dem, was wir hier machten. »Das dauert ja bis übergestern.«

»Übergestern gibt es nicht, Mäuschen!«, korrigierte ich sie sanft und beobachtete ganz genau, wie Caleb zu dem Bett ging, seine Hand darauflegte und leicht drückte. Seine starken, langen Finger drückten die Matratze leicht nach unten, um die Matratze zu testen.

»Schönen guten Tag!«, wurden wir von einer älteren Verkäuferin angesprochen. »Kann ich Ihnen weiterhelfen?«

Caleb nickte leicht. »Mh … ja, ich denke schon.«

»Wir brauchen ein Bett!«, platzte Katie dazwischen und die Dame, die eine Bluse mit dem Logo des Möbelhauses trug, nickte ernst.

»Das versteh ich. Da wäre dieses Modell die perfekte Wahl.« Mit ihrer Hand, an der ein Ehering so groß wie ganz Amerika glitzerte, wedelte sie und forderte uns schließlich auf: »Nur zu, legen Sie sich drauf. Sie werden es lieben.«

»Werden wir das?«, fragte Caleb, gab aber nach und legte sich auf die Matratze. Es war wirklich ein riesiges Bett.

»Passt das denn ins Schlafzimmer?«, fragte ich ihn, da ich keine Ahnung hatte, wie groß sein Schlafzimmer eigentlich war. Ich war nur in dem Raum gewesen, in dem er heute auf dem Boden gesessen und gearbeitet hatte.

»Ich denke schon, ja«, sagte er und klopfte neben sich. »Fühlt sich gut an.«

»Nur zu, Miss. Legen Sie sich daneben, dann sehen Sie hervorragend, wie viel Platz in diesem exklusiven Modell ist. Außerdem ist das Bettmodel eine Limited Edition und das werden Sie so nicht sehr oft sehen. Das Kunstleder wird handgefertigt, ist eine spezielle Mischung und somit nur für die Optik zuständig, aber qualitativ sehr hochwertig und nachhaltig. Außerdem steht für uns der Tierschutz natürlich sehr weit vorn.«

»Natürlich!«, stimmte Caleb lächelnd zu und rutschte etwas weiter nach unten auf der Matratze.

»Nun kommen Sie schon, legen Sie sich auf das Bett. Sie werden sich verlieben.«

»Ich ...«

»Ja, Florence, leg dich mal dazu«, durchbrach Caleb mit seiner rauen Stimme das Gedudel der Kaufhausmusik. *U2* lief gerade und Bono sang aus vollem Hals seinen Song: *Still haven't found, what I'm looking for.* Fuck, wollte mir das Universum etwas sagen? Wollte es? Oder überinterpretierte ich schon wieder?

Katie ging zu dem riesigen Kleiderschrank, denn hier war nicht nur ein Bett aufgebaut, sondern ein komplettes Schlafzimmer, öffnete die Türen und sah sich um. »Na, kommen Sie schon. Trauen Sie sich«, forderte mich die Verkäuferin wieder auf und ich seufzte, nickte schließlich und legte mich neben Caleb auf das Bett. »Sehen Sie, wie viel Platz Sie zusammen haben?« Die Dame lächelte. »Das Bett zeichnet sich aus durch ...« Sie begann damit, die Spezifikationen herunterzurattern, aber ich konnte mich nicht darauf konzentrieren. Alles, was ich wahrnahm, war, dass Caleb neben mir lag. Sein Geruch nach frischer Wäsche und Seife, zusammen mit einem Hauch Parfum kroch mir in die Nase und ich musste mich sehr konzentrieren, um nicht seinen Duft tief zu inhalieren. Ich fühlte seine Anwesenheit überdeutlich. Die Wärme, die von ihm ausging, kroch langsam zu mir herüber und dass unsere Fingerspitzen sich beinahe berührten, machte es nicht besser. Caleb drehte den Kopf, sah mich an, und schließlich versuchte ich, mich zusammenzureißen, drehte den Kopf, um ihn ebenfalls anzusehen. Seine Augen waren unglaublich. Es war das intensivste, leuchtendste Blau, welches ich jemals bei einem Menschen gesehen hatte. Es war unfassbar, wie er mich betrachtete. Als könnte er direkt in meine Seele sehen, auch wenn das Schwachsinn war. Genau so fühlte es sich allerdings an.

»Wie findest du es?«, fragte er nach einer gefühlten Ewigkeit, obwohl es vermutlich nur Sekunden gewesen waren.

»Ich … also …« Stammelte ich gerade ernsthaft herum wie ein Teenager? »Ich finde es gut?«

»Nur gut?« Bildete ich mir das ein, oder wurde das Blau dunkler, je länger wir in diesem Bett lagen? Weit entfernt, obwohl nur ein paar Meter dazwischen waren, hörte ich Katie singen, die weiterhin den Schrank inspizierte und sich darin versteckte. Es war mir gerade egal, auch wenn man sie hätte ermahnen müssen. »Ein Bett sollte doch etwas mehr als nur gut sein, oder?«

»Ich … wie meinst du das?« Scheiße. Diese Frage hätte ich nicht stellen sollen. Das war richtig dumm von mir. Ich seufzte tief und Caleb grinste unverschämt sündhaft. Seine vollen Lippen machten mich an. Dunkel räusperte er sich und senkte seine Lider halb.

Diese Reaktion seiner Mimik war genug und ich merkte, dass ich keine ausgesprochenen Worte von ihm brauchte. Sein Körper sprach mit mir. Sehr deutlich. Auch wenn ich das vielleicht nicht wollte, oder das eine verdammt miese Idee war, war doch eines offensichtlich: Er meinte weder eine gesunde Körperhaltung noch einen ruhigen und ausgeglichenen Schlaf.

Kapitel 10

Caleb

»Wollt ihr etwas essen?«, fragte Florence, während ich fluchend dieses verdammte Bett aufbaute. Gestern hatten wir es bestellt, heute war es geliefert worden und da ich hier keinen Akkuschrauber hatte, musste ich wohl oder übel alles mit einem Kreuzschlitz montieren.

Ich freute mich auf dieses Projekt, ja, das klang seltsam und total bescheuert, denn wer hatte schon die Muße, das alles per Hand zusammenzubauen? Wenige. Und gerade war ich einer der Verrückten. Allerdings freute ich mich auf die Zeit hier, die nun auf uns wartete, und das fühlte sich verrückt, aber gut an. Unglaublich gut.

»Ihr seid eindeutig verwandt«, murmelte Florence. »Keiner antwortet mir. Aber ich mache jetzt einfach was.« Florence war seit dem frühen Morgen hier und hatte frische Lebensmittel vom Markt mitgebracht. Katie liebte sie und redete ununterbrochen davon, was die beiden alles zusammen unternehmen mussten. Sie zu bremsen war schwer, aber ich beschloss, einfach zu nicken und mir meinen Teil dann zu denken. Obwohl Florence gestern gesagt hatte, dass sie definitiv als Nanny für mich arbeiten würde, dann war es so, dass die gemeinsame Zeit von uns begrenzt war, und ich wusste, dass es schwer sein würde, jemanden wie Florence wieder aus Katies Kopf zu bekommen.

Ich schraubte weiter, das Bett war so gut wie fertig. Katie machte ein ›König der Löwen Puzzle‹ und Florence kochte.

Man hätte fast sagen können, dass es wie bei einer glücklichen Familie aussah. Ich wusste es natürlich besser. Doch allein, dass ich den Gedanken daran hatte, das machte mich innerlich fertig.

Ich saß hier, mit meinem Schraubenzieher in der Hand und starrte vor mich hin, als es klingelte. Ich hatte keine Idee, wer es sein könnte, denn außer Florence kannten wir hier niemanden.

»Ich geh schon«, rief Katie fröhlich, rannte zur Tür, das sah ich von der Treppe aus, denn ich war bereits auf dem Weg nach unten, und riss diese auf.

»Katie, warte!«, sagte ich gerade noch, als ich registrierte, wer davorstand. »Atkins! Elisabeth! Was macht ihr denn hier?« Schockiert sah ich meine Schwiegereltern an.

»Deine Begrüßung hätte ein wenig freundlicher sein können, oder?«, fragte meine Schwiegermutter schnippisch. »Es ist also wahr, was man sich erzählt.«

»Was erzählt man sich denn?«, erkundigte ich mich, nahm Katie die Tür aus der Hand und öffnete sie weiter. Als hätte ich sie dazu aufgefordert, betraten die beiden unser Haus. »Klar, kommt doch rein!«, sagte ich sarkastisch und Atkins drehte sich zu mir um.

»Das Kind könnte wenigstens Hallo sagen.«

»*Das Kind* hat einen Namen!«, schoss ich zurück. Mittlerweile war es mir nämlich egal, was die beiden von mir dachten oder was sie glaubten, über mich zu wissen. »Also?« Ich kreuzte abwehrend die Arme vor der Brust. »Was genau erzählt man sich denn?«

»Dass du und das Kind in Harpers Ferry seid.«

»Wow, das ist aber schnell nach Washington geschwappt.«

»Wieso wussten wir nicht, dass ihr hier ein Haus habt?«, fragte Elisabeth weiter. Ich würde sicher nicht zugeben, dass Phoebe das Haus ohne mein Wissen gekauft hatte und wir die Unterlagen dazu auch erst vor ein paar Tagen gefunden hatten.

»Ihr wisst so einiges nicht. Wie scheinbar den Namen eurer Enkeltochter.« Ich hatte die Schnauze dermaßen voll.

»Du solltest deine Zunge zügeln, mein Sohn!« Atkins legte eine Hand auf meine Schulter. »Wir sind nicht hier, weil wir streiten wollten. Wir möchten eher nach euch sehen. Uns erkundigen, ob es euch gut geht.«

»Ich weiß nicht«, sagte ich und wir standen immer noch im Flur. »Ich bin nicht sicher, ob es euch wirklich interessiert, immerhin haben Katie und ich ja seit Phoebes Beisetzung nichts mehr von euch gehört. Oder gelesen.«

»Wir haben angerufen«, verteidigte Elisabeth sich, aber ich wusste, dass das eine dreiste Lüge war. Ich hatte täglich nachgesehen, ob ich irgendwelche Anrufe verpasst hatte. Wir hatten darauf gewartet, dass sie sich bei uns meldeten. Katie hatte Bilder gemalt, die wir ihnen geschickt hatten. Aber da kam nichts. Nie.

»Pops, dann muss ich die Anrufe wohl verpasst haben!« Ich würde es ihnen nicht leicht machen. Auf keinen verdammten Fall.

»Okay, wir wollten anrufen.«

»Ah, das passt schon eher.«

»Caleb?« Florence kam aus der Küche und stand mit dem Kochlöffel im Türrahmen. »Oh, hoppla. Ich habe gedacht, dass das Klingeln ein Versehen war. Katie hat gar nichts gesagt.« Mittlerweile war meine Tochter zurück an den Küchentisch und zu ihrem Puzzle gegangen.

»Siehst du, Katie kennt uns gar nicht.«

»O doch, Katie kennt euch schon. Aber Katie ist vermutlich sauer oder traurig, weil Überraschung, sie ist vier, fast fünf Jahre alt und registriert sehr wohl, ob jemand auf sie reagiert und sich bei ihr meldet oder nicht.«

»Caleb!« Atkins sah mich eindringlich an. »Wir sind nicht hier, um uns gegenseitig Vorwürfe zu machen.« O doch, genau aus diesem Grund waren sie hier. Ich kannte meine Schwiegereltern. Aber Atkins kam aus der Politik und nur, weil er mittlerweile in Rente war, war es nicht so, als hätte er es nicht perfektioniert, Menschen um den Finger zu wickeln. Bei mir klappte das nicht. Nicht mehr. Es hatte viele Jahre gegeben, in denen das anders gewesen war. Sie hatten mit ihrem Verhalten nicht

nur Phoebe und Katie verletzt, sondern auch mich.«Aber Katie hätte durchaus Hallo sagen können. Ich bin auch manchmal sauer, aber man begrüßt seine Großeltern trotzdem.«
»Ja, sie ist eben einfach unerzogen.« Ich wurde zynisch. Die beiden sollten gehen.»Wer hat euch gesagt, dass wir hier sind?«
»Das spielt doch keine Rolle, mein Sohn.« Atkins gab wieder so richtig Gas. »Wer ist die Frau?« Er deutete mit dem Kopf in Florence' Richtung.
»Ich würde sagen, das geht euch nichts an.«
»Wenn du in der Lieblingsstadt und praktisch fast in der Heimatstadt deiner Frau bist und das noch dazu mit einer Fremden, dann frage ich mich sehr wohl, was das soll?«
»Das hier ist nicht Phoebes Heimatstadt, sondern das war Washington und später dann New York.«
»Sie hat die meiste Zeit hier verbracht. Also was soll das, dass du hier bist?«
»Ich kann sein, wo ich möchte, würde ich sagen. Oder habe ich irgendwie etwas Wesentliches verpasst?«
»Begegne uns doch nicht mit so viel Hohn und Spott, Caleb!« Meine Schwiegermutter rümpfte die Nase, als sie Florence genauer betrachtete, die in Leggings und einem lockeren Shirt, welches eine nackte Schulter offenbarte, nach wie vor im Türrahmen stand.

»Kommst du spielen, Florence?«, fragte Katie und griff nach der Hand ihrer Nanny. Wie auch schon beim Betten kaufen, stellte gerade keiner von uns beiden klar, dass wir kein Pärchen waren.

»Wieso sagst du nicht Hallo zu uns, Katie Molina?«

»Vielleicht weil ihr mir nicht geantwortet habt, obwohl ihr es versprochen habt.«

»Aber das war doch nicht mit Absicht.« Elisabeth beugte sich nicht einmal in Katies Richtung, sie sah buchstäblich auf sie herab. So wie sie es immer tat.

Ich wollte ausflippen. Meine Kiefer mahlten aufeinander und ich musste mich zusammenreißen, dass ich nicht die Hände zu Fäusten ballte. Katie antwortete nichts auf die Worte ihrer Großmutter und ich war so stolz auf mein kleines Mädchen, das so früh erwachsen werden und so früh damit kämpfen musste, ohne Mutter weiter aufzuwachsen.

»Ich würde euch gern richtig hereinbitten, aber ich denke, es wäre besser, wenn ihr geht.«

»Du kannst uns nicht unsere Enkeltochter vorenthalten!« Elisabeth sah schockiert aus. »Wir haben ein Recht auf sie.«

»Ich denke, Katie kann das selbst entscheiden.« Ich sah meine Tochter an und lächelte leicht, ich wollte ihr signalisieren, dass sie genau das machen konnte und durfte, was sie wollte. Nicht was Elisabeth und Atkins oder ich wollten. Nein, nur das, was für sie zählte. »Was möchtest du, Süße?«, fragte ich nun direkt und Katie legte den Kopf schief.

»Ich möchte mit Florence spielen.«

»Dann gehen wir spielen, Liebes!«, sagte ihre Nanny und ich war unendlich dankbar, dass sie sich auf meine Seite stellte. Nicht, dass es wichtig war, denn ich hätte meine und die Interessen meiner Tochter auch allein vertreten können, aber ich bemerkte, wie gut es sich anfühlte, wenn da noch jemand war, der gut fand, was wir taten. Florence und Katie verließen den Schauplatz des Grauens.

»Du hast ja noch nicht einmal Möbel«, ließ meine Schwiegermutter nun ihren Unmut darüber aus, dass Katie sich für den Moment gegen die beiden entschieden hatte, und Atkins schüttelte den Kopf, als würde er unmöglich finden, was gerade abgelaufen war.

»Ja, ich verstehe, dass ihr euch dadurch auch wenig willkommen fühlt.« Nicht, dass es an meiner Art lag, aber wenn ich wütend war, dann wurde ich zynisch und sarkastisch. »Dann bis ein anderes Mal?« Ich ging die paar Schritte zurück zur Haustür und öffnete sie. Ja, ich war ein Arschloch zu den beiden, aber ich vergaß nicht, was sie Phoebe in ihrer Kindheit und Jugend angetan hatten und wie sie mich immer behandelt hatten, nur weil ich damals noch nicht der Inhaber eines Verlags gewesen war und nicht so viel Kohle gehabt hatte wie heute. Niemals wieder. Jeder hatte einen Fehler frei … oder zwei … oder vielleicht auch drei. Manche Kommentare, die unangebracht waren, vergab man auch. Aber das, was die beiden in all der Zeit abgezogen hatten, war einfach viel zu viel und darauf hatte ich keinen Bock mehr. Phoebe und ich hatten uns schon viele Jahre zuvor von ihren Eltern gelöst, weil es zu anstrengend gewesen war. Niemals hätte ich meine Frau dazu gedrängt, das zu tun. Im Gegenteil, denn ich erachtete Familie als überaus wichtig, aber sie hatte das gewollt.

Meine Schwiegereltern kamen zur Tür und blieben noch einmal stehen, ehe sie nach draußen gingen.

»Du kannst nicht so tun, als gäbe es uns nicht, Caleb.«

»Ach so? Du meinst, ich kann nicht so tun, wie ihr die letzten Jahre?« Gerade so schaffte ich es, mich zurückzuhalten.

»Wie wäre es, wenn Katie und ich uns melden, wenn wir so weit sind?«

»Du kannst uns nicht unser Fleisch und Blut vorenthalten.« Auch dieses Thema hatten wir bereits ausgiebig behandelt.

»Wir melden uns.«

»Wann?« Das war irgendwie untypisch für einen Politiker. Atkins ließ sich selbst nie auf irgendetwas festnageln, wieso also nun das hier?

»Wir melden uns.« Ich klang wie bei einem Bewerbungsgespräch, in welchem dem Bewerber eigentlich klar sein musste, dass man ihn irgendwann mit den Worten: ›Wir haben uns für jemand anderen entschieden, danken Ihnen aber für Ihre Teilnahme‹ absagen würde.

»Ich werde nie verstehen, wie meine süße Phoebe auf die Idee kommen konnte, dich zu heiraten. Niemals werde ich das verstehen können.« Atkins packte meine Schwiegermutter am Arm und führte sie aus der Tür, während sie theatralisch ein Taschentuch aus der Hosentasche ihrer Jeans zog, um sich die Augen abzutupfen.

Ich sah, dass es eines der Taschentücher aus Stoff war, mit dem goldenen Rand und ihren eingestickten Initialen. Anscheinend eine alte Tradition ihrer Familie, zumindest hatte Phoebe das geglaubt. Sie hatte diese Stoffdinger gehasst und seitdem eine Kaufsucht für Packungen mit Taschentüchern entwickelt, sobald sie eine Drogerie betreten hatte.

Ich lächelte leicht, als ich daran dachte, wie sie sich auf dem Schrank in der Garderobe in unserer damaligen winzigen Wohnung getürmt hatten.

»Auf Wiedersehen«, sagte ich demonstrativ und die beiden gingen langsam die zwei Stufen bis auf den Weg hinunter. Atkins und Elisabeth Tonkin wirkten beinahe so, als wären sie gebrochen. Elisabeth schüttelte in einer Tour den Kopf und schniefte. Atkins hielt sie am Ellbogen und führte sie zu dem wartenden Rolls Royce.

Es war genau so, wie es mit den beiden immer war.

Sie schauspielerten, sobald sie im hellen Tageslicht standen. Sobald die Öffentlichkeit einen Blick auf sie erhaschen konnte, taten sie so, wie es ihnen am besten in die Karten spielte. Und gerade eben war es nun einmal diese Nummer mit dem Heulen und den gebrochenen Herzen.

Ich glaubte ihnen kein Wort.

Dafür kannte ich sie zu lange.

Und dafür wusste ich zu viel über die beiden.

Mit mehr Schwung als nötig warf ich die Haustür zu.

Ich würde mir nun ein Bierchen gönnen.

Obwohl es erst Mittag war.

Kapitel 11

Florence

»Alles in Ordnung?«, fragte ich einen sichtlich genervt aussehenden Caleb und er nickte nur knapp, presste die Lippen aufeinander und ging zum Kühlschrank. Er wirkte wütend. Nach dem, was ich vorhin aufgeschnappt hatte, wunderte es mich nicht einmal. Ich wusste natürlich, wer die beiden waren. Sie waren lange Zeit im Fernseher gewesen, ehe Mr. Tonkin der Politik den Rücken gekehrt hatte und in den Ruhestand gegangen war. Mir war das egal, mir bedeutete dieser Mann nichts, aber ich hatte mich natürlich immer gefragt, wieso die Tochter der beiden in Harpers Ferry begraben worden war statt in Washington, der Stadt, in der sie aufgewachsen war.

Mich ging das nichts an, weshalb ich mich raushalten wollte.

Caleb öffnete sich ein Bier, das er sich gestern gekauft hatte, und hielt mir auch eines entgegen, welches ich kopfschüttelnd ablehnte. »Weißt du, die beiden tauchen hier auf, tun so, als wäre alles in bester Ordnung, als hätten sie sich nicht die ganzen letzten Jahre einen Scheiß für uns interessiert und Katie und mich völlig allein gelassen und glauben ernsthaft, sie können einfach so wieder in unser Leben spazieren.« Er schüttelte den Kopf und trank einen Schluck. »Das können die doch unmöglich ernst meinen, oder? Das ist doch verrückt.«

»Alles okay, Daddy?«, fragte Katie. Er wandte den Kopf, schien jetzt erst richtig zu registrieren, dass Katie noch hier in der Küche war und an ihrem Puzzle baute.

»Aber klar, meine Süße. Möchtest du was anschauen? Ein bisschen Rapunzel oder Schlümpfe?«

»Jaaaa!«, rief Katie aus und grinste breit. »Unbedingt!«

»Na dann.« Er griff nach dem Tablet, das auf der Mikrowelle lag, und klickte darauf herum. Einen Fernseher gab es hier noch nicht, aber Caleb meinte, er habe online einen bestellt, der bald ankommen müsse. Nachdem Katie versorgt war und sich auf die Luftmatratze im Wohnzimmer, welche nun als Couch fungierte, geworfen hatte, war ich ihm aus beruflicher Sicht nicht böse, dass sie nun etwas anschaute. Auch Eltern brauchten mal eine Pause. »Ich meine, was fällt ihnen ein? Was sollte das? Und woher wissen die beiden eigentlich, dass wir hier sind? Lassen sie uns beschatten, oder was?«

»Mh, das weiß ich auch nicht. Aber Harpers Ferry ist eine Kleinstadt und Mr. Tonkin ist hier schon sehr bekannt. Seine Mutter lebte ja auch hier, aber das weißt du sicherlich von Phoebe.« Als ich ihren Namen aussprach, zuckte er zusammen. »Ich ...«

»Nein, alles okay.« Er fuhr sich durch das blonde, zu lange Haar und verstrubbelte es auf eine Art und Weise, die sich nur mit dem Wort ›Sexy‹ beschreiben ließ.

»Es ist nur seltsam, ihren Namen zu hören. Normalerweise wagt niemand, ihn auszusprechen. Zumindest nicht in meiner Gegenwart.«

»Ich ...«

»Nein, ehrlich.« Caleb legte eine Hand auf meinen Oberarm und mich durchfuhr ein Blitz. Diese Berührung war magisch. »Es ist in Ordnung.«

»Okay.« Meine Stimme klang wie das raue Krächzen einer Schnapsleiche am nächsten Tag.

»Ich verstehe es nicht und es macht mich so unsagbar wütend, dass sie hier mit irgendwelchen aberwitzigen Forderungen ankommen und ernsthaft glauben, dass ich sie erfüllen werde. Zu sagen, dass ich ihnen Katie vorenthalte – was soll das?« Er schüttelte wieder den Kopf und begann damit, in der Küche auf- und abzulaufen. »Weißt du, es ist so, dass Katie ihnen scheißegal ist. Katie interessiert sie nicht und was wir

tun, erst recht nicht. Und nun tauchen sie hier auf und machen einen auf verletzte Großeltern. Das macht mich so dermaßen wütend, dass ich das kaum in Worte fassen kann.«
»Ich verstehe dich.«
»Ich kapier einfach nicht, was das soll. Ich meine, er ist im Ruhestand, er muss nicht auf Stimmenfang und Mitleidstour gehen.«
»Harpers Ferry ist klein, es wird sich rumsprechen, dass die beiden da waren.«
»Das ist mir bewusst. Und deshalb verstehe ich es noch viel weniger.« Caleb stoppte und lehnte sich mit der Hüfte gegen den Tresen. Nur ein paar Zentimeter von meiner Hand entfernt, mit der ich mich abstützte. Ich spürte die Wärme, die von seinem Körper ausging, und fühlte die steigende Verzweiflung in ihm arbeiten. Caleb war ein unglaublich attraktiver Mann mit dem Körper eines Gottes und dem Gesicht eines Engels. Er war unvergleichlich und ich verstand, wieso Phoebe ihm zu Füßen gelegen hatte. Zumindest wenn man ihrer Großmutter glauben durfte, dann hatte sie das getan. Von ihr selbst wusste ich das nicht. Ich fühlte einen Stich in meinem Herzen und ich fühlte mich wie ein Eindringling in eine fremde Welt. Immerhin war es so, dass dies hier die Familie einer anderen Frau war.

Einer sehr toten, aber einer anderen und ich mischte mich hier ein, beschlagnahmte ihre Tochter und ihren Mann.

Halt!

Stopp!

Was dachte ich da? Ich beschlagnahmte nicht einfach so ihren Mann, nein, auf keinen Fall. Aber was zur scheiß Hölle tat ich hier? Es war mein Job, seine Tochter zu beaufsichtigen und nicht, ihn anzumachen, mir seine Probleme anzuhören und zu versuchen, für ihn da zu sein. Ich sollte mich einfach darum kümmern, dass Katie beschäftigt war, etwas Warmes zu essen hatte und fertig. Und nicht den Seelenklempner für ihn zu spielen. Mein Gott, ich hätte das Bier nicht ablehnen, sondern zugreifen sollen.

»Alles okay?«, fragte er plötzlich und sah mich von der Seite an. Ich roch die Frische seiner Seife und ich spürte ein Verlangen, meine Nase an seinem Hals zu drücken und tief zu inhalieren. Ich hielt mich zurück. Natürlich.

»Ja, also … ja.«

»Kannst du mir erklären, weshalb Menschen so sind?«

»Nein, das kann ich leider nicht.«

»Weißt du, damals, als ich Phoebe kennenlernte, hatte ich nichts. Ich selbst bin aus einem Elternhaus, das nicht so wohlhabend ist wie das der Tonkins. Ich bin aus einem ganz normalen Zuhause, habe mir die Knie aufgeschlagen und anschließend Flicken auf die Löcher in meinen Jeans bekommen. Ich musste neben dem College ganz schön rödeln, damit ich die Studiengebühren zusammenbekam, aber ich wollte eben unbedingt Lektor werden und brauchte die entsprechende Ausbildung. Mein Onkel, ihm hatte der Verlag gehört, den ich jetzt leite, sagte immer, dass ich es aus eigener Kraft schaffen und aus eigenem Antrieb wollen müsse. Wenn er mir Geld gebe, wenn mir die Scheine in den Schoß fielen, würde ich das Studium nicht zu schätzen wissen. Ich habe lange gebraucht, bis ich verstanden hatte, was er damit meinte. Sehr lange. Aber ich liebte jede Minute, dass ich es allein schaffte. Und glaub mir, ich musste mir wirklich den Arsch aufreißen. Phoebe hingegen … Ihre Gebühren wurden natürlich bezahlt, aber von ihrer Großmutter. Ihre Eltern waren dagegen, dass sie studierte. Ihre Eltern waren dagegen, dass sie etwas Bodenständiges tat. Und dass sie jeden Tag in ein Büro ging. Aber ihre Großmutter, diese verrückte alte Frau, hatte sie unterstützt.« Er lächelte bei der Erinnerung und mein Herz wurde direkt schwer dadurch. Caleb sah nach wie vor heiß aus, denn das Grinsen, das sich jetzt auf seinen vollen Mund schlich, war ein echtes. Es ließ seine blauen Augen leuchten, die mich an die Tiefe des Ozeans und seine verborgenen Geheimnisse erinnerten.

Es war echt.

Wunderschön.

»Phoebe suchte sich irgendwann auch einen Job in der Studentenkneipe, in der ich war, denn sie hielt es einfach nicht aus, wenn ich in meiner Freizeit, welche ich nicht mit Lernen oder Vorlesungen verbrachte, nicht bei ihr war. Also schnitten wir von da an gemeinsam den Truthahn für irgendwelche Sandwiches auf und hatten dabei einen Spaß, wie ich ihn selten in meinem Leben gehabt hatte. Phoebe war zu gut für mich, das wusste ich und doch war ich zu egoistisch, um sie jemals wieder gehen zu lassen ... bis ... nun ...«

»Ich weiß schon«, half ich ihm mit leiser Stimme aus. Es war schwer, ihm zuzuhören, denn aus seiner Stimme erkannte ich die Liebe zu seiner Frau. Man merkte, dass er sie vermisste, und ich wurde leicht melancholisch, denn diese Art der Liebe, die er und Phoebe hatten fühlen dürfen, war etwas Besonderes. Er musste das nicht weiter ausführen, denn auch wenn die Wahrnehmung etwas Subjektives war, dann war es mehr als nur eindeutig, wie unvergleichlich sich die beiden geliebt hatten.

Da ist niemals ein Platz für dich!, kam es bitter aus meiner Seele gesprochen und obwohl ich es nicht wollte, versetzte es mir einen Stich. Langsam leckte ich mir über die Lippen und strich mir mit einer Hand eine Haarsträhne meines Bobs hinter mein Ohr. Caleb trank einen Schluck aus der Flasche und während er schluckte, bewegte sich sein Adamsapfel so sexy, dass mein Höschen geflutet wurde. Was war nur los mit mir? Ich stand doch gar nicht auf so was.

»Ich kenne das«, platzte es aus mir heraus und ich erntete einen überraschten Blick von ihm. »Also ... also den Teil mit der Beziehung und der Liebe und so. Nicht ...«

»Nicht den Teil, in dem einer früher stirbt?«

»Nein, den nicht.« Ich fühlte mich noch bescheuerter als zuvor. Hilflos und kindisch.

»Entschuldige, ich neige dazu, dass ich zynisch werde, wenn ich mir nicht zu helfen weiß.« Er zuckte mit den Schultern und seufzte tief. »Es tut mir leid.« Ich nickte knapp und hielt den Mund. Es war ohnehin besser, wenn ich nicht von meinem Ex-Freund Alex und mir erzählte. Mit Sicherheit war das nämlich nicht eine solch starke Liebe gewesen wie die von den beiden, sonst wären wir noch zusammen. »Also? Mit deinem Freund

war es dasselbe?«, fragte er und natürlich bemerkte ich sofort, dass er ›Freund‹ sagte statt ›Ex-Freund‹. Ich stellte das nicht klar, denn ich hielt es nicht für notwendig.
»Ja, Alex und ich verbrachten jede freie Minute zusammen. Ohne ihn war ich einfach nicht komplett.« Bis zu dem Moment, in dem er mich für eine andere Frau verlassen hatte, aber das sprach ich nicht laut aus. »Alex und ich, das war eine High-School-Liebe und niemand von uns hätte gedacht, dass wir es bis ans College schaffen. Also ich meine damit als Paar. Aber wir haben das durchgezogen.« Bis er dort mit einer seiner Professorinnen geschlafen hatte. Ich lächelte bei der Erinnerung daran, wie ich ihm eine geknallt hatte, als ich es rausgefunden und die beiden erwischt hatte.
»Es ist etwas Besonderes, wenn man das erleben darf.« Ein Mann so sentimental? Das kannte ich bisher nicht, aber ich vermutete einfach, dass es dem geschuldet war, dass er allein sein musste und seine geliebte Phoebe verloren hatte. »Ein Kind liebt man auch.« Ich erkannte deutlich, dass er versuchte, sich nun selbst irgendwie nach oben zu ziehen. »Aber man liebt es anders als einen Partner. Es ist einfach so, dass man ständig Angst hat, und dass man ständig verzweifelt und an seine Grenzen getrieben wird. Und dann auf einmal, wenn man drüber nachdenkt, ob sie wohl noch in die Babyklappe passen oder ob man sie zur Adoption freigibt, dann sind sie plötzlich zuckersüß, umarmen einen und sagen einem, wie sehr sie dich lieben. Das ist ganz schön gemein, damit konfrontiert zu werden. Als könnten diese Zwerge in deinen Kopf schauen.« Er tippte sich mit dem Zeigefinger gegen die Stirn. Ich verstand, was er meinte.
»Ich denke, auch wenn ich keine Kinder habe, dass es bedingungslose Liebe ist. Deine Kinder lieben dich auch dann, wenn du mal total wütend oder sauer bist, wenn du schimpfst und wenn du gar nicht weiterweißt. Ich denke, das ist ein anderes Level von Lieben. Ein Partner meckert auch mal an einem rum, wenn man die Kaffeetasse nicht sofort in die Spülmaschine räumt, oder wenn man die Wäsche in der Maschine vergisst. Aber ein Kind liebt dich einfach absolut und zu hun-

dert Prozent bedingungslos und einzigartig.« Ich hatte mich in Rage geredet, aber genau das war es, wie ich es empfand.

»Wow, schon mal drüber nachgedacht, ein Buch zu schreiben?«, fragte er neckend und ich schüttelte den Kopf.

»Das wird nicht passieren.«

»Du hast das ziemlich toll beschrieben, auch wenn du kinderlos bist.« Nicht freiwillig, aber dafür fehlte mir zum einen der Partner und zum anderen die finanziellen Mittel.

»Vielleicht haben sich deine Schwiegereltern deshalb so verhalten? Weil sie erkannt haben, dass sie Katie vermissen? Sie und ihre bedingungslose Liebe, die sie versprüht wie ein Rasensprenger.« Wir lachten. Er schüttelte allerdings den Kopf.

»Nette Theorie, aber nein, das kann ich mir nicht vorstellen. Ich bin mir sicher, es geht um etwas anderes und ich bin gespannt, wann wir erfahren werden, was es ist.«

»Du hast keine sonderlich gute Meinung von ihnen, oder?«

»Ich weiß, dass sie nichts ohne Berechnung tun. Entschuldigung, wenn ich dir jetzt das Ansehen von Senator Tonkin beschmutze.«

»Ach was«, sagte ich und winkte ab, »ich hab ihn nie gewählt.«

Caleb lachte und das war so ehrlich und so herzerweichend, dass ich mir dieses Bild in mein Herz brennen wollte.

Es war unglaublich, was er in mir auslöste.

Auch wenn es falsch war.

Kapitel 12

Caleb

Ich saß am Küchentisch in meinem Haus in Harpers Ferry statt an meinem Kirschholzschreibtisch im Verlag in New York und las E-Mails. Das fühlte sich so unglaublich gut an. Fuck! Allein hier zu sein. Abzuschalten und doch die Geschäfte leiten zu können. Ich hatte mehr Zeit mit Katie und ich genoss jede Minute davon, denn Florence hatte gestern Mittag recht gehabt, als sie diese Rede über Kinder und deren bedingungslose Liebe geschwungen hatte. Kinder liebten bedingungslos, ohne Forderungen und sie vergaben schnell. Bisher hatte ich immer geglaubt, dass da ein riesiger Teil des Charakters meiner Frau vererbt worden war, weil Katie so war. Aber das stimmte nicht, denn Kinder waren von Anfang an so.

Ohne Vorurteile, neutral und irgendwie rein.

Genau deshalb war dies der Grund, wieso ich an die Lektoren und deren Praktikanten schrieb, dass ich mir durchaus vorstellen könnte, einen Kleinkinder-Ratgeber oder generell ein gutes Buch, welches sich von der Masse abhob, zu verlegen und dass ich einen Pitch dazu erhalten wollte. Mal schauen, ob so etwas überhaupt unter den ganzen täglichen Einsendungen war. Und vor allem, wie sie es mir verkauften.

Harpers Ferry tat uns einfach so gut. Ich merkte regelrecht, wie sich Katie wohlfühlte. Sie war gerade tatsächlich draußen und spielte mit einem Mädchen, das zwei Häuser weiter wohnte und laut Florence absolut vertrauenswürdig war.

Ich glaubte ihr. Und ich glaubte ihr auch, wenn sie sagte, dass meinem Mädchen nichts passieren würde. In New York hätte ich sie niemals ohne Aufsicht draußen spielen lassen, wir hatten dort ein riesiges Penthouse und kein Haus mit Garten. Es war Ende Juni und dadurch, dass wir schon ein paar Tagen hier waren, vertraute ich darauf, dass nichts passieren würde. Es war warm draußen, also konnte sie sich nicht erkälten und die Menschen hier waren definitiv anders als in der Großstadt. Ich wusste bis dato nicht, wie wundervoll dieser Kleinstadt-Charme war, aber nun musste ich ehrlich gestehen, er hatte mich überrumpelt und überzeugt.

Im Supermarkt kannte man jetzt unsere Namen und auch wenn ich mit Katie nur einmal kurz da gewesen war, als Florence nicht gekonnt hatte, dann grüßte mich sowohl die Besitzerin als auch die Angestellten jedes Mal, wenn ich auch nur den Müll rausbrachte. Okay, das war übertrieben, aber wenn ich mich im Ort aufhielt, wurde ich begrüßt. Dieses absurde Verhalten – absurd, weil ich es nicht kannte –, brachte mich zum Lächeln. Ich fühlte mich hier einer Gemeinschaft zugehörig, obwohl ich niemanden kannte. Der Zauber dieses Ortes, das Entschleunigen meines Lebens, das mehr Zeit haben für Katie, brachte mich dazu, zu überdenken, wie es weiterging.

Hier gab es abends keine glamourösen Veranstaltungen, die für einen Verlagsinhaber nötig waren. Es gab hier keine Möglichkeit, zu irgendwelchen Politikern, Stars und Sternchen Kontakte zu knüpfen. Aber was es hier gab, waren Liebe und Zuneigung und das Gefühl, dass sich die Einwohner umeinander kümmerten.

Wenn ich mich darauf einließ, dass man sich hier gegenseitig half und auch brauchte, dann war man in Kontakt und auch wenn man allein war, dann war man nie wirklich allein.

Ich stützte meinen Kopf in meine Hände und schüttelte ihn. Ich war verrückt. Wenn mich vor ein paar Jahren jemand gefragt hätte, ob ich mir vorstellen könnte, jemals in einer Kleinstadt zu wohnen, dann hätte ich gelacht und den Kopf geschüttelt. Ich? In einer Kleinstadt? Nein, dafür mochte ich die Vergnügungen mitten im Zentrum zu sehr. Dafür liebte ich mein Leben und all das, was es extravagant machte, zu sehr. Ich genoss, dass wir uns zu essen bestellen konnten, was wir wollten, weil es einfach alles gab. Dass wir die volle Auswahl an Freizeitaktivitäten zu jeder Tages- und Nachtzeit hatten, sieben Tage die Woche. Dass wir mit den öffentlichen Verkehrsmitteln überall hinkamen und alles zu erreichen war. Ich mochte, wie die Lichter in den Fensterscheiben der Hochhäuser glitzerten und das Gefühl vermittelten, dass diese Stadt niemals schlief.

Ich mochte es.

Ich hatte es gemocht.

Damals.

Momentan wusste ich zu schätzen, wie wundervoll es sich anfühlte, wenn abends wenig auf den Straßen los war und der Lärm nicht bis in die Wohnung kam. Ich wusste, wie toll es war, wenn ich die Auswahl nur in einem Kino hatte statt in sieben. Ich genoss, dass ich alle üblichen Gerichte wie Pizza und Nudeln, Salate, Chinesisch und Burger bestellen konnte. Aber wenn ich mal einen Braten wollte, dann machte ich diesen selbst oder ging die Mainstreet runter und in das Gasthaus von Brian O'Neil, der für seine Hausmannskost bekannt war.

Die Erkenntnis traf mich wie ein Blitz.

Ich war dabei, mich zu verlieben. In dieses süße Städtchen, in dem jeder jeden kannte und in dem es beinahe unmöglich war, etwas zu tun, ohne dass es ein Nachbar mitbekam. Bestimmt gingen Gerüchte herum, weil Florence so oft hier war, aber das war mir egal, denn sie und ich wussten, dass zwischen uns nur Freundschaft war. Auch wenn ich bereits das eine oder andere Mal unprofessionell über sie gedacht hatte. Das Thema Sex hatte ich das letzte Jahr völlig von mir ferngehalten und kein Interesse daran gehabt. Doch seit Florence in mein Leben getreten war, dachte ich gefühlt ständig daran. Okay, das war nicht so, aber ich dachte viel daran, denn ich fühlte mich ausgehungert. Mein Schwanz wurde schon beim Gedanken daran hart, wie seidig ihre Schenkel aussahen, wie schön die Linie ihres Hales geschwungen und wie voll ihre Lippen waren. Ich fühlte mich wie ein notgeiler Sack, weil ich sie aus diesem Blickwinkel betrachtete, aber ich konnte nicht anders.

Immer dann, wenn ich meine Gedanken in eine offensichtlich andere Richtung drängen wollte, kamen sie nur umso stärker zurück und überrollten mich wie ein Stein, der sich in den Bergen gelöst hatte und eine Lawine nach sich zog. Ich fragte mich, wie lange ich es noch schaffen würde, ihr zu widerstehen. Und das, obwohl sie verdammt noch mal gar nichts tat. Nichts weiter als freundlich und hilfsbereit zu sein. Sie kümmerte sich um Katie, die sie wiederum vergötterte.

Manchmal hatte ich den Eindruck, dass auch Florence mich ansah, als würde sie bei Nacht an mich denken. Aber dann wirkte sie wieder, als hätte sie sich gefangen und als wäre es ihr unangenehm, dass ich meinen Blick auf ihr schönes, gleichmäßiges Gesicht legte. Florence war eine der hübschesten Frauen, die ich jemals kennengelernt hatte.

Und genau das war es, was mich in die Bredouille brachte, was mein schlechtes Gewissen gegenüber Phoebe nährte, wie es Klatsch und Tratsch bei einem giftigen Menschen tat. Ich wusste, dass Phoebe nicht gewollt hätte, dass ich nie wieder auch nur eine andere Frau ansah. Aber diesen Schritt zu gehen und eine andere Frau haben zu wollen …? Nein, niemals würde ich das machen. Ich hing an Phoebe und ja, somit hing ich auch an der Vergangenheit, aber das, was wir hatten, war etwas Besonderes gewesen.

Und würde es auch immer sein, aber ich musste weitermachen. Die kleine Stimme in mir schockte mich. Nein! Ich musste nicht weitermachen. Nicht in diesem Punkt. Mit jemandem zu schlafen war etwas Intimes. Mit jemandem zu vögeln übrigens ebenfalls, ganz gleich, was andere Menschen einem da vermitteln wollten. Es war Fakt, dass alles zwischen Mann und Frau sehr wohl mit Gefühlen verbunden war, denn man würde doch nicht einfach mit jemandem ins Bett gehen, der einem nicht einmal sympathisch war. Und verfluchte Scheiße … Florence war mir sympathisch. Mehr als das.

Der Anblick, wie sie sich vor ein paar Tagen nach unten gebeugt hatte, um etwas aufzuheben, und ihr Oberteil so verrutscht war, dass ich den Ansatz ihres Busens sehen konnte, schlich wieder vor mein Auge. Das war verrückt. Ich war verrückt. Und doch schien es eine unumstößliche Tatsache zu sein, dass ich sie wollte. Mein Schwanz wurde wieder hart und obwohl ich wusste, dass ich gerade allein im Haus war, sah ich mich verstohlen um und drückte ihn durch die Hose. Das fühlte sich so gut an. Ich wollte mehr. Wollte, dass es eine Frauenhand war, die gerade in meine Hose griff und meinen Freund knetete. Ich wollte nicht, dass es meine Finger waren, die ihn umgriffen. Mit meiner freien Hand öffnete ich meine Jeanshose, lehnte mich zurück und schob die schwarzen Shorts so weit nach unten, dass mein Harter in die Freiheit konnte. Ich seufzte, biss mir fest auf die Lippe, als ich auf und ab strich und genoss, wie es sich anfühlte. Ich schloss meine Augen, bewegte meine Faust schneller und drückte fest zu, da ich einfach nur noch den Gipfel erreichen wollte. Florence' schönes Gesicht kam mir in den Sinn. Meine Eier wurden hart und zogen sich eng an meinen Körper. Ich pumpte meine Faust schneller, drückte die Hüften nach oben, mein Atem beschleunigte sich. Ich wollte kommen, wollte Erlösung finden und wollte meinen Saft am liebsten Florence auf den straffen, knackigen Arsch oder auf diese verdammten Titten spritzen, die mich so sehr in den Wahnsinn trieben. Ich keuchte, stöhnte leise und jeder Muskel in meinem Körper verkrampfte sich, als ich endlich kam und mein verfluchter Samen aus mir herausspritzte. »Fuck.« Ich keuchte und drückte den Schwanz in meiner Hand. Das war verdammt noch mal nötig und gut gewesen. Ich leckte mir über die Lippen, öffnete die Augen und sah direkt zum Fenster. Ich fühlte mich beobachtet, aber dort stand niemand. Ich zog meine Shorts und die Hose wieder an Ort und Stelle, ignorierte, wie es sich anfühlte, denn ich müsste nachher sowieso duschen.

Fuck, das war gerade ganz schön leichtsinnig gewesen. Auch wenn ich den Charme einer Kleinstadt langsam zu schätzen wusste, war die Anonymität in New York eindeutig besser, wenn man sich am helllichten Tag mitten in der Küche einen runterholte, weil man sich verfickt noch mal nicht mehr konzentrieren konnte und man an seine Nanny dachte.

Ich grinste. Obwohl es falsch gewesen war, hatte das gerade verdammt gutgetan.

Ich würde mir nicht die Leichtigkeit des Orgasmus nehmen lassen, weil mich mein Gewissen erdrückte.

Es war ja nicht so, dass ich Florence wirklich angefasst hatte.

Obwohl ich es gern tun würde.

Als mein Schwanz wieder hart wurde, weil ich mir vorstellte, wie sich ihre enge Vagina um mich legte und meinen Kumpel massierte, stand ich energisch auf und wollte einfach schnell duschen gehen.

Kaltes Wasser rückte meinen Kopf sicherlich wieder an Ort und Stelle.

Musste es.

Denn immerhin käme Florence in etwas mehr als einer Stunde hierher.

Bis dahin sollte ich ihr wieder in die Augen sehen können.

Kapitel 13

Florence

Das Gehupe an der Ampel die Straße etwas weiter runter erinnerte mich zum Glück daran, dass ich nicht in geschützten vier Wänden war, sondern dass ich mitten im Vorgarten meines Chefs stand und durch sein Küchenfenster glotzte, als beobachtete ich einen Mord.

Nur das dieser „Mord" ziemlich sinnlich und heiß und nervenaufreibend war.

Ich atmete mehrmals tief durch, stemmte die Hände in die Hüften, denn ich musste mich beruhigen. Ich durfte mir nichts anmerken lassen, denn gerade noch rechtzeitig hatte ich mich weggedreht und an die Hauswand gedrückt, als wäre ich ein verfluchter Einbrecher, den man beinahe auf frischer Tat ertappt hatte.

Noch nie hatte ich einen Mann gesehen, der so verdammt sinnlich dabei aussah, wenn er sich selbst befriedigte. Der Anblick von Caleb Molina brachte mich vollkommen aus dem Konzept – ein Mann, der sowieso schon extrem scharf war. Es hätte mich nicht geschockt, wenn er mir gesagt hätte, dass er in einer Stripbar oder für einen Begleitservice arbeiten würde, anstatt als Familienvater und Bücherwurm zu Hause zu sitzen. Er war so sexy.

Mit knallroten Wangen lief ich nach Hause.

Beschissene Situation, verdammt noch mal.

Mein Höschen war feucht. Okay, es war nicht nur feucht, sondern es war klitschnass. Ich war zu früh dran gewesen und dachte, dass ich noch etwas Wäsche machen konnte, als ich quer durch den Vorgarten lief statt den gepflasterten Weg zum Haus zu benutzen. Hätte ich nämlich den dafür vorgesehenen Weg genutzt, wäre ich nicht so nah am Küchenfenster vorbeigekommen und hätte gar nicht sehen können ... was ich gesehen hatte und was mir nun diese roten Wangen bescherte.

O Mann, dieses Bild von seinem großen, seidig aussehenden Schwanz würde mir wohl nie wieder aus dem Kopf gehen. Er hatte so unbeschreiblich gut dabei ausgesehen, wie er erst langsam und dann immer schneller seine Latte bearbeitet hatte und dabei den Kopf in den Nacken gelegt und die Augen geschlossen hatte. Ich wüsste gern, was er sich dabei vorgestellt hatte, und wie es sich wohl anfühlen würde, wenn man ihn in der Hand hielt. Ich wollte sehen, wie seine Eier sich zusammenzogen, kurz bevor er kam, weil er es kaum mehr schaffte, sich zu kontrollieren und völlig ausbrechen würde. Als das weiß schimmernde Ejakulat aus der Spitze herausgequollen war, die in seiner halb liegenden, halb sitzenden Position bis zu seinem Waschbrettbauch reichte, und er abgespritzt hatte ... Scheiße, ich war ebenfalls fast in meinem Sommerkleidchen gekommen, das ich für heute ausgewählt hatte.

Ich musste mir nicht vorstellen, was er unter dem Shirt trug, denn ich wusste es seit dem ersten Tag, als ich ihn und seine Tochter hier im Haus überrascht hatte. Aber die Muskeln zu sehen, wie sie sich angespannt hatten, als er gekommen war ...

Ich erlebte gerade immer und immer wieder meinen eigenen Porno und ich merkte, wie ich mir verzweifelt wünschte, dass ich es wäre, die das in ihm auslöste. Dass ich mit ihm schlafen und mich von ihm vögeln lassen könnte.

Und das von einer Frau, die eigentlich sehr überlegt auswählte, mit wem sie in die Kiste hüpfte.

Caleb Molina schaffte es einfach, dass ich Prinzipien über Bord warf und diese animalische Lust verspürte, von der man immer in den Pornos hörte.

Die derb und dreckig und schmutzig war und die ich gerade mit jeder verdammten Faser meines Körpers ersehnte und erbettelte.

Mein Unterleib zog sich wieder zusammen und mein verräterischer Kitzler pochte. Ich brauchte Erleichterung, würde sie mir aber nicht sofort verschaffen können. Ich konnte nicht sofort nach einem Orgasmus aufstehen und zum Alltag zurückkehren. Nein, ich musste das sowohl körperlich als auch emotional verarbeiten. Heilige Scheiße, ich sollte mich also schnellstens zusammenreißen, wenn ich die beiden gleich abholen wollte, damit wir auf das Fest am Hafen gehen konnten.

Nachdenklich legte ich die Stirn in Falten, ich konzentrierte mich darauf und spürte es intensiv, weil es nicht ausreichte, um das Bild aus meinem Kopf zu verbannen, wie er sich mitten in der Küche selbst befriedigte. Die Lippen einen Spalt geöffnet, die Augen geschlossen, die Hand am Pumpen, damit er Erlösung fand.

Reiß dich zusammen!, ermahnte ich mich selbst und wusste, dass es ein verdammt langer und fieser Abend werden würde, wenn ich mit ihm und Katie unterwegs war. Gequält schloss ich die Augen und betrat doch noch einmal mein Haus.

Ich ergab mich.

Fügte mich meinem Schicksal.

Eine kleine Runde mit meinem Vibrator konnte ja jetzt nicht schaden.

Ich musste eben schnell sein.

Allerdings war ich mir ziemlich sicher, dass es der Gedanke und das Bild an Caleb schaffen würden, dass ich mich nicht sonderlich anstrengen musste, um zu kommen.

Sondern es fast wie von allein gehen würde.

***

»Wow, man erkennt den Hafen nicht wieder!«, sagte Caleb mit belegter Stimme und ich brachte nur ein Nicken zustande. Es war so seltsam, dass er und ich zusammen mit Katie hier waren, nachdem ich mich am Nachmittag selbst zum Orgasmus gebracht hatte.

Zweimal.

Und das mit dem Gedanken daran, wie er in der Küche saß und ebenfalls Erlösung ersehnte. Er wusste davon nichts, also konnte er schön locker und gelöst sein, aber ich ... ich wusste es und ich spürte es in meinem Bauch ziehen, wenn ich ihn auch nur kurz von der Seite ansah. Ich fühlte den leichten Windhauch, ich roch den Geruch seines Waschmittels, wie er sich bewegte, obwohl er mich praktisch nicht dabei berührte und ich sehnte mich danach, seine Finger, die heute seinen Schwanz umschlossen hatten, zu spüren und ihm sagen zu dürfen, wie gut sich das anfühlte.

»Florence?«, fragte er sanft von der Seite. »Alles klar?«

»Alles bestens!« Meine Stimme quietschte wie eine alte Blechbüchse, die dringend Öl benötigte. »Das Hafenfest ist für alle etwas sehr Besonderes.«

»Okay, warum feiert ihr das?«

»Ich weiß es nicht, es gibt keinen speziellen Grund. Es ist jedes Jahr und eines der Highlights hier in Harpers Ferry. Genauso wie das Gründerfest und solche Sachen.«

»Ich verstehe«, murmelte Caleb schmunzelnd.

»Was?« Ich lachte auf und sah mich nach Katie um, die vor dem Süßigkeitenstand zum Stehen kam. »Wir sind hier eben eher ländlich als städtisch.«

»Ich dachte ehrlich gesagt auch, dass Harpers Ferry viel kleiner wäre, als es wirklich ist.«

»Das denken viele. Aber verrate es nicht weiter. Wir genießen unsere Ruhe hier vor den Menschen aus der Großstadt.«

»Heißt das, wir sollen gehen?«

»Nein!«

»Sollen wir bleiben?«

»Nein!«

»Was denn nun?« Caleb lachte und sah sehr gelöst aus. Keine Ahnung, was heute Abend mit ihm los war, vermutlich hatte es ihm geholfen, sich einen herunterzuholen und das hatte seine Laune ein wenig gehoben.

»Ich, also ich freue mich, dass ihr hier seid, aber …«

»Daddy!«, rief Katie und ich konnte so dem intensiven Blick aus den Augen von Caleb entgehen. Sein Blau sah mich an, als wollte es bis auf meine Seele blicken. Es wurde dunkler und ich bekam das Gefühl, als könnte er alle meine dunklen Geheimnisse sehen. Und nicht nur das, sondern sie auch entschlüsseln.

»Daaaaaaadyyy!«, rief Katie wieder und wir beide setzen uns in Bewegung, liefen unter den quer über den Platz gekreuzten Lichterketten hindurch und an diversen Essensständen vorbei.

»Daddy, ich brauche bitte jetzt eine Süßigkeiten.«

»Eine Süßigkeit, meine Kleine, und nicht eine Süßigkeiten.«

»Ja, eine Süßigkeit, das brauch ich jetzt bitte.«

»Du hattest noch kein Abendessen!«, sagte Caleb und verengte die Augen zu Schlitzen. »Aber egal, heute ist eine Ausnahme.«

»Jaaa!« Katie klatschte in ihre Hände. »Eine Ausnahme. Muss ich später Zähne putzen?«

»Gleich mal alles abchecken, oder?«, fragte ich und lachte laut auf.

»Lass uns erst mal hier sein und dann sehen wir weiter.«

»Okay, das klingt gut.«

»Also, du kleiner Schatz!«, sagte ich und nahm Katie an der Hand, um die Auslagen direkt vor ihr zu betrachten. »Was nimmst du?«

»Ich weiß nicht.« Sie kaute auf ihrer Unterlippe herum. »Vielleicht den Apfel?« Es war einer dieser berühmten Liebesäpfel. Außen mit einer harten Zuckerglasur und innen Obst. »Oder diese Dinger hier.« Sie deutete auf die gebrannten Mandeln. »Ich meine, das ist sicher süß, oder?«

»Die hier sind sehr süß«, erklärte Mr. Flow aus einem der Supermärkte, der diesen Stand auf dem Hafenfest jedes Jahr hatte.

»Aber süß mag ich.«

»Deine Zähne auch«, hörte ich Caleb murmeln und lächelte.

»Wie wäre es mit einem Deal?« Ich sah beide an. »Katie verspricht heute doppelt gut Zähne zu putzen und dafür gibts eine Zuckerwatte, die im Grunde ja nur aus Zucker besteht, wie wäre das?«

»Oooooo ja!« Katie hüpfte auf und ab und Caleb nickte zustimmend.

»Aber wirklich gut die Zähne putzen.«

»O Daddy, auf jeden Fall mach ich das.«

»Na dann.«

»Also?«, klinkte ich mich mit ein. »Pinkfarbene oder blaue Watte?«

»Pink, pink, pinnnnkkkk!«, rief Katie und ich nickte zustimmend.

»Dann nehme ich blau.« Mr. Flow griff nach den Zutaten und machte zweimal Zuckerwatte, einmal in Pink und einmal in Blau. Ich legte eine Fünf-Dollar-Note auf den Tisch.

»Ich bezahle schon.«

»Alles gut. Ich habe sie ihr ja auch aufgedrängt.«

»Ich weiß, ich war dabei.« Er grinste unwiderstehlich.

»Sie war leicht zu überzeugen.«

»Zucker zieht halt immer bei den Kleinen«, sagte Caleb und wir liefen weiter. Katie ging zwei Schritte vor uns und zupfte mit den Fingern an ihrer Zuckerwatte, um sie sich in den Mund zu stecken. »Danke, dass du uns mitgenommen hast zu diesem Fest.«

»Es ist ein öffentliches Fest, ihr brauchtet meine Einladung dafür nicht.«

»Ja, aber wir kennen hier niemanden, da wäre es also nur halb so schön, wenn wir allein hier wären.«

»Das fasse ich als Kompliment auf.«

»So war es gemeint.« Caleb sah mich intensiv an. »Ich denke, wir werden wirklich eine Weile hierbleiben.«

»Oh, okay.«

»Keine gute Idee? Sollen wir lieber zurückgehen?« In Calebs Augen blitzte der Schalk.

»Nein, ich meine … ich muss mir dann nur jobmäßig etwas überlegen. Ich kann auf Dauer nicht drei Jobs machen.«

»Das stimmt.« Caleb klaute mir ein kleines bisschen von meiner blauen Watte, ohne mich zu fragen, aber das fühlte sich für mich völlig in Ordnung an. Es war ein bisschen so, als wären wir so richtig gemeinsam als Paar hier. Hoppla, Florence? Woher kam denn dieser Gedanke? Das war nicht richtig. Das war sogar sehr falsch. *Dieser Mann hier trauert um seine Frau, um die Mutter seines Kindes und du ... stellst dir gerade irgendwie vor, dass ihr eine Beziehung oder so etwas habt? Nein! Lass das! Das ist ethisch total verwerflich.*

»Alles okay?«

»Ich ... ja, ich überlege nur.«

»Okay, kann ich dir dabei helfen?«

»Ich will Riesenrad fahren!«, rief Katie und sah ihren Vater mit großen, bettelnden Augen an. »Bitte Daddy. Fahren wir Riesenrad?«

»Iss erst deine Zuckerwatte auf, okay?«

Katie nickte und rupfte weiter an der pinkfarbenen Watte. Ihre Augen leuchteten und sie hatte Spaß, ich fand das ganz wunderbar. Ein Kind in ihrem Alter sollte nicht erwachsen sein müssen ... niemals.

»Also ich würde vorschlagen, du kündigst einen Job. Und das wird bitte nicht die Stelle bei uns sein. Katie braucht dich, Florence.« Caleb fuhr durch sein Haar, strich es zurück und dabei spannten sich die Muskeln seines Oberarmes an, die sein einfaches blaues Shirt nicht verdeckte. Das T-Shirt saß absolut perfekt und schmiegte sich an seinen Sixpack. Es war beinahe zum Neidischwerden. Ich wäre wirklich gern der Stoff. »*Ich brauche dich.*«

Überrascht hob ich den Blick und starrte ihn an. Meine Hand an der Zuckerwatte und ich vergaß, meine Bewegung auszuführen. Er brauchte mich? *Er* brauchte mich? Er brauchte *mich*? »Du brauchst mich.«

»Also nicht ...« Lief er gerade tatsächlich rot an? »Nicht so, wie das jetzt klang.«

Ich lachte laut auf, tat so, als würde ich ihn aufziehen, dabei meinte ich das dummerweise ernst. Wärme breitete sich in mir aus. Das Gefühl, dass er mich brauchte, machte mich … glücklich? Konnte das sein?

»Ich verstehe dich schon«, stellte ich glücklich fest und er nickte kurz und knapp. Er sah immer wieder zu Katie, aber die war rundum glücklich damit, dem Riesenrad zuzusehen, wie es die Menschen ein- und aussteigen ließ, damit es sich anschließend wieder drehen konnte. »Ich muss mir das ausrechnen.«

»Ausrechnen?« Seine Stirn legte sich in Falten. Verdammt, das hätte ich einfach nicht sagen und gut sein lassen sollen. »Wie meinst du das? Ausrechnen?«

»Na ja … ich arbeite ja, weil ich das Geld brauche.« Ich hielt nicht sehr viel davon, Dinge, die wichtig waren, zu vertuschen. Ich glaubte an Karma und wenn ich ihn jetzt anlügen würde, dann wäre es vielleicht für immer verloren. Was … auch immer.

»Und du denkst, dass es nicht mehr reicht, wenn du einen Job kündigst?«

»Ich … das muss ich eben ausrechnen.«

»Ich gleiche dir den Verlust aus.«

»Was?«

»Ich gleiche es dir aus. Also das, was dir fehlt, wenn du wegen Katie und mir einen Job kündigen musst.«

»Ich …«

»Ich meine es ernst. Katie liebt dich und ich weiß nicht, wann sie das letzte Mal so wahnsinnigen Spaß hatte, und sich so offensichtlich wohlfühlte bei jemandem.« Erstaunt sah ich ihn an.

»Aber sie hat in New York auch eine Nanny, richtig?«

»Ja, aber … zwischen den beiden … war das nie so wie mit dir.« Wurde Caleb gerade rot? Ich erkannte es nicht genau unter seinem Dreitagebart, aber ich mochte die Vorstellung, dass er die Gesichtsfarbe wechselte. Wegen mir. »Bitte bleib bei uns, Florence.« Natürlich wollte ich das, aber dann musste ich den Pizzaservice loswerden und das bedeutete, dass ich ein Haufen Trinkgeld nebenbei auch noch verlieren würde.

»Ich liebe die kleine Maus auch sehr.« Mit Schrecken stellte ich fest, dass ich das nicht nur so als Floskel sagte, sondern dass ich es wirklich so meinte.
»Dann bleib doch bei uns.«
»Ich …«
»Komm schon. Wir kriegen das mit dem Geld schon hin.«
»Ich bin wirklich in Engpässen. Das heißt, so ungern ich es zugebe, ich habe wirklich Geldprobleme«, platzte es aus mir heraus. »Ich muss mich drauf verlassen können, dass das mit Katie nicht morgen vorbei ist.«
Caleb griff nach meinen Händen. »Das wird es nicht. Wir bleiben wirklich länger hier. Ich fühle mich hier wohl und ich mag es, wie Katie sich entwickelt.«
»War sie in New York wirklich so anders?«
»Ja, darum musst du bleiben.« Er drückte meine Hände und wo er mich berührte, brannte meine Haut. Es war, als würde er mich brandmarken.
»Okay.«
»Okay was?«, forderte er zu wissen und grinste. Heilige Scheiße, dieser Mann war immer schön, aber gerade … Mein Höschen wurde wieder geflutet und ich fragte mich, wie ich es nur schaffen sollte, dass ich tagtäglich mit ihm arbeiten sollte, ohne auszuflippen. Oder eine Anzeige zu bekommen, weil ich ihn angrabschte.
»Okay, ich mach es.«
»Du bleibst bei uns?«
»Ja, ich mach es.« Vielleicht musste ich einfach mal etwas riskieren. Ja, ich brauchte Geld, um meine Mom weiterhin pflegen zu lassen. Wenn ich schon so viel arbeiten musste, dann doch wenigstens in einem Bereich, der mir Freude bereitete, oder? Es wäre ein Traum, wieder mit Kindern zu arbeiten. Und durch Katie bekam ich das nun angeboten. Ich sollte das unbedingt annehmen statt zu überlegen. Also ja, es war wohl das Richtige, dass ich hier zusagte.
»Katie, hast du gehört?«
»Was denn?«, fragte die Kleine über ein paar Meter Entfernung und kam zu uns rüber.

Caleb beugte sich zu seiner Tochter und ging vor ihr auf die Knie. »Florence bleibt noch eine Weile bei uns, um auf dich aufzupassen.«
»Ehrlich?« Nun heftete sich ihr Blick auf mich. »Wirklich?«
»Ja, das würde ich total gern machen.«
»Dann ist es vereinbart!« Caleb grinste. »Darauf gebe ich euch einen aus.«
»Was?« Katie verzog das Gesicht. »Alkohol? Das darf ich nicht.«
»Für dich finden wir sicher eine Limo«, sagte ich und streichelte über ihre blonden langen Haare, die sie heute offen trug. »Es gibt hier nämlich nicht nur farbige Zuckerwatte, sondern auch Erdbeerlimonade und Kiwipunsch.«
»Häää?« Katie grinste breit. »Kiwi?«
»Ja, das ist total lecker, kennst du das nicht?«
»Nicht als Punsch.« Sie schüttelte den Kopf und ihre Locken flogen nur so hin und her. »Was ist überhaupt ein Punsch?«
»So was wie ein Cocktail. Das gibt es mit und ohne Alkohol und für Kinder ist es ohne!«
»Au ja! Das will ich probieren.«
»Na dann los!«

Wir schlenderten zu dem hübsch dekorierten Limonadenstand, an dem ich schon als Kind mit meiner Mom immer eine Limo bekommen hatte, wenn wir auf dem Hafenfest gewesen waren.

Caleb bestellte für uns beide ein Bier und für Katie die Kiwilimonade. Gemeinsam stießen wir an.

»Hey, da ist Hailey von gegenüber.« Hailey war ein liebes und nettes Nachbarskind. »Darf ich kurz rübergehen, Daddy?«

»Klar«, sagte Caleb und grinste. Katie sprang rüber und wir schlenderten etwas weiter nach vorn, um uns in einen der Strandliegestühle zu setzen, die es hier gab. Von hier aus konnten wir uns unterhalten und Katie im Blick haben. »Ich versuche, hier lockerer zu sein als in New York.«

»Eine Kleinstadt ist auch nicht so beängstigend wie New York. Ich stimme dir zu.«

»Ich meine, es ist anders hier. Freundlicher. Offener.«
»Nicht so anonym?«
»Ja, nicht so anonym.« Er nippte an seinem Bier. Gott, hatten seine Lippen schon immer so sexy ausgesehen, wenn er trank? Ich hatte ihn ja jetzt schon öfter mal an einer Bierflasche nippen sehen, aber heute ... Ich fühlte, wie ich rot wurde, und schluckte schwer. »Nicht so ... freundlich.«
»Du findest Harpers Ferry freundlich?«
»Ja, das war auch das, was Phoebe immer gesagt hat.« Autsch, das gab einen Stich. »Sie hasste es in Baltimore.«
»Baltimore und New York sind ja beide nicht unbedingt kleine Städte, oder?«
»Nein, das nicht, aber in New York war ich. Und irgendwann Katie.«
»Oh, verstehe ...«
»Nein, so meine ich das nicht. Also es gab mehr Dinge in New York, die sie gehalten hatten ... aber halt eben auch das dort unser Zuhause war.«
»Es tut mir so ...«
»Ich weiß.« Caleb unterbrach mich. »Das tut es jedem. Mir auch.«
»Du vermisst sie.«
»Jeden Tag. Natürlich.« Er sah mich gekränkt an, als würde er sich fragen, ob ich ihn verarschen wollte. »Wie auch nicht. Sie war wundervoll.«
»Ja, sie war wundervoll«, stimmte ich ihm abwesend zu und ließ innerlich den Kopf hängen. Ich wusste ja, dass er seine Frau liebte, seine tote Frau ... aber es noch mal so vor Augen geführt zu bekommen? Sicherlich hatte er heute, als er sich einen heruntergeholt hatte, an sie gedacht.
»Und bei dir? Gibt es da ...«
Jäh wurden wir unterbrochen. »Florence!«, die Stimme meines Ex-Freundes Alex kam wie aus dem Nichts und er stand plötzlich neben mir und sah auf mich in meinem Liegestuhl herunter. »Hey, Baby.«
Mir lag wie immer auf der Zunge, dass er mich nicht Baby nennen sollte, aber ich sagte es nicht, weil ... Caleb hatte mich

gerade sowieso so seltsam angesehen, als könnte er in meinen Augen lesen, dass ich ihn scharf fand und dass ich nichts dagegen gehabt hätte, wenn er mich berühren würde. Nicht nur das, ich unterhielt mich auch sehr gern mit ihm, sofern er nicht die ganze Zeit unbedingt über seine Frau sprach. »Alex, hi.« Ich stand auf und er beugte sich zu mir, um mir einen Kuss auf die Wange zu geben. Caleb räusperte sich neben uns und war nun ebenfalls in einer stehenden Position.

»Alex? Das ist Caleb. Caleb, das ist Alex.«

»Der Neue!« Mein Ex-Freund war schon immer sehr direkt.

»Ja, der Neue.« Die tiefe Stimme meines neuen Bosses und die im Vergleich helle von Alex waren wie Tag und Nacht.

»Und du?« Caleb verengte die Augen zu Schlitzen.

»Der Kerl aus der High School.«

»Oh, eine High-School-Liebe«, sagte Caleb und lächelte bitter. Sicherlich erinnerte er sich gerade eben auch daran, dass er in der High School eine Liebe gehabt hatte. Wieso versetzte mir dieser Gedanke einen Stich? Ich grinste breit und überspielte es, während ich nickte. Ja, Alex und ich waren seit der High School zusammen gewesen … aber nun nicht mehr und wir würden auch nicht mehr zusammen sein. Das hatte er sich verspielt, indem er die Tochter seiner Nachbarin gevögelt hatte, die etliche Jahre jünger war als er. Irgendwann hatte ihm das Mädel dann gesagt, das er eigentlich ein alter Knacker war und sie nur von ihm entjungfert werden wollte. Das hatte Alex nicht so witzig gefunden. Dumm nur, dass ich es zu diesem Zeitpunkt schon herausgefunden hatte und mich von ihm trennte.

Männer waren so naiv manchmal. Wie sie einfach davon ausgingen, dass man bei ihnen bleiben würde, nur weil die Affäre beendet war, dass man sie wieder in ihr Bett ließ, nur damit man seine Lust befriedigen konnte.

»Definitiv eine High-School-Liebe.« Alex betrachtete mich von oben bis unten und hatte ich diesen Blick früher als hungrig und sinnlich gesehen, so widerte er mich jetzt an. Ich wollte nicht, dass er mich so ansah. Ich zog den dünnen weißen Cardigan, den ich über meinem Sommerkleid trug, etwas enger um mich und kreuzte die Arme vor der Brust. »Ahh, du trinkst mein Lieblingsbier.«

»Wie du weißt, gibt es hier auch kein anderes.« Ich lächelte milde, ich wusste wirklich, dass das die Marke war, die er am meisten mochte. »Wo ist deins?«

»Drüben bei Jim, ich muss ja arbeiten.«

»Na ich doch auch.« Ich deutete mit dem Kopf auf Katie, die immer noch spielte.

»Du und die Kinder, Florence.« Alex sagte das nicht abwertend, sondern in völlig normalem Ton, beinahe liebevoll. Er hatte früher immer bewundert, dass ich mit Kindern arbeiten konnte und wollte, weil er keinen Draht zu ihnen hatte. Alex wollte auch nie Kinder. »Ich muss wieder. Wir sehen uns.«

Caleb nickte knapp und ich stellte fest, dass er die Lippen aufeinanderpresste und sie dadurch beinahe weiß wirken. Hoppla, was war geschehen? Was hatte ich getan?

»Alles klar?«, fragte ich vorsichtig nach.

»Natürlich!« Calebs Antwort kam postwendend, doch er sah mich dabei nicht an. »Katie und ich sollten jetzt gehen.«

Warum? »Aber wir sind doch noch gar nicht Riesenrad gefahren«, brachte ich hervor wie ein kleines Kind. Caleb seufzte tief. Er dachte sich vermutlich das Gleiche und fragte sich, seit wann genau er eigentlich zwei Kinder hatte.

»Das nächste Mal.«

»Das Fest ist einmal im Jahr.« Ich kam mir lächerlich vor, weil ich beinahe bettelte. »Darf ich wissen, was jetzt los ist?«

»Nun, du scheinst ja hier auch privat zu sein.«

»Was?« Dieser Satz ergab in meinen Augen keinen Sinn und ich verstand nicht, was er von mir wollte. »Natürlich. Ich bin in jedem Jahr hier auf diesem Fest und genieße die bezaubernde Stimmung.«

»Aha.«

»Ist was passiert, das mir entgangen ist?«, fragte ich jetzt direkter und er schüttelte den Kopf.

»Fein!« Caleb warf die Hände in die Luft. Aus seiner Bierflasche spritzte ein bisschen des Getränks. Ich kapierte nicht, was genau los war. »Dann gehen wir eben Riesenrad fahren.«

Katie hörte das Wort Riesenrad und kam rübergehüpft. »Kann meine Freundin auch mitfahren?«

»Klar«, sagte ich zustimmend und überließ Caleb nicht, zu antworten. »Wenn es ihre Eltern erlauben.«

»Bestimmt. Ich frag mal.«

»Ja, frag mal.« Caleb trank sein Bier aus und warf die Flasche in den Mülleimer neben sich. Ich tat es ihm gleich und fühlte, wie der Alkohol sich in meinem Bauch breitmachte. Dies erleichterte mir, diese grässliche Stimmung auszuhalten, in die wir aus irgendeinem vollkommen irrationalen Grund, den ich offensichtlich verpasst hatte, gerutscht waren.

»Lasst uns gehen!«, sagte ich, nahm die zwei Mädels an der Hand und steuerte auf das Riesenrad zu. Nur weil diesem Mistkerl irgendeine Laus über die Leber gelaufen war, würde ich mir nicht die Stimmung von ihm verderben lassen.

Ganz sicher nicht.

Kapitel 14

Caleb

Ja, der Auftritt von diesem Typen nervte mich. Das führte dazu, dass ich die ganze Fahrt mit diesem Riesenrad über sehr sauer war.

Was genau wollte dieser Alex von ihr? Ja, er war ihr Ex-Freund, aber das hier war ihre Arbeitszeit und sie war eben mit mir hier. Und nicht mit ihm.

Also natürlich aus dem Grund, weil sie arbeiten musste, nicht weil … weil sonst was. Sie war Katies Nanny. Wenn sie im Dienst war, dann konnte sie nicht einfach so herumflirten und sich schöne Stunden machen. Nein, dann hatte sie für mein Kind da zu sein und sich um Katie und ihre Bedürfnisse zu kümmern. Dafür bezahlte ich sie immerhin.

Pah und was genau war er eigentlich für ein Loser, wenn er es nicht einmal schaffte, seiner Freundin so viel Geld zu geben, das diese keine drei Jobs brauchte?

Bestand eine Beziehung denn nicht aus Geben und Nehmen? Also in meiner Welt war das so.

Ich brachte eine total müde Katie ins Bett, die sich gewünscht hatte, dass ich sie in ihrem neuen, jetzt fertigen und wunderschönen Zimmer zudeckte.

Dann steigerte ich mich wieder rein. Ich hatte zu Florence gesagt, dass sie bitte warten solle. Sie hatte nur stumm genickt und sich ins Wohnzimmer gesetzt.

Auf das Luftbett.

Eine Couch hatten wir immer noch nicht, aber bald würde sie endlich hier ankommen.

»Gute Nacht, Daddy«, wisperte meine Tochter und ich strich über ihr blondes Haar. Katie war so stark, so einzigartig. Sie ließ sich beinahe nie anmerken, dass sie ihre Mom vermisste. Sie sprach oft von ihr, aber versuchte immer mit fröhlicher Stimme zu sprechen. Zu Beginn hatte Katie öfter wegen Phoebe geweint, aber im Laufe des Jahres war das weniger geworden. Katie verstand nicht, wieso ihre Mom plötzlich weg war und was es bedeutete, sich mit dem Tod auseinandersetzen zu müssen. Ein vierjähriges Mädchen musste das auch nicht verstehen.

Tränen schossen in meine Augen, wie immer, wenn ich auf eine einschlafende Katie blickte und meine Gedanken bei Phoebe waren. Sie hätte sich heute für Florence gefreut. Dass sie einen Freund hatte, liebe erfahren durfte. Aber ich konnte das nicht. Ich wollte das nicht. Ich verstand selbst nicht, was diese Frau in mir triggerte, dass ich mich teilweise verhielt wie ein sturer Esel.

Stopp! Ich drückte auf den Pausenknopf für meine Gedanken. Ich sollte es ihr gönnen, ich sollte mich freuen, aber ich tat es nicht, weil es sich irgendwie so anfühlte, als hätte sie mich belogen. Weil sie offensichtlich einen Freund hatte und ihn bisher nicht erwähnt hatte. Das war selbstverständlich nicht wegen mir wichtig, sondern wegen Katie. Nur wegen Katie. Meine Tochter musste wissen, wer auf sie aufpasste und wer sich in ihrer Nähe aufhielt. Und ich ebenso.

War ich leichtsinnig gewesen, weil ich Florence in den letzten knapp zwei Wochen schon so sehr an uns herangelassen hatte? War das leichtsinnig? Verrückt?

Und wieso nervte es mich so unglaublich, dass sie doch nicht Single war?

Okay, wenn ich ehrlich zu mir selbst war und tief in mich hineinhörte, dann wusste ich es. Bei Phoebe hatte ich damals ähnlich empfunden. Ich war verrückt nach ihr gewesen und es hatte sich als Verrat angefühlt, wenn sie auch nur einen anderen Mann angesehen hatte. Für mich waren diese von Eifersucht geschürten Gedanken erst verschwunden, als offiziell war, dass wir zusammen waren.

Nicht, dass ich Phoebe und Florence auf dieselbe Stufe stellen würde. Aber es war offensichtlich, dass Florence mir etwas bedeutete – zumindest auf die körperliche Art.

Ich wandte den Blick von Katie ab, hörte es unten klappern und beschloss, mich Florence zu stellen. Wir würden ja sehen, ob sie tatsächlich die Eier hatte, mich darauf anzusprechen oder ob sie es überhaupt in dem Ausmaß bemerkt hatte. Sie hatte mir angesehen, dass etwas nicht ganz stimmte, denn sie hatte sofort auf dem Hafenfest nachgefragt, aber ich wollte und konnte es ihr nicht sagen, nicht in diesem Augenblick.

Leise schlich ich mich aus dem Zimmer, ließ im Gang das Licht an und ging nach unten. Ich hatte in diesem Haus schon so viel erlebt, obwohl wir erst so kurz hier wohnten.

»Hättest du gern ein Glas Wein?«, fragte ich, als ich vor Florence stand.

»Ja, das hätte ich gern, und dann würde ich gern wissen, was auf dem Hafenfest plötzlich los war.« Ich riss die Augen auf, ich merkte es regelrecht, denn das Adrenalin fuhr durch meinen Körper. Ich ballte die Hände zu Fäusten und gab mir Mühe, meine körperliche Reaktion auf ihre Worte zu vertuschen. Nicht, weil ich nicht wollte, dass sie sie mitbekam, sondern weil sie mich ... mit ihrer offenen und ehrlichen Art in einer Millisekunde an meine Grenzen trieb.

Und das, ohne es bewusst zu tun oder zu wissen.

Ich goss uns ruhig und langsam zwei Gläser Wein ein, ehe ich mich zu ihr auf das Luftbett setzte. Ich wusste, dass ich jetzt ein Gespräch führen musste, das ich nicht führen wollte, aber mir war auch klar, dass ich aus dieser Nummer vermutlich nicht herauskommen würde. Scheiße, ich wusste doch selbst, dass das völlig krank war, was ich machte und dachte. Aber ich war eben auch nur ein Mann und ich wollte ... Shit.

»Deine Laune war mit einem Mal sehr schlecht, nachdem Alex bei uns war. Was war los?«

Ich räusperte mich und nippte an dem Weinglas, ohne mit ihr angestoßen zu haben. »Das war einfach nicht professionell!«

Ja, Molina. Das ist gut, sag das einfach weiterhin. Das ist so was von gut.
»Ich meine, meine Tochter, dein Schützling, war da.« Florence verengte die Augen zu Schlitzen, nach dem Motto, ob ich das gerade ernst meinte, was ich von mir gab.
»Aha.« Sie wirkte wütend.
»Ja, ich habe doch bereits beim Einstellen gesagt, dass es mir wichtig ist, dass sich jemand komplett auf Katie einlässt.«
»Ich finde nicht, dass sie einen Schaden davongetragen hat, weil Alex kurz mit uns gesprochen hat.«
»Mit dir.« Nun fuhr ich mir mit der Hand durch das Haar. »Er hat mit dir gesprochen.«
»Und mit dir ebenso. Sag mal, was ist hier los?«
»Nichts.«
»Es geht also um Katie und darum, dass du Zweifel hast, dass ich mich noch gut um sie kümmern kann, wenn mich jemand anspricht.«
»Ja!«, antwortete ich schnell. »Ja, genau darum geht es.«
»Bei allem Respekt, Caleb, das ist ein Witz!« Ihre Stimme war nun scharf. »Das kannst du nicht ernst meinen. Ich würde Katie niemals vernachlässigen, weil ich mich mit jemandem unterhalte.«
»Flirte.« Jetzt drehte ich das Weinglas zwischen meinen Fingern. »Es war flirten.«
»WAS?« Florence sah mich so an, als hätte ich gerade einen Hirnschaden erlitten. Die geweiteten Augen, die blasse Haut, sie war entsetzt. Okay, ich war auch entsetzt über mich selbst, weil ich mich überhaupt so verhielt. Gleichzeitig fühlte es sich wie ein Verrat an Phoebe an. Das war das Hauptproblem. Denn ich hatte geschworen, sie bis an mein Lebensende zu lieben und zu ehren. Und nun lechzte ich wie ein sabbernder Scheißkerl nach der Nanny meiner Tochter. Innerlich wurde ich zerrissen. Ich wusste, das Körperliche war das eine, aber meine Gedanken … Um ehrlich zu sein, dachte ich gleichermaßen an Phoebe und Florence. Scheiße.

Mein Blick heftete sich auf ihre vollen, natürlichen Lippen, die auf eine Antwort von mir warteten. Ich ging davon aus, dass über sie herzufallen und sie zu vögeln nicht als Antwort zählte, oder?

Fuck.

»Ich ...«

»Du?«

»Du hast mit Alex geflirtet.« Zynisch dreinblickend lehnte ich mich zurück, nahm eine verschlossenere Körperhaltung ein, indem ich den Knöchel des einen Beins auf das Knie des anderen legte. »Er mag dein Freund sein, aber nicht, wenn Katie dabei ist. Dann will ich, dass du dich voll auf sie konzentrierst. Ich will nicht noch mal die wichtigste Person in meinem Leben verlieren, nur weil jemand nicht ordentlich auf sie achtet.«

»Er ist *ein* Freund! Und du bist unverschämt!«

»Nein, ich möchte meine Tochter beschützt wissen.«

»Und du denkst, dass ich sie nicht beschützen würde, egal was passiert?« Florence schüttelte den Kopf, stellte ihr Glas auf dem Boden ab und stand umständlich von dem Luftbett auf. Das war wohl kein so gut geplanter Abgang gewesen. »Du denkst wirklich, ich würde mit meinem Ex-Freund flirten, und deine Tochter, meinen Schützling, aus den Augen verlieren? Das denkst du? Ist das dein Ernst?« Florence stemmte die Hände in die Hüften und atmete schwer, ihr voller Busen drückte sich nach oben und ihre Brust hob und senkte sich schnell. »Dann bin ich wohl nicht die Richtige für den Job.« Sie wirkte ehrlich verletzt, aber ich konnte gerade einfach nicht aus meiner Haut.

Ich war so wütend auf mich selbst, weil ich mich dafür hasste und bestrafen wollte, dass ich sie heiß fand und dass ich ihr gern dieses verdammte rote Sommerkleid von ihrem schlanken, aber wohlgeformten Körper reißen wollte. Ich kam nicht damit klar, dass ich seit Phoebes Unfall mal wieder eine Frau anziehend und interessant fand. Und genau das ließ ich jetzt volle Breitseite an Florence aus. Wenn ich ehrlich war, hatte sie das nicht verdient.

»Es tut mir leid.«

»Es ist unglaublich, dass du das denkst.«

»Ich … ich weiß nicht, was in mir vorgeht. Ich hab einfach …« Scheiße. Ich brauchte jetzt schnell eine gute Ausrede, die von meinem harten Schwanz und diesen vollkommen irren Anschuldigungen ablenkte. »Ich habe einfach Angst, dass ich durch den Fehler eines anderen wieder jemanden verliere, der mir wichtig ist.« Okay, das war die Wahrheit. Obgleich nicht die komplette, aber irgendwie ja schon … das musste für den Moment genügen.

»Du bist ein Kontrollfreak, das ist dir klar, oder?«

»Nein, ich bin …«

»Vorsichtig?« Florence setzte sich wieder und ich war froh, dass sie nicht sofort verschwand. »Weißt du, wenn du nicht damit zurechtkommst, nicht die Kontrolle zu haben und dir um Katie solche Sorgen machst, dann solltest du vielleicht einfach selbst auf sie aufpassen.« Autsch, diese entwaffnende Ehrlichkeit tat weh. Und natürlich musste sie das denken, aufgrund dessen, was ich ihr gerade gesagt hatte. Dennoch traf es mich, dass sie wirklich dachte, ich könnte die Kontrolle nicht abgeben.

Das konnte ich nämlich verdammt gut!

Außer im Bett, da behielt ich sie. Heilige Scheiße, was war ich für ein Wichser, wenn ich jetzt wieder nur daran dachte, wie ich Florence vögeln würde und in welcher Position? Ich überlegte mir gerade, wie ich sie bestrafen konnte, allein dafür, dass sie mit ihrem Ex-Freund redete. Dass sie glaubte, sie könnte einfach tun und lassen, wie und was sie wollte. Meine Gedanken waren dumm und irrational, aber ich konnte sie einfach nicht abstellen. Florence biss sich auf ihre Unterlippe und meine Eier zogen sich wieder an meinen Körper. Scheiße, ich sollte und musste dringend von mir ablenken, sonst würde das ziemlich böse enden.

»Ja, ich bin vorsichtig. Ich will die Kontrolle ja abgeben, aber ich habe eben …«

»Ängste?«, half sie mir wieder aus und ich nickte schnell.

Ich war jetzt bestimmt weichgespült in ihren Augen und auch wenn das alles absoluter Schwachsinn war, so lenkte es zumindest davon ab, dass ich mich in sie schieben und sie auf jede erdenkliche Art und Weise ficken wollte.

Es war wohl besser, sie hielt mich für weichlich als für einen notgeilen Bock, oder?

»Gut«, sagte sie schließlich, »dann weiß ich jetzt Bescheid und wir reden nicht mehr drüber. Aber ich kann dir versichern, Katie wird nichts passieren, wenn sie mit mir unterwegs ist.« Eindringlich sah sie mich an und ich fühlte mich wie der absolute Scheißkerl, der ich war. »Okay?«

»Okay«, stimmte ich leise zu. Ich war wirklich ein Arschloch, oder? Mein Schwanz beruhigte sich, denn Florence gähnte und lehnte sich zurück.

»Das nächste Event hier in der Stadt ist das Freilichtkino.«

»Was macht ihr denn da?« Ich war dankbar, dass sie das Thema einfach so wechselte und nicht mehr darauf herumkaute, was gerade geschehen war. Bei Gott, ich verstand es ja selbst nicht einmal richtig. Das alles war lächerlich und dennoch war es genau das gewesen, was ich loswerden musste. Meine innere Unruhe und der Fakt, dass sie mich so anturnte, machten es nicht besser.

Florence gähnte wieder und stellte ihr Glas auf den kleinen schmalen Sims neben ihr. Es wurde Zeit, dass es hier eine Couch und einen Tisch gab, dass man nicht mehr so improvisieren musste. Dieser Abend war aufregend, durch und durch. Ich wünschte mir, dass es anders wäre. Ich mochte Aufregung, allerdings nur dann, wenn sie damit zu tun hatte, dass ich jemanden fickte. Dass ich einen weichen anschmiegsamen Körper unter mir hatte, in den ich stoßen konnte. Ich wollte Aufregung nicht dahingehend, dass ich versuchen musste, jemanden zu beruhigen, und gleichzeitig meine Wut und meine Gedanken aussprechen musste, damit ich irgendwie klarkam und nicht vor lauter Zorn unterging. Ich warf einen schnellen Seitenblick auf Florence. Ihre Augen waren geschlossen und an dem gleichmäßigen Heben und Senken ihrer Brust erkannte ich, dass sie eingeschlafen war. Verdammte Scheiße. Mein Blick glitt über die femininen Züge ihres Gesichts, zu ihrer Schulter und ihrem Schlüsselbein, das mich anschrie, mit meinem

Zeigefinger darüberzustreichen. Ich biss auf meine Unterlippe, als ich die Kontur ihres Busens sah und die harten Nippel darunter. Ein paar Neckereien, dass sie sich noch ein Stückchen mehr aufrichteten, ein kleines bisschen härter wurden, das war es, was ich gern tun würde. Aber ich fasste sie nicht an, stattdessen bemühte ich mich um Fassung, legte mich mit etwas Abstand neben sie und betrachtete wie ein verdammter Spanner weiterhin ihren Körper. Florence war so sexy. Und das allerbeste daran war, dass sie es nicht wusste und das alles auf eine Art, wie jede Frau sie gern besäße. Dessen war ich mir sicher.

* * *

Es klingelte an der Tür und dieses Geräusch riss mich aus dem Schlaf. Verflucht. Das Letzte, an das ich mich erinnern konnte, war, dass ich Florence angestarrt hatte, ihren Duft in mich aufgesogen habe –, danach musste ich eingeschlafen sein. Florence neben mir war verschwunden und obwohl ich einen Augenblick annahm, dass sie irgendwann wach geworden und gegangen war, wurde ich eines Besseren belehrt, als ich ihre Stimme hörte.

»Florence?«, drang eine helle, unbekannte Stimme, die ich noch nie gehört hatte, von der Tür aus. »Was … du bist hier?«

»Diana.« Florence klang mindestens genauso überrascht. »Was machst du denn hier?«

»Ich bringe Bagels, um unseren neuen Nachbarn Willkommen zu heißen, da ich ihn gestern Abend auf dem Hafenfest nicht gesehen habe.« Ich hörte es rascheln. »Und du?«

O nein. Das würde übel werden. Kurz überlegte ich, ob ich intervenieren sollte, ließ es aber, legte mich in meiner zerknitterten Kleidung zurück und schloss noch einmal die Augen. So konnte ich mich besser konzentrieren und hören, was die beiden sich gegenseitig an den Kopf warfen. »Ich bin die Nanny.« An der Kälte von Florence' Stimme konnte ich ausmachen, dass sie diese Diana wohl nicht sonderlich gut leiden konnte. Oder es lag daran, weil sie sie in einer etwas ... kompromittierenden Situation angetroffen hatte.

»Aha. Die Nanny also.« Ich hörte, wie Florence schnaubte und die Tür leicht knarrte. Vermutlich hielt sie sich daran fest und schäumte vor Wut, denn diese Diana hatte einen dreisten Tonfall.

»Ich wüsste außerdem nicht, wieso das für dich interessant sein sollte.« Florence wurde nun auch schneidend. Aber absolut zu Recht. Ich musste mich konzentrieren, dass ich verstand, was die beiden sprachen.

»Ich bin hier, um Bagels zu bringen, um unseren Nachbarn zu begrüßen, und du bist hier ... weil du offensichtlich die Nacht hier verbracht hast, und die Nanny bist.« Das Wort Nanny sprach sie ganz schön abfällig aus. »Aber es sieht mehr danach aus, dass du ...«

»Wage es nicht, das auszusprechen, Diana. Tu nichts, was du bereuen wirst.«

»Weil? Was willst du machen? Willst du mich des Hauses verweisen?«

Florence antwortete nicht mehr darauf und gerade, als ich beschloss, dass ich aufstehen würde und diese unweigerlich aufkommenden Gerüchte sofort im Keim ersticken würde, hörte ich, wie Florence die Tür zuschmiss und zurück ins Wohnzimmer kam.

»Gut, du bist also wach!«, stellte sie fest. »Jetzt haben wir die Gerüchteküche am Brodeln. Wegen dieser blöden Kuh. Ich verstehe ihr Problem nicht, sie ist einfach ... sie war schon immer so. Diana war schon immer eine durch und durch blöde Kuh und ein verdammtes Miststück.«

»Okay.« Gespielt verschlafen wischte ich mir über die Augen. »Aber wir sind eingeschlafen, wo ist das Problem?«

»Das Problem ist, dass wir beide das wissen, aber Diana das nicht glaubt und einfach Scheiße erzählen wird. Ganz egal, was die Wahrheit ist und was nicht.«

»Interessiert mich nicht«, gab ich schulterzuckend zurück, obwohl mein Puls so heftig pumpte wie selten. »Lass sie reden, wenn sie sowieso so ein Tratschweib ist.«

»Diana steht schon immer auf vermeintliche Geheimnisse und hat hier schon den ein oder anderen wirklich heftigen Beziehungskrieg ausgelöst mit ihrer Schnüffelei und ihrer neugierigen Scheißart. Und du kannst dich darauf einstellen, dass sie noch Hunderte von Sachen dazudichten wird. Dass sie uns bei Gott weiß was erwischt hat, und so eine Scheiße.«

»Aber ...«

»Ich weiß, dass nichts war und nichts sein wird und dass ich lediglich eingeschlafen bin und du so nett warst und mich hast schlafen lassen. Ich weiß das. Du weißt das. Aber Diana ist das scheißegal.« Florence lief auf und ab und fuhr durch ihre kinnlangen Haare. Sie strich die Haare immer wieder hinter ihr Ohr, die nach vorn fielen. »Wieso taucht sie hier überhaupt im Morgengrauen auf? Was soll das? Es ist nicht mal sieben!«

»Vielleicht ...« Ich wurde unterbrochen.

»Sie muss irgendwie gewusst haben, dass das für mich peinlich werden könnte«, überlegte Florence weiter. »Diese dumme Kuh. Ernsthaft, ich kenne keine Frau, die so bitchig ist wie sie.«

»Ich bin nicht sicher, ob ›bitchig‹ als Wort existiert.«

»Doch, in meiner Welt schon. Du hast keine Ahnung, welche Schimpfwörter ich gerade gern loswerden möchte und sie aber nicht ausspreche, weil ...«

»Florence!«, grätschte ich jetzt dazwischen, stand auf und umgriff ihre Oberarme. Ihre Haut war erhitzt und weich. Ich spürte das, da sie immer noch das Sommerkleid vom letzten Abend trug und ihre Arme nackt waren. Augenblicklich bildete sich eine Gänsehaut auf ihrem Körper und sie hob den Kopf, sah mich direkt an. »Beruhige dich.«

»Du kennst diese Tussi nicht. Das wird jetzt übel. Für uns beide. Richtig übel. Sie ist einfach die schlimmste Tratschtante auf der Welt und was noch viel schlimmer ist, die Menschen hier in der Stadt glauben ihr. Obwohl jeder weiß, dass sie Scheiße erzählt, hört sich jeder ihren Kack an und plappert es munter weiter. Sie ist so eine verdammte, dumme ...«

Ich wusste mir nicht mehr anders zu helfen. Florence war so wütend und zornig und brachte mich um den Verstand.

Ich musste vollkommen irre sein, denn auch wenn ich von dieser beschissenen Situation betroffen war, dann konnte ich nur daran denken, wie schnell ihr Herz schlug, wie sich ihre Brust zügig hob und senkte und wie stürmisch ihre Augen aussahen. Ich stellte wieder einmal fest, wie voll ihre Lippen waren, und ich sah ihren Mund Worte formen, die aber nicht bei mir ankamen, die mich nicht vereinnahmten, denn für mich waren es hohle Laute ohne Ton.

Schließlich tat ich das Einzige, das ich tun konnte, um sie und mich – vor allem mich – aus dieser Situation zu retten und irgendwie zu versuchen, einen klaren Kopf zu bekommen.

Ich küsste sie.

Kapitel 15

Florence

Kraaaawum. Ich spürte seine warmen Lippen auf meinen. Himmel, ich hätte in meinen dunkelsten Träumen geahnt, dass sie sich so anfühlen würden, so weich und gleichzeitig hart, so sinnlich und so verspielt. Ich war mir sicher gewesen, dass ich lieben würde, wie er schmeckte.

Er legte eine Hand in meinen Nacken, hielt mich an Ort und Stelle und vertiefte den Kuss, indem er mit seiner Zunge über meine Unterlippe strich und dagegenstieß. Als würde er um Einlass bitten. Als würde sein Körper mich mit dieser Geste anflehen, dass er mich intensiver schmeckte, spürte. Ich öffnete meinen Mund einen Spalt und ließ ihn hinein. Unsere Zungen tanzten umeinander, streichelten sich, verwöhnten sich und schließlich zog er sich von einem Herzschlag auf den anderen zurück, brach den Kuss ab und starrte mich mit geweiteten Augen und einem Entsetzen, welches Bände sprach, an.

Mein Herzschlag blieb konstant schnell, aber diesmal nicht, weil ich seine warmen Lippen auf mir spürte, sondern weil ich wusste, dass auf diese Aktion von gerade eben, unweigerlich Hass und Ärger folgen würden. Sein Blick wurde eiskalt. Langsam spürte ich, wie er sich immer weiter von mir entfernte, auch wenn er physisch an derselben Stelle stand.

Niemand von uns beiden sprach ein Wort. Wäre hier eine dieser altmodischen Uhren, deren Sekundenzeiger noch tickte, würden wir ihn hören können. Seine blauen Augen starrten in meine. Suchten nach etwas, das sie anscheinend nicht finden konnten. Seine Lider senkten sich und er zog sich noch weiter von mir zurück, sofern das überhaupt möglich war.

»Ich …«, kam es schließlich von mir, da ich diese Stille und diese zerreißende, sehnsuchtsvolle Qual in mir nicht mehr ertragen konnte und irgendwas unternehmen musste. »Ich …« *Heilige Scheiße, Florence, was tust du da? Du stammelst hier rum wie eine Idiotin, wie jemand, der absolut keine Ahnung hat, was es bedeutet, jemanden zu küssen oder einfach dieses Verlangen zu empfinden.*

Wenn ich jemals Zweifel daran gehabt hatte, dass ich ihn wirklich wollte, dann konnte ich mich nun darüber freuen, zu wissen, dass es so war.

Meine Nippel waren steif, mein Slip tropfnass und das hatte er nur mit einem Kuss ausgelöst. Was wohl passiert wäre, wenn mich seine Hände an den entsprechenden Körperstellen berührt hätten?

Mein Gehirn – das bisschen, das noch übrig war – war Wackelpudding und dummerweise nicht einmal Himbeere oder Waldmeister, sondern eher dieser ätzende Zitronengeschmack, den niemand haben wollte. Den niemand schmecken wollte.

Wieso gab es Zitronengeschmack überhaupt? In meiner Welt war es surreal, dass sich den überhaupt irgendjemand kaufte.

»Es tut mir leid!«, ergriff schließlich Caleb das Wort.

»Es tut mir leid«, echote ich und obwohl es mir gar nicht leidtat, was geschehen war, erzählte ich das, weil ich das Gefühl hatte, dass ich das tun musste. Das sagen musste, damit ich wieder einigermaßen zu mir selbst fand.

»Ich sollte jetzt …« Caleb deutete mit dem Daumen hinter sich. Er beobachtete mich und meine Regungen ganz genau, aber ich wollte und würde ihm nicht zeigen, dass mich sein ›Es tut mir leid‹ gerade ganz schön getroffen hatte.

»Ich muss jetzt auch los.« Auch ich deutete hinter mich, nur war hinter mir die Wand. Was wollte ich ihm damit sagen? Dass ich durch die Wand gehen musste? *Okay, Gehirn, du darfst jetzt zurückkommen und diesen ätzenden Wackelpudding vertreiben.* Ich würde gern wieder denken können statt mich wie eine Hohlbirne aufzuführen.

»Oh, okay.« Na Bravo. Scheinbar waren die Gehirnzellen von Caleb auch nicht mehr existent.

»Ich nehme Katie einfach mit zu mir, wenn es für dich okay ist, dann kannst du arbeiten. Aber ich muss zu Hause auch ein paar Dinge erledigen.« Musste ich nicht. Das war eine glatte Lüge. Aber was sollte es? Auf dem Weg zur Hölle war ich sowieso schon in einem Lamborghini unterwegs, was spielte es also für eine Rolle, dass ich durch eine weitere Lüge ein wenig an Geschwindigkeit zulegte? Ich war ein schlechter Mensch. Wieso hatte ich wirklich einmal angenommen, dass Karma Dinge regelte? Wenn das so war, dann war ich jetzt so weit ins Minus gerutscht, dass ich irgendwelchen alten Menschen verdammt viel Essen servieren oder den Kindern im Harpers-Ferry-Waisenhaus vorlesen musste, damit ich auch nur im Ansatz wieder ins Plus kam.

»Klar kann Katie mit.«

»Perfekt.« Ich räusperte mich und stammelte wieder vor mich hin. »Ich hab dort wirklich viel zu tun.« Die nächste Lüge. »Wäsche stapelt sich.« Bäm. Lüge. »Und das Geschirr hätte auch einen Abwasch verdient.« Boom. Lüge. Lüge. Lüge. »Außerdem muss ich dringend Staubwischen und staubsaugen.« Wieso zählte ich meine Lügen eigentlich noch mit?

»Ja, und die Fenster.« Nun war ich wirklich von allen guten Geistern verlassen und im High End Level des Lügens angekommen. Ich musste wirklich völlig bescheuert sein.

»Dann ist es wohl definitiv sinnvoller, wenn Katie heute mit zu dir geht.«

»Ja, eben!«, stimmte ich schnell zu. »Das ist absolut sinnvoller.«

»Ja, eben …« Er sah mich mit gerunzelter Stirn an, so als wüsste er, dass ich ihn angelogen hatte. Meine Wangen wurden rot, weil die Hitze in mein Gesicht schoss, mein Herz pumpte wieder schnell. Ich war eine Niete, wenn es darum ging, Unwahrheiten zu erzählen, aber er war offensichtlich zu höflich und selbst zu sehr vor den Kopf gestoßen, mich daran zu erinnern. »Gut, ich geh dann mal.« Er deutete wieder hinter sich.

Gezwungen lächelte ich. Mit Sicherheit sah es eher so aus, als hätte ich eine Art Anfall oder so etwas. »Ja, ja. Ja … also ich meine, ja klar, geh schon mal. Katie und ich sind dann auch weg.«

»Okay, super. Dann … bis heute Abend?«

»Ja, logisch. Heut Abend, wir sehen uns da. Sicher, ich bring Katie wohlbehalten nach Hause zurück.«

»Gut, das ist … gut.«

»Aber natürlich, mach ich gern. Also ja, sehr gern. Prima.« Ich stammelte immer noch wie ein Kind, das gerade erst das Sprechen lernte und nichts weiter konnte als Zwei-Wort-Sätze. Passierte das hier gerade wirklich? Oder war ich einfach nur so eine Idiotin, dass ich das so wahrnahm? Verdammt noch mal, ja die Situation war ungewohnt und überraschend, aber musste es sein, dass ich mich deshalb aufführte wie ein Schwachmat? Nein, war es nicht und doch konnte ich nicht aus meiner Haut. Caleb verließ den Raum und als er weg war, sackte ich beinahe in mich zusammen, stieß die Luft, von der ich mir nicht einmal bewusst gewesen war, sie angehalten zu haben, aus und schloss gequält die Augen.

Ich war von allen guten Geistern verlassen. Das musste es sein, anders konnte ich mir diesen Sprechdurchfall von gerade eben nicht erklären.

* * *

»Kletter nicht zu hoch, Süße«, sagte ich zu Katie, nippte an meinem Kaffee in meinem pinkfarbenen ›Pandabären werden unterschätzt‹-Becher und setzte mich auf eine der Bänke am Rand des Spielplatzes. Das Wetter war heute hervorragend und Katie sollte noch ein wenig an die frische Luft, nachdem ich zu Hause meine Bude, die sowieso schon sehr ordentlich war, blitzeblank geputzt hatte, wir zusammen ein paar Puzzle gebaut und zweimal Memory gespielt hatten. Darum waren wir jetzt auf dem Spielplatz in Harpers Ferry am Hafen.

Bei Tag sahen die Buden und die Attraktionen nicht so einladend aus wie bei Nacht, wenn alles mit diesen heimeligen Lichterketten beleuchtet und romantisch dekoriert war. Doch das machte nichts, unser kleines Städtchen besaß seinen ganz eigenen Charme und der war immer zu spüren – auch bei Tag. Auch dann, wenn sich die Mütter der Stadt auf eine Partie ›Sehen und gesehen werden‹ einließen. Ich war hier auf dem Spielplatz, weil ich wollte, dass Katie Spaß hatte, dass sie sich verausgabte und körperlich betätigte. Mir war es egal, wer es mit wem getrieben und wer die Rechnung im örtlichen Diner geprellt hatte. Mir war es egal, ob wir einen neuen Arzt bekamen, oder ob wir alle weiterhin zu unserem Ortsansässigen gehen konnten, der früher einmal als Fleischer gearbeitet hatte. Ja, ich fand das auch äußerst ironisch, aber das war wirklich so. Der Hausarzt, der hier arbeitete, war eigentlich Fleischer und hatte das Studium erst später absolviert.

»Na sieh mal einer an, wer hier ist.« Diana kam süffisant grinsend auf mich zu, drei ihrer Freundinnen und Tratschtanten im Schlepptau. »Florence Price.«

»Diana, welch eine Ehre.«

»Ach nein.« Ihre helle, hohle Stimme klang genauso, wie ich mich fühlte. Falsch und unaufrichtig. »Ich habe nicht damit gerechnet, dich heute mal noch in frischer Kleidung und außerhalb des Hauses von Mr. Molina zu sehen.«

»Ach, was du nicht sagst.« Ich kniff die Augen zusammen. Wo war Katie? Wenn sie hier wäre, dann könnten wir einfach nach Hause gehen. Halt nein! Ich würde sie in ihr Zuhause bringen. Das war nicht mein Zuhause, es war ihres. »Ich wage es kaum, zu fragen, aber, wie kommst du darauf?«

»Ihr zwei habt heute Morgen sehr …« Sie warf einen demonstrativen Blick auf ihre Jüngerinnen, die ihr wie treudoofe Enten hinterherliefen. »Vertraut ausgesehen.«

»Ah, klar.« Ich tat so, als würden mir ihre Sticheleien nichts ausmachen, dabei trafen sie mich doch sehr. Ihre Stimme klang so abwertend, als könnte sie nicht verstehen, wie jemand wie Caleb Molina eine Frau wie mich wollte. Unwillkürlich sah ich an mir herunter. Ich trug normale Jeans, ein Oberteil, das einen Streifen nackten Bauch freiließ, und darüber ein kariertes beige-blaues Hemd, das die besten Tage hinter sich hatte. Aber es war ohne Löcher. Dass meine Wäsche nicht gewaschen war, war kein Scherz gewesen. »Ich verstehe nicht, wieso das für dich so ein Drama ist, dass ich dort war?« Man sollte den Stier schließlich bei den Hörnern packen.

»Wie? Das verstehst du nicht?« Sie griff theatralisch an ihr Herz, sah sich wieder um und versicherte sich, dass sie die volle Aufmerksamkeit ihrer Anhängerinnen besaß. »Ich meine, seine Frau, die Mutter des Kindes«, mit ihrer Hand deutete sie in die Richtung, in der Katie spielen sollte, »ist tot. Tragische Geschichte. Und du schnappst dir jetzt einfach diesen Kerl, der gerade mal ein paar Tage in unserer schönen Stadt ist und hier seinen Frieden finden will …«

»Aha.«

»Nein, ehrlich, ich hätte eigentlich schon erwartet, dass die Tochter einer Blumenverkäuferin da etwas empathischer wäre.« Ich wollte ihr ins Gesicht schlagen. Ich fühlte die Wut mit einer Wucht in mir, wie es selten der Fall war. Sie trieb mich mit ihrer beschissenen Art, mir zu sagen, dass sie mich für eine Schlampe hielt, in den Wahnsinn. Dieses süffisante, selbstgefällige, widerliche Grinsen machte mich noch wütender als heute Morgen. Ich bekam ein Déjà-vu. Nur dass ich gerade keinen Caleb neben mir stehen hatte, der mich bei Bedarf beruhigen konnte. Ich war so dermaßen angepisst, dass ich meine Hände zu Fäusten ballte.

»Was hättest du denn erwartet, Diana?«, fragte ich rhetorisch. »Halt, nein warte!« Ich unterbrach sie, ehe sie zu einer Antwort ansetzen konnte. »Es. Interessiert. Mich. Nicht.«

»Pf«, brachte sie hervor und sie zog die Nase kraus. »Von jemandem wie dir erwarte ich auch nichts anderes. So ganz ohne Manieren. Du und deine Mutter seid doch gleich.«

»Ich denke, du überschreitest deine Kompetenzen, Diana!«, zischte ich wütend und konnte mich kaum mehr kontrollieren und meine Wut im Zaum halten. Ich kochte dermaßen, dass ich kurz vor dem Explodieren war.

»So?« Sie sprach nun leise, drohend. »Du solltest die Finger von Caleb lassen, sonst ...«

»Sonst was?«, fragte ich provokant nach und stemmte die Hände in die Hüften.

»Sonst ...«

»Ja?« Nun war ich diejenige, die lächelte. »Man könnte fast meinen, du hast Interesse an ihm.«

»Ich?« Nun riss sie die Augen auf. »Werde ja nicht unverschämt.«

»Jeder hier weiß doch, was los ist«, schoss ich also den letzten, vernichtenden Pfeil ab, von dem ich niemals geglaubt hätte, dass ich das tun würde. Jeder wusste, was hier los war. Dass Dianas Mann Albus nicht abgeneigt anderen Frauen gegenüber war. Jepp, er glaubte, dass er es diskret tat, aber damit war er auch schon der Einzige, der das dachte. Wenn man es mit einer Frau, die definitiv nicht seine Ehefrau war, im Auto auf dem Parkplatz des Parks trieb, weil man darauf stand, eventuell erwischt zu werden, dann musste ich eben damit rechnen.

»Ich ...«

»Hat es dir die Sprache verschlagen?«

»Ich hätte niemals gedacht, dass du so gemein bist, dass du das öffentlich ansprichst, Florence. Deine Mutter wäre enttäuscht.«

»Laut deiner Aussage, liebe Diana, ist sie das doch sowieso und ich habe ja auch keine Erziehung genossen, von daher kann ich so was schon sagen.«

»Das ist unverschämt.«

»Aber du bist besser, ja? Wenn du mir unterstellst, dass ich was mit Caleb habe.«

»Nun, Fakt ist, dass ich dich bei ihm heute Morgen in deinen Klamotten von gestern Abend vorgefunden habe.«

»Bist du sicher, dass du das weiter herumerzählen möchtest? Bist du sicher, dass du das jedem sagen willst, der es hören möchte? Denn ich versichere dir, dass ich auch ein paar tolle Geschichten und Situationen kenne, von denen du nicht willst, dass sie über dich oder deinen Mann an die Öffentlichkeit kommen.« Das hier war praktisch das Schlammcatchen unter Frauen, die sich nicht dabei ausziehen wollten. Aber ich hatte es satt, dass ich diejenige war, die einstecken musste. Dass ich diejenige war, die sich so eine Scheiße anhören musste und nichts dazu sagen sollte.

Ich wollte nicht länger als Fußabstreifer benutzt werden. Gerade von den ganzen Tussis und Etepetete-Damen hier in Harpers Ferry hatte ich die Schnauze voll.

»Das ist eine ganz miese Nummer, Florence.«

»Nein, Diana, es ist eine Nummer, die du und deine Gefolgschaft schon seit der High School mit mir abziehen. Die ihr witzig findet. Aber ich habe die Schnauze voll. Nur weil ich lange nichts gesagt habe, heißt es nicht, dass ich nicht genau hinsehe und zuhöre, verstanden? Merke dir das gut. Wenn du vorhast, Unwahrheiten über mich zu erzählen und ich von irgendjemandem schief angesehen werde oder mich sogar jemand anspricht, dann werde ich auch aus dem Nähkästchen plaudern. Allerdings werde ich Dinge erzählen, die die Wahrheit sind und sich hier nur niemand wagt, auszusprechen, weil er denkt, dass die liebe Diana hier das Sagen hat. Aber – Achtung, Spoiler – du hast hier nicht das Sagen. Vielleicht im Veranstaltungskomitee und bei irgendwelchen beschissenen Wohltätigkeitsevents, aber das war es auch schon.« Ihre Augen verengten sich, aber ich blieb gelassen. Seit der Schule dachte Diana, sie wäre etwas Besseres, weil der Captain des Wasserball-Teams, der damals schon ihr Freund gewesen war, sie geheiratet hatte. Dass er sie betrog, war wohl die wahre Besonderheit daran.

»Ich verstehe.«

»Gut, sehr schön, dass wir das klären konnten.«

Diana drehte sich gerade zu ihrer Anhängerschaft um, die mich mit großen Augen anstarrte. Mit Sicherheit hatten sie nicht jedes gesprochene Wort verstanden, weil wir sehr leise und sehr schnell gesprochen hatten, aber es schien allein meine starke Ausstrahlung zu sein, die sie jetzt ehrfürchtig betrachteten.

Ich sah dem kleinen Pulk an Müttern hinterher, übrigens dieselben Damen, die Diana damals schon in der Schule um sich geschart hatte wie die Motten um das Licht, und war stolz auf mich, weil ich mich nicht hatte kleinmachen lassen.

Ich war gemein gewesen. Nur war das der einzige Weg, den ich gehen konnte, um davon abzulenken, was wirklich los war. Nämlich dass ich Caleb Molina mehr als nur aufregend fand. Dass ich ihn unfassbar sexy und sinnlich fand. Dass ich ihn gern für mehr als nur meinen Chef gehabt hätte. Dass ich ihn mir nackt vorstellte. Dass ich seine Hände auf meinem Körper haben wollte … und vor allem, dass ich ihn wieder und wieder küssen wollte.

Während er seinen Schwanz in mich stieß.

Kapitel 16

Caleb

Etwas stimmte nicht.

Okay, also grundsätzlich musste man sagen, es stimmte generell irgendetwas nicht, weil ich an nichts anderes mehr denken konnte als an diesen Kuss.

Ich dachte schon noch an andere Dinge, zum Beispiel daran, dass ich ein Riesenidiot war, dass ich ein schlechtes Gewissen Phoebe gegenüber hatte und dass ich Florence in sämtlichen Positionen die ganze Nacht ficken wollte. Ich überlegte minutiös, ob sich ihre Muschi genauso weich und seidig anfühlen würde wie ihr Mund. Ich kämpfte den ganzen beschissenen Tag, sogar während des Meetings mit meinem Lektorenstab, dagegen an, dass ich ständig hart wurde, wenn ich nur kurz an sie dachte.

Es nervte mich, weil ich nicht verstand, wie ich sie so scharf finden konnte, aber Phoebe doch so sehr liebte. Ich glaubte, dass Liebe und Sex Hand in Hand gehen mussten. Ja, ich war kein Mönch, definitiv nicht, aber seit ich Phoebe gehabt hatte, seit ich hatte fühlen dürfen, was es bedeutete, jemandem nicht nur seinen Körper, oder einen Orgasmus, sondern auch sein Herz zu schenken, seitdem war für mich klar, dass ich nie wieder ohne starke Gefühle für jemanden vögeln würde.

Nun war es aber so weit, dass ich wohl vögeln musste, um diesen verdammten Druck, den auch meine Hand nach mehrmaligem Wichsen heute nicht erleichtern konnte, loswerden wollte. Ich biss auf meine Unterlippe, während ich beobachtete, wie eine gut gelaunte Katie und eine Florence, die geknickt aussah, den schmalen Weg zu unserem Haus entlangliefen. Was war passiert? Mit Katie war alles gut, aber ihre Nanny sah wirklich so aus, als würde sie gleich zu heulen anfangen. Ein bisschen so, wie ich mich fühlte.

Mein Gewissen meldete sich wieder, während ich den Blick wie ein beschissener Spanner immer und immer wieder über Florence gleiten ließ. Wieso musste sie immer diese sexy Klamotten tragen? Okay, es war hier bereits richtig warm, aber diese nackten Beine ... diese Unschuld, die sie generell ausstrahlte. Shit, das machte mich so dermaßen fertig, dass ich weder ein noch aus wusste.

Mein Schwanz wurde wieder hart und ich drückte ihn durch meine Jeanshose. Hoffentlich würde sie das gleich nicht bemerken.

Als die beiden direkt vor der Haustür waren, wandte ich mich schnell ab, ging die paar Schritte bis ins Wohnzimmer und tat so, als hätte ich bis gerade eben beim Auf- und Ablaufen Unterlagen durchgesehen. Scheinbar überrascht – zumindest hoffte ich, dass mein Gesichtsausdruck so aussah – blickte ich auf und lächelte.

»Ihr seid zurück.« Wuum. Meine Stimme klang hohl und ich sackte innerlich zusammen. Verdammt noch mal, Florence betrat den Raum und nahm mich sofort so dermaßen ein, dass alles andere in den Hintergrund trat. Bis auf die Tatsache, dass ich Phoebe liebte und Phoebe niemals betrügen würde.

Sie ist tot, Mann, sandte mein Schwanz die Message an mein Gehirn und ich schluckte. Hoffentlich war mein Kampf mir nicht anzusehen.

»Daddy!« Katie kam zu mir und ich beugte mich zu ihr runter, um ihr einen Kuss zu geben.

»Na, Mäuschen? Wie war's?«

»Schön! Richtig schön. Wir haben erst bei Florence ein bisschen Schabernack getrieben und dann waren wir auf dem Spielplatz.« Florence hatte sich abgewandt und murmelte nur ein ›Hi‹, nachdem sie weiter in die Küche ging.

»Auf dem Spielplatz! Wie toll. Ist der hier besser als der in New York?«

»Ja, viel besser und größer und da sind nicht so viele Kinder wie im Central Park.«

»Das glaube ich dir.« Ich streichelte ihren Kopf und zog den Zopfgummi, der ihre Haare zusammenhielt, wieder fest. Mittlerweile war ich ein Vollblut-Daddy. Immerhin konnte ich Zöpfe flechten und wusste, was ein Pferdeschwanz und ein französischer Zopf waren. Französisch. Verdammt. Wie schaffte ich es, gedanklich von meinem Kind und dessen Haaren zu Oralverkehr zu kommen? Ich ließ Katie los, als hätte ich mich verbrannt. Zum Glück merkte sie es nicht und hatte keine Ahnung davon, wie meine Gedanken mich gerade in den Wahnsinn trieben. Wie ich ausflippen und mich selbst am liebsten dafür geißeln wollte, wie sich das alles entwickelt hatte.

Florence und ich mussten über den Kuss sprechen. Und über Oralverkehr. Was? Nein!

Ich wünschte, ich könnte meinen Kopf ausschalten.

»Ich geh nach oben, Daddy, in mein Zimmer.«

»Okay, was willst du machen?«

»Ich male ein bisschen. Gut, dass wir die Stifte im Supermarkt gekauft haben.«

»Ja, das habt ihr beide großartig gemacht.« Florence hatte daran gedacht, Spielzeug zu besorgen. Ich war ihr dankbar für alles, auch wenn sich all das in meinen Augen gerade nach ein bisschen zu viel anfühlte. Florence konnte nichts dafür, dass ich mit meinem Gewissen kämpfte, und nicht verstand, was ich in den letzten vierundzwanzig Stunden durchlebt hatte. Zuerst hatte ich mir in meiner Küche einen runtergeholt, wo ich jederzeit hätte entdeckt werden können, und hatte dabei an meine Angestellte gedacht, die Nanny meiner Tochter statt an meine Frau. Danach war ich auf einem Hafenfest irrationalerweise ausgeflippt, weil ich mich fragte, wieso Florence mir nichts davon gesagt hatte, dass sie einen Freund hatte. Gut, zu Hause, als ich sie dann wie eine Aussätzige behandelt und einen Streit vom Zaun gebrochen hatte, weil ich nicht damit klarkam, dass Florence außerhalb von Katie und mir hier ein Leben hatte, war ich noch mehr ausgeflippt. So lange, bis sie klargestellt hatte, dass dieser Schleimbeutel gar nicht ihr Freund war, sondern ihr Ex. Und wäre das nicht genug, war ich neben ihr auf dem verdammten Luftbett eingeschlafen, als ich sie dabei beobachtet hatte, wie sie die Lippen einen Spalt geöffnet, die Augen geschlossen und gleichmäßig geatmet hatte.

Vor mir selbst rechtfertigte ich das damit, dass dieser Abend eben auch für sie sehr aufregend gewesen war und ich hatte sicherstellen wollen, dass es ihr gut ging. Ich Vollidiot.

Und am nächsten Morgen, als diese Tussi hier mit Bagels aufgetaucht war, hatte ich nichts Besseres zu tun gehabt, als die Wut von Florence gegenüber dieser Frau dadurch zu bekämpfen, dass ich sie küsste.

Ich.

Der so viele Jahre nicht einmal an eine andere Frau gedacht hatte, schaffte es binnen der kurzen Zeit, in der wir jetzt hier in Harpers Ferry lebten, meine Frau nicht nur gedanklich zu betrügen, sondern es auch körperlich zu tun. *Tote Frau,* schoss mir wieder in den Kopf und erneut war ich mir sicher, dass mein Schwanz einfach nur immer wieder sein Echo nach oben schob. Ich wusste selbst, dass Phoebe tot war, aber ich kam einfach nicht damit zurecht, dass ich eine andere scharf fand. Bei Gott, Florence war mehr als nur scharf. Sie war die Ausgeburt des Teufels. Und das auf die gute, überaus weibliche, sexy, sinnliche, in den Wahnsinn treibende Art. Verdammte Scheiße.

Katie lief die Treppe hoch und summte dabei irgendein Lied.

Ich musste mich Florence stellen.

Über mir schwebte dieses verdammte Damoklesschwert und machte mich fertig. Meine Gedanken rasten, als ich in die Küche ging und meine Nanny sah, wie sie die Pfanne aus dem Schrank zog und sich dabei auf die Zehenspitzen stellen musste, weil sie sonst nicht drankam. Ich betrachtete ihre schlanken, gebräunten Beine, die Waden, die sich durch ihre Haltung anspannten und in die schmalen Knie und weiter in die Oberschenkel übergingen. Ich fragte mich, ob das Dreieck zwischen ihren Beinen genauso wundervoll aussah wie der Rest des Körpers. Ihr Hintern wurde zwar bedeckt von dem weißroten Sommerkleid, aber da sie beide Arme gehoben hatte, war der Stoff gefährlich nahe am unteren Rand ihres Hinterns. Würde sie sich noch ein paar Millimeter weiter strecken, würde ich den Ansatz ihres Slips sehen können.

Sie ging noch etwas weiter auf die Zehenspitzen und erreichte schließlich den Griff der Pfanne, um sie nach unten zu holen. Florence taumelte kurz und ich machte automatisch einen Schritt nach vorn, umgriff ihre Taille und stabilisierte sie so, damit sie nicht umfiel. Meine Hände brannten sich durch den Stoff auf ihre Haut. Genauso fühlte es sich an. Genau dort war es heiß und die Energie pulsierte. Die Hitze schoss über meine Finger in meine Arme, direkt in meinen Magen und von dort aus in meinen Unterleib. Ich stöhnte leise und qualvoll. Sie würde mich umbringen. Ich musste sie entlassen. Alles andere war keine Option. Florence stand wieder auf ihren Füßen, die Pfanne fiel krachend zu Boden, doch niemand von uns sprach ein Wort. Meine Hände beließ ich an Ort und Stelle, saugte dieses Gefühl ihrer weiblichen Kurven in mich auf. Ich würde es später definitiv brauchen, wenn ich mir – wieder einmal – den Schwanz massierte, und dabei an sie dachte.

Sie fühlt sich anders an als Phoebe, sandte mein Schwanz an mein Gehirn und das war der Moment, in dem ich sie ruckartig losließ, so als hätte ich mich nun wirklich an einer heißen Flamme verbrannt.

Florence stand weiterhin mit dem Rücken zu mir und mich ergriff die pure Panik. Was machte ich hier? Der Impuls, fortzulaufen, wurde absolut übermächtig.

»Ich …« Florence' Stimme klang belegt, heiser und ich dachte sofort daran, dass sie so vermutlich nach den Schreien eines Orgasmus klingen würde.

»Ich muss weg«, platzte es aus mir heraus.

»Was?«, echote Florence meine Gedanken.

»Ja, also …« Ich fuhr durch mein Haar und sie drehte sich zu mir um. Ihre Augen glitzerten, ihre Haut war gerötet und ihre Lippen wirkten geschwollen, so als hätte ich sie stundenlang geküsst. Ich brauchte Abstand.

»Ja?« Zu allem Überfluss kreuzte Florence jetzt auch noch die Arme vor der Brust und das hob ihre straffen Titten so aufreizend in den herzförmigen Ausschnitt ihres Kleides, dass ich augenblicklich kommen wollte, damit der Druck in meinem Inneren aufhörte. Ich fühlte mich wie ein Teenager, der zum ersten Mal eine Frau sah.
»Ich muss für eine Nacht nach New York.« Was musste ich? Das, was ich musste, war nachdenken. Einen klaren Kopf bekommen. Meinen Fokus wiederfinden. Meine innere Mitte oder sonst irgendeine Chakrascheiße, an die esoterische Menschen glaubten.
»Jetzt?«
»Ja.« Ich biss auf meiner Unterlippe herum. Eine doofe Angewohnheit, wenn ich versuchen wollte, Zeit zu schinden, weil ich nicht so richtig wusste, was ich sagen sollte. Oder wie meine Argumentationsstrategie laufen sollte. »Ja, das hat sich leider erst gerade im letzten Meeting ergeben. Aber wir haben … Probleme.« Ich räusperte mich. »Große Probleme.« Das war sehr vage gehalten, aber es war definitiv nicht gelogen, denn scheiße, wir – mein Schwanz und ich – hatten wirklich definitiv große Probleme und die mussten wir klären.

»Und Katie?« Boom! Der Vorschlaghammer erwischte mich mit voller Wucht und absoluter Breitseite. »Ich meine, wir wollten morgen früh zum Tag der offenen Tür im Bastelladen.«

»O ja, das ist natürlich … wichtig.« Es klang so, als würde ich das belächeln, aber ich war dankbar, dass sie mir diese Art der Ausrede nun in den Mund gelegt hatte. Obgleich das passiert war, ohne dass sie es wirklich wusste.

»Dann müsste ich sie hierlassen.«

»Sie wäre sicher tottraurig, wenn sie nicht dabei sein dürfte. Sie hat sich heute auf dem Spielplatz mit Mary-Lou und Hailey gut verstanden und verabredet, um dort gemeinsam einen Drachen zu basteln, der Wünsche erfüllen kann.«

»Ah, das ist ja toll.« Ich stemmte die Hände in die Hüften.

»Könnte ich sie denn bei dir lassen? Also über Nacht? Ich würde das natürlich bezahlen, keine Frage.«

»Oh.« Florence sah mich mit geweiteten Augen an und nestelte an ihren Haaren. Schob sie immer wieder hinter ihr Ohr und schüttelte sie leicht nach vorn, nur um sie sofort wieder zurückzustreichen. Sie war nervös. Für sie schien die Situation ähnlich wie für mich zu sein. »Dann geh ich morgen früh mal nicht auf den Markt. Das ist kein Problem.«

»Ich bezahle dir natürlich auch die Einnahmen, die dir entgehen.«

»Ach was. Frische Blumen kommen morgen sowieso nicht, sondern erst übermorgen und ich bin sowieso so gut wie leer.« Florence winkte mit einer Handbewegung ab.

»Du warst heute Morgen aber auch schon nicht.« Das traf mich wie ein Blitz.

»Das ist richtig.« Sie senkte die Stimme und schien sich nicht weiter erklären zu wollen. Das musste sie natürlich auch nicht, denn das ging mich nichts an.

»Ich möchte dir mit deinem Hauptjob nicht im Wege stehen.« Nun fuhr ich durch mein Haar, so dringend ich hier wegwollte, ich brachte es nicht über mich, wenn ich ihr Leben ruinierte.

»Das tust du nicht. Beim Pizzaservice habe ich am Tag vom Hafenfest schon gekündigt, das ist ja ohne Verpflichtung. Und den Stand auf dem Markt habe ich nur, weil meine Mom das gemacht hat. Aber ich habe ihn auch nur ein paar Tage die Woche. Ich bin weder Gärtnerin noch Floristin, ich habe davon keine Ahnung und nicht jeder kauft in Harpers Ferry täglich Blumen.«

»Also läuft es nicht so gut.« Ich fragte nicht. Ich stellte fest.

Traurig schüttelte Florence den Kopf. »Nein, nicht wirklich.« Sie klang geknickt. »Aber das macht nichts. Eine Lösung findet sich immer.« Automatisch streckte ich die Hand aus und legte sie auf ihre Schulter. Es war eine simple, völlig normale Geste und doch brachte sie mich erneut an den Rand der Selbstbeherrschung. »Ich brauche das Geld so dringend für meine Mom!«, platzte es aus ihr heraus, als hätte ich durch die Berührung einen Schalter aktiviert, der sie zum Reden brachte. »Sie ist im Pflegeheim und ihre Betreuung wahnsinnig teuer, aber ich will eben nicht ...« Florence brach ab und sah mich betreten an. »Sorry, ich weiß gar nicht, wieso ich dich damit jetzt belaste. Katie kann hierbleiben, kein Problem, ich achte auf sie.«

»Was willst du eben nicht?«, bohrte ich.

»Dass sie mittags noch in ihrer Windel der vergangenen Nacht liegen muss.«

»So schlimm?«

»Ja, sie braucht Rund-um-die-Uhr-Betreuung. Das schaffe ich nicht. Und darum haben wir mit Hilfe diesen Platz bekommen. Aber es ist eben so, wie es immer ist, wenn jemand Hilfe braucht: Man muss teuer dafür bezahlen. Und da ich eben nur einen gewissen Teil bezahlen kann, bekommt sie nicht den Service wie vielleicht der Vater von Diana.«

»Diana?«

»Ach, vergiss es«, sagte sie und trat einen Schritt zur Seite. Meine Hand fiel von ihrer Schulter und sofort vermisste ich den Körperkontakt.

»Ich helfe dir.«

»Was?«

»Wie wäre es, wenn du Vollzeit auf Katie aufpasst und ich dich dafür so bezahle, als hättest du deine anderen Jobs auch noch?« *Prima Idee, du Arschgesicht. Wolltest du nicht über Nacht wegfahren, um sie loszuwerden? Und jetzt willst du sie noch tiefer in deine Familie ziehen?*

»Was?«

»Ja, du verstehst mich schon. Sei Vollzeit für Katie da.«

»Aber dass du nachts jemanden für sie brauchst, ist doch eine Ausnahme.«

»Ja, das ist es, aber ich meine ... ab und zu wird es vorkommen.« Die nächste Zeit vermutlich sogar häufiger, weil ich V-O-L-L-I-D-I-O-T meinen Mund nicht halten konnte und mich nun statt mich von Florence zu lösen, noch weiter in die Scheiße ziehen ließ. Wie sollte ich das überstehen, wenn sie noch häufiger hier wäre als sowieso schon? Wie sollte ich überleben, wenn ich sie nicht ganz schnell aus meinem Kopf bekam? Ich war so ein verdammter Idiot.

Eine Stunde später checkte ich in Washington in ein Hotel ein und beschloss, meinen heutigen Kummer in Whiskey zu ertränken. Die beiden Frauen zu Hause dachten, ich wäre unterwegs nach New York, aber ich war nur hierhergefahren, um mich zu besaufen und irgendwie damit klarzukommen, dass ich nur noch an Florence denken konnte.

Ich warf mich auf das breite Kingsize-Bett, drehte mich auf die Seite und angelte nach der Infomappe auf einem der beiden Nachttische. Dort fand ich die Preise für die Minibar, aber um ehrlich zu sein, waren sie mir egal. Obwohl Geld in meinem Leben seit einigen Jahren nur noch eine kleine Rolle spielte, kannte ich auch andere Zeiten, in denen ich mir nicht einfach so die kleinen Drinks aus einer Minibar hatte leisten können – geschweige denn überhaupt ein Hotel.

Ich drehte mich auf den Rücken und starrte an die Decke. Die letzten Tage, die letzten Wochen mit Florence waren zu viel. Der Verrat in mir, den ich an Phoebe beging, nagte unerbittlich.

Mir war klar, dass sich meine Gedanken in Dauerschleife wiederholten, aber was sollte ich tun? Diese Situation war für mich vollkommen unerwartet und unvorbereitet eingetroffen. Ich dachte, es wäre gut, in Harpers Ferry zu bleiben. Ich hatte gespürt, dass es sich nach einem neuen Anfang anfühlte, aber ich war mir jetzt nicht mehr sicher, ob sich dieses Gefühl nur auf Katie und mich bezog, oder auch Florence beinhaltete. Und das machte mir Angst. Solche Angst, dass ich mich selbst in diesem Moment allein dafür schämte, was ich dachte. Ging Betrügen im Kopf los? Ja. Ganz davon abgesehen, dass ich Phoebe auch körperlich bereits betrogen hatte.

Ich wusste, dass sie seit einem Jahr tot war und ich mich davon frei machen musste, dass sie gleich um die Ecke kam, und ich mich ihr stellen musste, um ihr zu beichten, dass es da eine andere gab. Um ehrlich zu sein, wäre das sogar leichter gewesen, als sich selbst immer wieder zu geißeln. Diese Gefühle, denen ich mich immer wieder stellen musste. War ich zu hart zu mir?

Ich konnte diese Frage mit einem klaren Ja beantworten, aber doch war es so, dass diese Spirale, die mich immer weiter in die tiefe Dunkelheit der Sünde zog, sich unaufhörlich weiterdrehte. Man fragte mich nicht, ob ich das wollte, man interessierte sich nicht dafür, ob mein Gewissen mich auffraß. Nein, alles, was hier gerade stattfand, fand statt, weil es irgendjemand dort draußen – oder dort oben – so wollte. Ich kam nur nicht damit klar.

Dieses warme und weiche Gefühl, das sich eben breitgemacht hatte, als ich einen Moment die Selbstzweifel und Vorwürfe gestoppt hatte, verschwand und zurück war das schlechte Gewissen. Ich hatte vor einem Pfarrer und an ihrem Grab geschworen, dass es immer nur Phoebe für mich gab.

Und der Gedanke, dass ich Florence scharf fand, brachte mich dazu, mich noch mehr zu verurteilen.

Ich durfte das nicht.

Ich sollte das nicht tun.

Und doch war ich innerlich zerrissen.

Mühsam stand ich von dem weichen Bett auf, schenkte dem schönen, in Schwarz- und Weißtönen gehaltenen Hotelzimmer kaum Beachtung. Alles, was mich interessierte, war der Inhalt der Minibar und die Nummer des Roomservices, damit ich mir eine Flasche Whiskey auf mein Zimmer bestellen konnte.

So konnte es nicht weitergehen.

Ich brauchte eine Lösung.

Aber so wie es jetzt war, fühlte es sich an, als würde ich Phoebe betrügen.

Oder noch schlimmer: Mich selbst.

Kapitel 17

Florence

Seine warme Hand glitt über meinen Bauch und er neckte mit dem Finger meinen Bauchnabel. Das kitzelte. Ich kicherte wie ein Teenager. Er fuhr langsam weiter, in Richtung meines Zentrums der Lust und ich bettelte stumm darum, dass er mich dort berührte, wo ich es mir am meisten ersehnte, indem ich ihm meinen Körper entgegenreckte. An meinem Kitzler. An meiner Vagina. Ich keuchte, spürte, wie meine Nippel noch ein bisschen härter wurden, wie ich mich verlangend danach sehnte, die volle Erlösung zu finden. Meine Zunge glitt über meine trockenen Lippen und ein leises Stöhnen entwich mir. Ich wollte ihn so sehr. Ich rieb meine Beine aneinander und fragte mich, wie lange er mich noch quälen wollte, ehe er mir erlaubte, dass ich seine seidige Härte berühren durfte. Ich hatte mich noch nie so sehr nach einem Schwanz verzehrt wie nach dem von Caleb. Gerade als ich glaubte, es nicht mehr aushalten zu können, schob er sich sanft in mich. Ich fühlte mich wie ein Vogel, der in die Höhe glitt und niemals herabstürzen würde ...

›Mööp, Mööp, Mööp‹

Der Wecker meines Handys riss mich aus meinem Traum. Verdammte Scheiße, hatte ich gerade wirklich einen feuchten Traum von Caleb gehabt?

Ich war notgeil. Und das alles war vollkommen unangebracht und eine Situation, in der ich schnellstens das Weite suchen sollte. Doch ich war neugierig darauf, wohin uns das alles führen würde. Ja, Caleb war scheiße zu mir gewesen, aber ich war nicht besser gewesen. Zudem war ich völlig davon überfordert, dass ich einen feuchten Traum von ihm hatte und nun so aufgeheizt war, dass ich am liebsten zu Hause ein paar Runden mit meinem Vibrator drehen würde. Außerdem war er mein Chef. Oh, nicht nur das, ich passte nämlich auf seine Tochter auf, die er mit einer Frau hatte, die tot war und die er offensichtlich immer noch verehrte.

Wie es zu diesem Kuss gekommen war, wusste ich nicht, aber ich ordnete es als einen Moment der Schwäche von ihm ein. Ich war mir sicher, dass er mich eigentlich nicht hatte küssen wollen.

Katie. Ich liebte sie. Die Kleine war großartig und ich wollte nicht, dass sie sich zurückgesetzt fühlte oder verletzt war, wenn ich mit Caleb in die Kiste stieg und er mich anschließend feuerte, weil er es bereute, sobald der Orgasmus abgeflaut war und sein Verstand wieder funktionierte.

Fuck! Ich fuhr mir mit der flachen Hand über die Augen, schloss sie gequält und mit einem Mal war auch die Lust auf Sex, Selbstbefriedigung oder zumindest die Gedanken an Caleb verschwunden. Genau so sollte und musste ich das sehen: Wenn es dazu käme, dass wir miteinander schliefen, wäre es hinterher ätzend. Nicht nur, weil ihn zu hundert Prozent die Schuldgefühle auffressen würden, sondern auch mich. Und wegen Katie. Gerade wegen Katie.

Ich sollte mich zusammenreißen.

Ab sofort war ich nur die Nanny, würde den beiden helfen, in Harpers Ferry Fuß zu fassen, und den Rest ließ ich einfach gut sein.

Ich schlug die Wolldecke zurück, mit der ich mich hier auf dem Luftbett zugedeckt hatte, stellte augenrollend fest, dass meine Nippel so steif und hoch waren wie der Mount Everest und schwang die Beine aus dem Bett.

Es war für mich wie ausschlafen gewesen, aber jetzt war es so weit, aufzustehen, denn auch wenn ich heute nicht auf den Markt ging, würde ich die Zeit nutzen und mit Katie zusammen meine Mom besuchen und sie ihr vorstellen.

Ich hatte dazu eine Nachricht an Caleb geschrieben, ob das für ihn in Ordnung wäre, da ich die Kleine nicht einfach so mit in ein Pflegeheim nehmen durfte. Aber ich dachte mir, dass das sicher okay wäre. Meine Mutter war zwar bettlägerig, aber nicht völlig desorientiert und am Ende, von daher ging ich nicht davon aus, dass Katie angstvolle Berührungspunkte mit einem alten Menschen hatte.

»Guten Morgen«, sagte sie plötzlich vom Fuß der Treppe aus und rieb sich die Augen. »Ist Daddy schon zurück?«

»Nein, Mäuschen«, antwortete ich ihr und dankte im Stillen, wem auch immer, dass er noch in New York war. »Es wird sicher Abend, bis er zurück ist. Er hat heute Besprechungen.«

»Ahhh, okay.« Nun war sie wach und hüpfte fröhlich in die Küche. »Und was steht bei uns heute auf dem Programm?«

Ich lächelte, öffnete den Kühlschrank und holte alle Zutaten für Pfannkuchen heraus. »Erst einmal frühstücken wir, oder?«

»Was gibt's denn?«

»Wie wär's mit Pancakes, Sirup und Schokosoße?«

»Das finde ich«, sie klatschte in die Hände, »sppppiiitzzzzeee!«

»Na dann machen wir das. Hol dir doch einen Hocker und hilf mir.« Katie nickte. »Hast du Lust?«

»Natürlich, ich liebe Pancakes.«

»Dann zeig mir mal, wie du sie immer machst.«

»Mein Daddy.«

»Dein Dad kann Pancakes?«

»Logisch. Wir müssen ja am Wochenende auch etwas essen.«

»Okay.« Irgendwie war ich davon ausgegangen, dass er ihr einfach immer ein Sandwich mit Erdnussbutter und Marmelade machen würde. Das war nämlich das Erste, das ich selbst hatte machen können, und somit ging ich irgendwie davon aus, dass das alles war, was ein erfolgreicher Geschäftsmann wie Caleb Molina konnte. Eigentlich wunderte es mich, dass die Haushälterin, von der mir Katie die Tage erzählt hatte und wie sehr sie die Frau namens Valerie vermisste, nicht auch am Wochenende für die beiden da war. »Kann dein Dad noch mehr kochen?«

»Jepp.« Katie legte den Kopf schief und ihre vom Schlafen zotteligen blonden Locken legten sich automatisch auf ihre Schulter. Sie sah so groß und erwachsen und gleichzeitig so klein und kindlich aus. Eine faszinierende Kombination. »Makkaroni mit Käse und French Toast …« Ich unterbrach Katie.
»Du weißt, was French Toast ist?«
»Klar weiß ich das. Das kann ich sogar schon.«
»Ehrlich? Du bist vier Jahre alt.«
»Na und? Mein Daddy hat es mir gezeigt.«
»Okay.«
»Ich zeig es dir morgen, ja?« Ihre Stimme klang altklug und sie legte mir in einer Geste, die ausdrückte ›Du arme Frau hast keine Ahnung, was French Toast ist‹ die Hand auf den Unterarm. »Außerdem ist er ziemlich gut in Butternudeln.«
»Was sind denn Butternudeln?«, fragte ich, während wir die Milch und das Mehl in eine Schüssel gaben.
»Na Nudeln. Mit Butter eben.«
»Ah.« Ich lachte. Okay, das war leicht.
»Er ist auch gut in Spiegelei und Speck.«
»Also Frühstück ist euer Ding?«
Katie nickte. »Ja, abends bestellen wir meistens was, zumindest am Wochenende. Oder wir gehen wohin. Aber ich hab meinem Daddy gesagt, dass ich nicht mehr mit will zu seinen Meetings.« Katies Stimme klang traurig. »Da sind nie andere Kinder dabei und ich finde auch, man sollte keine Frösche mehr essen.«
»Was?« In mir arbeitete es. »Auf keinen Fall isst man Frösche.«
»Die in Frankreich machen das«, sagte sie mit ernster Stimme. »Frankreich ist ein Land und die Menschen dort, die machen das.«
»Ich verstehe.«
»Hast du schon mal Frösche gegessen?«
Ich lachte und Katie verrührte den Teig. »Nein, habe ich nicht und habe ich auch nicht vor.«

»Lass das lieber. Da kann man besser ein paar Chicken Nuggets essen.«
»Okay, ich werde deinen Rat beherzigen.«
»Ja, mach das. Auch wenn mein Daddy mal zu dir sagt, dass du es probieren sollst, mach es nicht. Das wirst du nicht mögen.« Sie schüttelte den Kopf und ihre altkluge, erwachsene Art brachte mich zum Lachen. Während Katie weiterrührte, holte ich die Pfanne und etwas Butter heraus, damit wir starten konnten.
»Aber jetzt essen wir erst mal Pfannkuchen, oder?«
»Ja, unbedingt. Die lieb ich nämlich wirklich, wirklich, wirklich.«
»Das freut mich.«
»Können wir noch Schokostückchen reinmachen? Das machen wir nämlich manchmal und das schmeckt wirklich ausgezeichnet.«
»Ausgezeichnet.« Ich lachte. »Wir haben leider keine Schokostückchen.«
»Dann schreiben wir sie auf die Liste, ich schreib sie auf.« Katie warf den Schneebesen in den Teig und sprang vom Hocker, griff sich einen ihrer Buntstifte und malte ein paar Striche auf das Blatt, das noch auf dem kleinen Esstisch lag. »Na gut, vielleicht kannst du mir helfen und es aufschreiben.«
»Das mache ich.« Wir lachten beide und anschließend stellten wir uns wieder an den Herd, damit wir die fluffigen Dinger backen konnten.

Als wir beide schließlich satt und angezogen waren, das Okay von Caleb da war – er hatte wirklich nur ›Okay‹ geschrieben –, schlüpften wir in unsere Schuhe, um zu meiner Mom ins Heim zu fahren. Katie hatte gute Laune und als kleines Highlight für sie fuhren wir mit dem Bus. Sie sagte mir, sie sei noch nie Bus gefahren, immer nur mit dem Auto.

Ich bewunderte ihre Aufmerksamkeit. Als wir durch die Stadt fuhren, rief sie auf einmal: »Hey, da waren wir schon einmal!« Sie hatte recht, wir waren wirklich schon mal auf dem großen Platz direkt in der Fußgängerzone gewesen, weil wir diesen überquert hatten, als wir in das Bastelgeschäft gegangen waren. Katie war ein wundervolles Mädchen und ich war mir sicher, dass sie hier Anschluss finden würde, wenn die beiden blieben. Eigentlich wäre sie sogar vom Alter her so weit, dass sie in den Kindergarten gehen könnte, aber solange die beiden nicht definitiv wussten, ob sie hierblieben oder nicht, war es vermutlich keine gute Idee, sie hier anzumelden. Ihr Herz würde brechen, wenn sie dann wieder gehen müsste. Verständlicherweise. Wenn ich ehrlich war, dann war es auch für mich schwer, nicht genau zu wissen, wie lange die beiden blieben oder wie sie weitermachten. Caleb schien es wieder mehr nach New York zu ziehen, auch wenn es übertrieben war, das nach einem Besuch zu sagen.

»Wir sind da, Katie. Komm.« Ich nahm sie an der Hand, wir verließen den Bus und überquerten die Straße an der Ampel, damit wir zum Pflegeheim meiner Mom kamen. »Wir besuchen meine Mutter.«

»Oh, deine Mom wohnt hier?«

»Ja, das ist ein Pflegeheim.«

»Was bedeutet das?«

»Das bedeutet, dass meine Mutter schon recht alt ist und Hilfe braucht.«

»Bei was?«

»Beim Essen, beim Anziehen, all solche Dinge.«

»Ahh, also so wie ich früher.«

Ich lächelte, und wir gingen zu den Fahrstühlen, die uns in die richtige Etage bringen würden. »Genau, so wie du früher.«

»Also bedeutet das, wenn man als Baby auf die Welt kommt, dann kann man gar nichts, richtig?«

»Na ja ... nicht so viel, das stimmt.«

»Und so ist das bei deiner Mama auch? Sie kann jetzt auch nichts mehr?«

Ich schmunzelte über ihre kindliche Logik, fand sie aber süß. »So kann man es fast sagen, ja.«

»Ahhh, ich verstehe. Na dann werde ich deiner Mama helfen, wenn sie was braucht.«

»Das ist total lieb von dir!«

»Ich weiß.« Katie seufzte theatralisch. »So bin ich eben.«
Mit einem ehrlichen Grinsen auf dem Gesicht betrat ich das Zimmer meiner Mom.
»Hi, Mom«, sagte ich wie immer und bekam nur ein gehauchtes »Hallo« zurück.
»Ich habe heute Katie dabei.« Ich schüttelte die Hand, an der ich sie hielt und hob sie leicht in die Höhe. »Katie, das ist meine Mom.«
»Hallo, Florence' Mom.« Meine Mutter lächelte leicht bei dem lockeren Ton, den Katie hier anschlug. »Sie sehen gut aus und gar nicht so klein wie ein Baby.«
Die Augen meiner Mutter wanderten zu mir und zurück zu Katie. »Ich bin ja auch erwachsen. Auch wenn ich Hilfe brauche wie ein Baby.«
»Sag das nicht, Mom.« Ich zog einen Stuhl an ihr Bett. »Möchtest du ein bisschen malen, Katie?« Die Kleine nickte und ich zog ihre Malsachen aus dem Rucksack, die ich vorausschauend eingepackt hatte. »Wir bleiben nicht lang, alles gut.«
»Ach, mach du dein Ding. Das passt.« Katie summte ein Lied und begann, in ihrem Malbuch auszumalen.
»Wer ist die Kleine?«, fragte meine Mutter schließlich langsam und ich ergriff ihre Hand.
»Das ist das Mädchen, auf das ich aufpasse. Ich habe dir letzte Woche davon erzählt.«
»Ah, okay.« Meine Mutter konnte sich nicht daran erinnern, dass wir darüber gesprochen hatten. Ich merkte es an ihrem Verhalten.
»Wie fühlst du dich heute?«
»Gut, so wie jeden Tag. Ich fühl mich gut.«
»Okay, du siehst auch gut aus.«
»Ja, ich wurde geduscht.« Ihre Stimme klang sarkastisch. »Schien wohl mal jemand Zeit gehabt zu haben.«
Meine Mutter wusste nichts von meinen Geldproblemen. »Sie sind hier halt sehr überlastet. Sind wir einfach dankbar, dass wir so einen schönen und guten Platz für dich bekommen haben, oder?«
»Ja, wir sind dafür dankbar.«

»Wie läuft es auf dem Markt?« Der Blumenstand war eines der Dinge, die lange genug in ihrem Kopf verankert waren und an die sie sich immer würde erinnern können. Von ihrem Schlaganfall war vor allem das Kurzzeitgedächtnis betroffen, was bedeutete, dass es normal war, wenn sie viele Dinge, die ich ihr sagte, vergaß.
Im Grunde war das unsere neue Realität. Ich war noch nicht daran gewöhnt, und wusste, dass ich niemals so weit wäre.

Der Arzt hatte damals gesagt, es hätte noch schlimmer kommen können und sie hätte ein vollkommener Pflegefall sein können. Das war sie zum Glück nicht, dennoch brauchte sie Hilfe. Sie konnte nicht allein aufstehen oder essen, konnte sich nicht waschen oder duschen. Sie konnte sich nicht mehr allein anziehen und das alles kam daher, da ihre Hände so gut wie nicht mehr funktionierten. Meine Mutter hatte kurz nach dem Schlaganfall zu mir gesagt, dass sie glaubte, es wäre schlimmer, wenn man sich an das meiste erinnern konnte und körperlich so sehr eingeschränkt war, wie sie es jetzt durchstehen musste. Ich würde alles dafür tun, dass es ihr gut ging und die Zeit hier so angenehm wie möglich für sie war.

Meine Mutter plauderte darüber, dass sie gerade ein Hörbuch anhörte und obwohl sie sich nicht mehr an den Titel erinnern konnte, mochte sie es. Ich hörte ihr zu, brachte ihre Wäsche in Ordnung und steckte das schmutzige Zeug ein, um es zu waschen und anschließend zurückzubringen. Diesen Service bot das Pflegeheim natürlich auch an, aber das kostete extra. Und da ich mit meinem Geld haushalten musste … Nein, ich würde das nicht auch noch bezahlen.

Mom erzählte mir davon, dass sie gern mal wieder den Burgunderbraten ihrer Mutter hätte. Der Haken an der Sache war nur, dass meine Granny seit ewigen Zeiten tot war. Sie fragte mich, wie immer, nach dem Grab ihrer Schwester und ich zeigte ihr auf meinem Handy ein Bild, das ich, wie immer, gemacht hatte, als ich das letzte Mal dort gewesen war.

Nach einer Stunde wurde Katie, die wirklich wahnsinnig brav gewesen war, ungeduldig und wir verabschiedeten uns, um nach Hause zu fahren. Ich würde dort kurz unter die Dusche springen, weil ich es heute Morgen nicht mehr geschafft hatte, und ich mich immer, wenn ich in einem öffentlichen Bus gefahren war, irgendwie schmutzig fühlte. Ja, das war Schwachsinn, aber jeder hatte seine Dämonen, das waren eben meine.

Katie winkte meiner Mom fröhlich und sagte: »Bis bald!« Das freute mich, auch wenn ich nicht sicher war, ob Katie jemals wieder mit hierherkam.

Kapitel 18

Caleb

Ich hörte Wasser prasseln, als ich mein Haus betrat. Ich wusste genau, dass nicht Katie unter der Dusche stand, denn meine Tochter lag auf dem Luftbett, wie ich nach einem kurzen Blick feststellte, hatte die Augen geschlossen und den Mund leicht geöffnet. Ihre Brust hob und senkte sich gleichmäßig, woran ich erkannte, dass sie tief und fest schlief. Es war ungewöhnlich, dass meine Tochter am helllichten Tag einen Mittagsschlaf machte, aber vielleicht hatten die beiden gestern Abend Party gemacht? Wenn das der Fall wäre, müsste ich mich dringend mit Florence unterhalten, denn meine kleine Tochter brauchte geregelte Bettzeiten. Sie benötigte einen strukturierten Ablauf, und wenn Florence den jetzt durchbrochen hätte, dann müsste ich sie zur Rede stellen.

Bei dem Gedanken daran, dass ich mit ihr streiten würde und so viel meiner angestauten Wut ablassen konnte, fühlte ich mich direkt besser. Gerade fühlte ich mich beklemmt. Wie eingesperrt in meinem eigenen Körper. In meinen eigenen Gedanken.

Ich wollte Florence, das hatte ich auch in meiner Nacht im Hotel gemerkt, aber ich würde es mir nicht gestatten und irgendwann würde dieses Verlangen sicherlich aufhören.

Erneut hörte ich das Prasseln der Dusche aus dem ersten Stock. Ich ging davon aus, dass sie in meinem Bad war. Da war es wohl legitim, dass ich nachsah. Immerhin war das mein Bad und nicht … Also wo waren wir denn hier? Ich versicherte mich mit einem kurzen Seitenblick auf Katie, dass sie immer noch schlief, und ging zwei Stufen auf einmal nehmend nach oben.

Ja, sie war tatsächlich in meinem Bad.

In dem Moment, als ich einen Blick durch die einen Spalt geöffnete Tür warf, wusste ich, dass das ein verdammter Fehler war. Ich betrachtete ihren nackten Körper, wie das Wasser über die Silhouette ihres Busens rann und sie den Kopf in den Nacken legte, um sich die Haare zu waschen. Ich wünschte mir, ich wäre das Wasser, das über die weiche Haut ihres Rückens lief. Ich betrachtete die Rundung ihres Hinterns, die geschwungene Form ihrer Hüften und die langen schlanken Beine. Sofort wurde mein Schwanz wieder hart und sehnte sich danach, dass er ihre enge Muschi um sich fühlte. Ich sehnte mich danach, zu spüren, wie ihre Wände mich massierten und wie es sich anfühlte, wenn ich ihre harten, aufgerichteten Nippel zwischen meinen Lippen hätte.

Ich platzte fast vor lauter Verlangen und Lust. Verstohlen drückte ich meinen Schwanz durch meine Hose. Florence drehte sich um, hatte aber zum Glück die Augen geschlossen und sah somit nicht, dass ich sie beobachtete wie ein verdammter Spanner. Ich war aber nicht fähig, mich nur einen Millimeter zu bewegen.

Florence nun in voller Pracht zu sehen, komplett entblößt mit meinem Duschgel auf ihrer Haut, brachte mich um den Verstand. Ich fühlte mich, als würde ich damit aufhören, nachzudenken, und einfach nur noch handeln.

Ich öffnete meine Gürtelschnalle und in dem Moment, als er klapperte, wurde mir bewusst, was ich hier tat. Scheiße, ich war ein millionenschwerer Mann, der Inhaber des renommiertesten Verlagshauses in den USA, ich besaß ein Penthouse direkt am Central Park mit einigen privaten Angestellten. Sieben Fahrzeuge nannte ich mein Eigen und hatte sogar, wenn ich es wollte, einen Chauffeur. Ich war ein Mann, der eine gesunde, wunderschöne Tochter hatte und beinahe alles Glück der Welt besaß.

Doch nun stand ich hier, starrte die Nanny meiner Tochter an und war gerade kurz davor gewesen, meinen Harten aus der Hose zu lassen, um mir einen runterzuholen? Während das Kindermädchen duschte? War ich nun komplett bescheuert?

Ich leckte über meine Lippen, beobachtete Florence ganz genau, und scheiße, sie sah so aus, als würde sie ihren Körper gerade ganz bewusst wahrnehmen. Als wäre sie sich jeder noch so kleinen Bewegung völlig im Klaren. Ihre Lippen öffneten sich einen Spalt. Und dieses Bild machte mich wahnsinnig. Ich stellte mir vor, wie ich meinen Schwanz zwischen diese vollen, geröteten Lippen schieben und mich langsam bewegen würde. Vielleicht konnte ich mich nicht einmal mehr kontrollieren und würde ihren Kopf packen, während ich meine Hüften vor- und zurückschob. Vielleicht würde sie sogar dabei würgen und trotzdem, ganz das gute und brave Mädchen, das sie war, mich weiterhin tief in ihren Mund aufnehmen. O ja, das würde ich tun.

Wieder fuhr ich mit meiner Zunge über meine Lippen, atmete schneller und mein Harter drückte so heftig gegen meine Hose, dass ich Erleichterung ersehnte, aber wusste, dass ich sie nicht bekam.

Mein Blick wanderte etwas weiter nach oben. Plötzlich stand meine Welt still.

Scham flutete mich.

Nur mühsam schaffte ich es, nicht rot anzulaufen.

Florence sah mir direkt in die Augen.

Sie hatte mich erwischt.

Verdammte Scheiße.

Kapitel 19

Florence

Ich stellte das Geschirr in die Spülmaschine. Verdammte Scheiße, seit ich Caleb dabei erwischt hatte, wie er mich während des Duschens beobachtete, wollte ich eigentlich nur noch nach Hause. Das war mir peinlich. Wieso hatte ich genau heute Katie versprochen, dass wir zusammen zu Abend essen würden?

Ich hätte einfach nach Hause gehen sollen, dann müsste ich mich jetzt nicht diesem Scheiß hier aussetzen. Katie war schon in ihrem Bett, aber ich war einfach nicht schnell genug gewesen mit dem Aufräumen, sonst hätte ich einfach ein »Ciao« rufen können und wäre zur Tür hinaus, ehe er wieder da war.

Caleb hatte sich nur sein Glas Wein gegriffen und war nach draußen auf die Veranda gegangen. In den Garten. Dort, wo einen niemand sehen konnte, also war es nun eine überaus schlechte Idee, wenn ich einfach »Ciao« rief und abhaute. Nein, ich müsste jetzt also hinaus, weil er mich sonst auch nicht hören würde, und lief somit Gefahr, dass er mich auf das, was vorhin passiert war, ansprechen würde. Irgendwie wusste ich, dass dieses Gespräch von Peinlichkeiten durchzogen sein würde, und ich überlegte mir schon seit über einer Stunde, was ich sagen sollte, wieso ich unter seiner Dusche gestanden hatte. Und wieso ich sein Duschgel benutzt hatte. Und wieso ich ihm nicht gezeigt hatte, dass ich wusste, dass er da war. Herrgott, ich war eine Frau, ich spürte, wenn mich jemand ansah. Aber ich hatte mir nichts anmerken lassen, sondern hatte mich noch mehr in Pose geschmissen und gehofft, dass er es genoss.

»Was wollte ich damit bezwecken? Ich wollte damit bezwecken, dass es ihm genauso ging wie mir. Irgendetwas in mir flüsterte nämlich, dass er genauso kurz davor war, die Kontrolle zu verlieren wie ich.

Scheiße.

Ich sah mich in der Küche um, die nun blitzblank war. Es gab nichts mehr, was ich noch hätte aufräumen oder abwaschen können. Also musste ich mich jetzt wohl von ihm verabschieden und dieser verdammten Peinlichkeit ins Auge sehen. Ich sollte es einfach hinter mich bringen, damit ich morgen wieder zur Arbeit erscheinen und so tun konnte, als wäre nie irgendwas gewesen.

»Ich bin dann fertig.«

Caleb zeigte mir seinen Rücken. Diesen gestählten, breiten Rücken, von dem ich mir wünschte, ich würde ihn unter meinen Fingern fühlen. Nackte Haut an nackter Haut.

Halt! Stopp! Falsche Gedanken! Reiß dich zusammen, Kind! Du wolltest doch gerade gehen.

»Wir müssen uns unterhalten, Florence«, kam es von ihm, doch er drehte sich immer noch nicht zu mir um.

»Ich weiß.«

»Ich …«, begann er und natürlich unterbrach ich ihn. Dieses Gespräch, das anstand, war keines, das ich führen wollte.

»Der Garten ist schön geworden.« Alles, nur nicht dieses peinliche Thema. Ich würde deshalb meinen Job verlieren, das war mir auch klar. Ja, ich hatte es genossen, wie er mich angesehen hatte, und dass er mich auch scharf fand, aber wir beide wussten, dass es falsch war. *Mir* war das klar. Und so peinlich berührt, wie er nun war, wusste *er* es auch. Ich ging einen Schritt vor, stand nun neben ihm und sah, dass er zwei Gläser Rotwein auf der Brüstung der Veranda stehen hatte.

»Erwartest du Besuch?«, fragte ich bitter, ehe ich es zurückhalten konnte. Wie ein Schlag ins Gesicht traf mich die Eifersucht. Also hatte er mich einfach nur begaffen wollen, solange ich unter der Dusche stand, aber eine andere bekam den Wein und seine richtige, echte Aufmerksamkeit? Alles klar. Mir wurde gerade wieder gezeigt, dass ich eben nur die Angestellte war. Er war der reiche Kerl, der sich kaufen konnte, was er wollte. Ich war mir ziemlich sicher, dass es Frauen gab, die sich von ihm gern beim Duschen beobachten lassen wollten. Frauen, die er vielleicht dann auch in sein Bett einladen würde. Die nicht seine Nanny waren. Scheiße, ich war definitiv eifersüchtig und so was von beschissen neidisch auf jede gesichtslose Frau, die ihn bekommen würde. Und die ihn schon gehabt hatte. Das war krank. Aber ich konnte einfach nicht anders.

Caleb warf mir einen Blick zu, den ich nicht deuten konnte. »Ich erwarte keinen Besuch. Ich habe das Glas für dich mit rausgebracht.«

»Oh.« Hitze schoss in meine Wangen, obwohl es eigentlich klar gewesen war, würde ich mich nicht immer so in meine eigenen Gedanken verstricken.

»Ich sagte dir doch, dass wir uns unterhalten müssen.«

»Ich weiß.«

Ich griff mit meinen Fingern nach dem filigranen Stiel des kantig geschwungenen Weinglases. Das schwache Außenlicht tauchte uns von hinten in einen Kelch aus Licht. Das satte Rot des Getränks funkelte an der Oberfläche wie tausend Rubine.

»Cheers«, sagte ich und hob mein Glas.

»Auf uns.«

Das leise Klirren der Gläser hallte in mir nach. Ich stellte es mir vor, wie die Gläser zerbrachen. Es war wie ein Knick, der sich nicht mehr reparieren ließ für all das, was gleich kommen würde. »Katie hat erzählt, dass du heute mit ihr bei deiner Mutter warst.«

»Ja, du hast dein Okay gegeben«, sagte ich verwundert und Caleb lachte leise. Dieses Geräusch fuhr mir durch Mark und Bein. »Sonst hätte ich das nicht gemacht.«

»Ich weiß, kein Problem. Sie hat es mir nur erzählt. Sie wollte wissen, was passiert, wenn man alt ist und in so einem Heim lebt.«

Ich zuckte die Schultern. »Meine Mom hat gute und schlechte Tage.«
»Das muss hart sein.«
»Ist es, ja.« Ich seufzte leise, denn es war wirklich so. »Das Schlimmste ist eigentlich, dass ich so hilflos bin. Und so wahnsinnig abhängig von den Pflegern.« Ich trank erneut einen kleinen Schluck Wein. »Von denen es nebenbei bemerkt viel zu wenige gibt.«
»Ist sie denn glücklich in diesem Heim?«
»Ich hoffe es. Sie sagt Ja, aber ich weiß natürlich nicht, ob das nicht doch gelogen oder ob das die Wahrheit ist.«
»Ich verstehe.« Caleb lehnte sich mit den Unterarmen auf die Brüstung. »Ich würde das bei meinen Eltern auch nicht stemmen können. Also wenn ich mich alleine darum kümmern müsste.«
»Sind sie denn noch fit?«
»Ja, sind sie. Aber … ich weiß nicht, ob du meine Geschichte kennst, aber ich bin ja aus relativ einfachen Verhältnissen. Ich habe mich ja …«
»Hochgearbeitet. Ich weiß.«
»Du hast mich gegoogelt.« Er fragte nicht, er stellte fest und lächelte dabei. Seine weißen Zähne blendeten mich fast und fügten sich so perfekt in dieses gebräunte Gesicht ein, dass es beinahe schmerzte. Es war fies, dass manche Menschen so mit Schönheit gesegnet waren und andere weniger abbekommen hatten.
»Ich kann nichts dafür, dass du in Wikipedia stehst.«
»Ja, dieser Eintrag … puh.« Er schüttelte leicht den Kopf. »Wobei ich gehofft hatte, sie würden sich mehr auf den Verlag beziehen.«
»Tun sie ja, aber man kann halt deinen Namen anklicken und dann kommt man zu dir. Die haben sogar ein Bild von dir mit hochgeladen.« *Und von deiner Frau.* Aber das sprach ich nicht aus. Seine Frau konnte man übrigens auch anklicken und kam dann sogar über sie zu ihren Eltern und ihrem Dad, der ja als Politiker bekannt war.

»Ja, ich weiß.« Nun wirkte er geknickt. Sicher, weil er auch wusste, dass das ein Bild von ihm und Phoebe war.
»Katie ist nicht drin.«
»Das wollte ich auch nicht. Es war extrem aufwendig, den Eintrag über sie löschen zu lassen.« Er nippte an seinem Wein. »Ist ja nicht so, als wären wir Berühmtheiten oder so was. Ganz im Gegenteil. Wir sind normale Menschen.«
»Nein, seid ihr nicht«, platzte es aus mir heraus. Endlich sah Caleb mich direkt an. Er blickte in meine Augen, als würde er in ihnen lesen wollen. Als wäre es sein höchstes Anliegen, bis auf meine Seele zu sehen. Es machte mich nervös, wie intensiv er mich betrachtete. »Ich meine, du bist ein ziemlich reicher alleinerziehender Vater, der offensichtlich auch einige wohltätige Projekte unterstützt.«
»Du hast Wikipedia sehr genau gelesen.«
»Ich war eben neugierig, für wen ich arbeiten würde.«
»Das ist auch gut so. Es gibt zu viele …« Ich hatte das Gefühl, er wollte Perverse sagen, aber traute sich nicht, weil ich ihn heute dabei erwischt hatte, wie er mich beim Duschen beobachtet hatte.
»Wie kommt es, dass du dich wohltätig engagiert hast?«
»Na ja, nachdem das Testament meines Onkels verlesen wurde und klar war, dass ich den Verlag geerbt hatte und zusätzlich sein komplettes Privatvermögen zusammen mit Fonds und Aktien bekommen hatte, nahm ich mir vor, dass ich nie vergessen würde, wo meine Wurzeln liegen.« Er schluckte schwer und fuhr durch sein verstrubbeltes Haar. Es sah so verdammt sexy aus, wenn er das tat. Wenn sich sein Arm hob und die Muskeln anspannten, weil er so etwas Simples tat, wie durch sein Haar fahren. »Und nachdem Phoebe diesen Unfall hatte … da wusste ich dann auch, was genau ich tun wollte.«
»Und was war das?«
Er schmunzelte. »Steht das nicht in Wikipedia?«
»Nein, das haben sie nicht geschrieben.«
»Ich habe für Familienstiftungen gespendet, die Menschen in Notlagen zur Seite stehen, in die sie unverschuldet geraten

sind. Mit zum Beispiel Kinderbetreuung, wenn der verbliebene Elternteil arbeiten muss.«
»Ich verstehe.«
»Nicht jeder hat das Glück, so viel Geld zu besitzen, um sich eine Nanny leisten zu können.«
»Damit hast du recht.«
»Ich war dankbar für all die Hilfe, die wir in den letzten Monaten bekommen haben. Aber ich sage auch ganz klar, dass ein Großteil davon ohne finanzielle Mittel nicht möglich gewesen wäre.«
»Ja, das denke ich auch« Abwehrend hob ich die Hand. »Ohne genau zu wissen, was ihr beansprucht habt.«
»Na ja, es ist nicht leicht, wenn ein Vater plötzlich mit einem kleinen Mädchen alleine dasteht. Auch wenn Katie und ich immer eine gute Bindung zueinander hatten.«
»Diese Bindung merkt man.«
Er nickte. »Danke, das macht mich stolz. Es ist für sie nicht leicht und ich gebe mir Mühe, dass ich sie nicht zu sehr erwachsen behandele, wenn wir allein sind. Sie ist eben erst vier.«

Einem Impuls folgend, legte ich eine Hand auf seinen Oberarm. Natürlich bemerkte ich, auch wenn die Situation vollkommen unangebracht war, wie stark die Muskeln unter seinen Armen waren. »Du machst das großartig«, brachte ich stammelnd, wenig überzeugend hervor und räusperte mich schließlich.

Caleb schaute auf seinen Oberarm und dann mich an. Ihm stand der Mund offen. Hatte ich eine Grenze übertreten, nur weil ich ihn dort berührt hatte?

»Florence, ich denke ...«

Ich hatte Angst, vor dem, was er sagen würde. Also entschied ich mich für die Flucht. »Ich muss los. Es ist spät geworden.«

»Florence.« Mahnend sah er mich an. Als würde er genau wissen, was ich hier tat.

»Lass uns morgen weiterreden, okay?« *Nein, bitte nicht.* Aber das war die einzige Ausrede, die mir einfiel und die ihn vielleicht ruhig stimmen würde. »Ich hab die Zeit total vergessen und muss noch einiges erledigen.«

Skeptisch sah er mich an, seufzte aber schließlich und nickte. »Okay.«

»Okay. Dann bis morgen.« Ich kippte den Wein regelrecht hinunter, donnerte das Glas fester als nötig auf den Tisch und winkte, als ich die Stufen der Veranda hinunterhüpfte. »Bye!«

»Ja, bye.« Caleb schien nicht sonderlich erfreut darüber zu sein, was ich hier veranstaltete. Aber ich hatte gerade nicht den Mumm, mit ihm zu sprechen.

Wenn ich seinen Blick richtig deutete, musste ich mich ihm morgen stellen.

Verdammt, wie hatte ich nur in diese Situation geraten können?

Kapitel 20

Caleb

Ich fühlte die Wärme, die von ihrem Körper ausging, roch ihren Duft, obwohl ich geglaubt hatte, dass sie nach der Benutzung meines Duschgels mehr nach Mann riechen würde.

Selbst jetzt, als ich – wieder einmal – in der Dunkelheit meines Schlafzimmers in meinem Bett lag, der Morgen bereits graute und ich immer noch nicht geschlafen hatte, war ich von ihr besessen. Man hätte meinen sollen, dass ich irgendwann vor Müdigkeit einfach umkippen würde, aber nein. Mein schlechtes Gewissen Phoebe gegenüber und diese wahnsinnige Spannung und Zerrissenheit, die ich Florence gegenüber empfand ...

Jepp, ich wollte sie. Langsam gewöhnte ich mich an den Gedanken. Und immer, wenn ich glaubte, dass ich das tat, wurde ich eines Besseren belehrt und hatte mich an nichts gewöhnt, sondern mein Gewissen, der Engel auf meiner Schulter, schlug zu, so hart er konnte.

Mein Wecker klingelte und ich musste aufstehen. Die Couch wurde heute geliefert und damit ich mit dem Möbelunternehmen alles abwickeln konnte, würde Florence sehr früh vorbeikommen. Ich hatte ihr gestern deshalb noch eine Nachricht geschickt. Um kurz vor Mitternacht. Es war die beste Ausrede gewesen, die mir eingefallen war, damit ich ihr schreiben konnte. Und da sie sofort geantwortet hatte, hatte offensichtlich auch sie nicht in den verdienten Schlaf finden können. Dummerweise ärgerte es mich, dass sie lediglich einen

›Daumen hoch‹-Emoji geschickt hatte. Ich war nie ein Fan dieser Dinger gewesen und gerade machten sie mich wieder aggressiv. Eigentlich hatte ich vergangene Nacht gedacht, ich hätte das hinter mir gelassen.

Ich hörte, wie sich unten der Schlüssel drehte und Florence zur Arbeit kam. Genau das sollte ich nicht vergessen: dass es Arbeit war, die sie hierherführte.

Ich hörte, wie sie ihre Jacke an den Haken hing und in die Küche ging. Sicher trug sie wieder diese total sexy Jeansjacke, die immer so unwiderstehlich nach ihr duftete.

Seufzend schwang ich die Bettdecke zurück und hüpfte schnell unter die Dusche. Ich stellte sicher, dass ich die Badtür verschlossen hatte, denn Florence und ich brauchten nicht noch mehr peinliche Momente. All jene, die wir bereits hatten, waren teilweise mehr, als die normalen, angezogenen.

»Guten Morgen«, sagte ich, nachdem ich die Treppe nach unten gegangen war, das Haar noch feucht von meiner Dusche. Ich hatte es wieder geschafft, mich in den zehn Minuten unter der Dusche so reinzusteigern, dass ich erneut ziemlich sauer war. Ich verstand einfach nicht, dass wir es nicht auf die Reihe brachten, miteinander zu sprechen, wie es erwachsene Menschen eigentlich tun sollten. Stattdessen war die Stimmung gereizt und ätzend zwischen uns. Was vermutlich nicht zuletzt auch an mir lag.

»Hi«, antwortete sie leise, ich stellte mich neben Florence und griff eine der Kaffeetassen aus dem Schrank über ihr. »Ich habe Bagels mitgebracht.«

»Danke.«

»Sehr gern.« Es klang künstlich. Und diese gespielt freundliche und künstliche Art trieb mich in den Wahnsinn. Ich wollte, dass wir endlich über gestern sprachen, obwohl ich derjenige war, der die Scheiße gebaut hatte. »Florence, ich …« Gerade als ich weitersprechen wollte, klingelte es an der Tür.

»Das ist bestimmt die Spedition!«, flötete sie und konnte nicht schnell genug aus der Küche entkommen.

»Fuck«, murmelte ich, während ich mit meinem gefüllten Kaffeebecher in den Flur trat.

Florence lächelte einen der Mitarbeiter an. Vertraut an. Sehr vertraut an. Ein Stich durchfuhr mich, als ich dem Gespräch der beiden lauschte.
»Wie schön, dich zu sehen, Flo.« Ach, das war also ihr Spitzname? Pah! Darauf hätte ich auch selbst kommen können.
»Wie kommt's, dass du hier bist?«
»Ich arbeite für Mr. Molina!«
»Ahhh, endlich wieder als Nanny?« Aufgeregt nickte sie. Hoppla, der Kerl in dem Muskelshirt kannte sie anscheinend, wenn er wusste, dass sie als Erzieherin arbeiten wollte. »Sehr cool.«
Er lächelte sie an. Doch das war nicht nur ein Lächeln, sondern das war eher ein ›Mit den Augen ausziehen‹. Mir kam ein Wort in den Sinn, das in vielen der aktuellen Büchern Einzug erhielt. Er blickfickte sie. Und das nervte mich. Unglaublich sogar. »Nun, da Sie das ja jetzt geklärt haben …«, warf ich ein und der Kerl mit den dicken Muskeln riss seinen Blick von ihr los und sah mich an.
»Ah, Sie sind Mr. Molina! Wir bringen Ihre Couch.«
»Wird ja auch langsam Zeit!«, knurrte ich und verengte die Augen zu Schlitzen.
Der Kerl grinste wieder auf diese unverschämte Art und sah die Papiere auf seinem Klemmbrett durch. »Heute war Liefertermin und wir sind gleich hier in der Früh, also alles perfekt, oder?«
»Ja, alles prima, Jim.« Florence besaß die Nerven, für mich zu antworten und ihm auch noch den Arm zu tätscheln.
»Vielleicht solltest du jetzt mal nach Katie sehen, oder?« Meine Stimme war schneidend. »Sie ist bestimmt schon wach.«
Florence sah mich seltsam an. »Okay … Klar.«
»Dafür bist du ja schließlich hier, nicht wahr?«
»Natürlich.« Sie räusperte sich, winkte dem Muskelshirtkerl noch mal zu und ich ballte die Hände. Ich war so dermaßen sauer und wütend, weil es ihr offensichtlich egal war, ob Katie wach wurde und von ihrer Maßlosigkeit und der Flirterei mitbekam. Ich war vollkommen entsetzt. Vielleicht sollte ich darüber nachdenken, ob es so gut war, wenn sie für mich arbeitete.

Offensichtlich stellte sie ja ihr Privatvergnügen über alles andere.

Stirnrunzelnd sah ich den beiden Kerlen zu, wie sie mein neues Sofa den Weg zum Haus entlangtrugen und anschließend im Wohnzimmer abstellten. Jim – Mr. Muskeln – bekam von mir eine Unterschrift und anschließend gingen die beiden wieder. Katie und Florence waren mittlerweile in der Küche und frühstückten. Ich befreite das Möbelstück von der Verpackungsfolie und machte den Schutz dort ab, wo das Möbelhaus ihn angebracht hatte.

»Daddy!«, sagte meine Tochter, als ich an den Tisch trat. »Wir haben ein Sofa! Wie aufregend!«

»Ja, das haben wir jetzt wohl«, stimmte ich zu und meine Stimme klang schon freundlicher. »Was gibt's zum Frühstück?«

Ich war mir sicher, dass ich Florence ein: »Für dich gar nichts!« zischeln hörte, aber da sie einen Teller mit Spiegelei vor mir abstellte, hatte ich mich wohl verhört. Katie war schnell fertig und wollte sich das neue Teil ansehen, also erlaubte ich ihr, aufzustehen. Die Stimmung zwischen Florence und mir war weiterhin unglaublich angespannt. Und es wurde immer schlimmer.

»Wir sollten …«

»Wir sollten gar nichts!«, unterbrach sie mich und wenn ich mich gerade nicht täuschte, dann klang ihre Stimme auch ziemlich aufgewühlt. »Ich gehe jetzt mit Katie in den Park. Das sollte ich tun.«

»Ja, das solltest du wohl!«, brachte ich knurrend hervor und wollte vor lauter Verzweiflung und Wut auf irgendwas einschlagen, damit dieser Druck von mir abfiel. »Das Essen war sehr lecker.«

»Dann ist es ja prima, dass du zufrieden bist.« Betonte sie das *du* seltsam, oder bildete ich mir das ein?

»Bist du sauer?«

»Ich?«, fragte sie und riss die Augen auf. Ja, sie war sauer, ich sah es ihr an. Mehr als nur das, es kroch aus jeder Pore, wie verdammt wütend sie offensichtlich auf mich war. »Ach, wie kommst du denn darauf?«

»Pass auf, Florence!« Autsch. Ihr Kopf drehte sich ruckartig in meine Richtung und sie sah so aus, als würde sie mich gern köpfen. »Du arbeitest hier und wenn du hier arbeitest, möchte ich, dass deine Konzentration zu hundert Prozent auf Florence liegt.«

»Katie. Du meinst wohl Katie, so heißt deine Tochter nämlich!« Sie räumte den Tisch ab, obwohl ich noch gar nicht mit Frühstücken fertig war.

Erneute Wut fuhr durch mich hindurch wie ein Blitz. »Nein, habe ich natürlich nicht.« *Ich war nur in Gedanken bei dir, sodass ich mich versprochen habe.* »Man wird sich doch wohl mal versprechen dürfen.« Meine Tonlage wurde schärfer. Ihre war einfach nur von Wut durchzogen. Ich war wirklich sauer. Sie war es doch, die geflirtet hatte. Die sich einen Scheiß dafür interessiert hatte, ob Katie wach war oder nicht. Und Fuck! Sie arbeitete hier wegen meiner Tochter, nicht, damit sie mit dem Kerl der Spedition flirten konnte. Verfluchte Scheiße.

»Ich denke, es ist besser, wenn Katie«, sie betonte den Namen in schrillem Ton, »und ich jetzt auf den Spielplatz am Hafen gehen und ein Eis essen.«

»Vermutlich!« Mein Handy klingelte. Ich verdrehte die Augen und war auf der einen Seite sauer, weil wir unterbrochen wurden, und auf der anderen froh. Ich hatte mich selbst nämlich kaum mehr unter Kontrolle und da würde das ziemlich übel werden, wenn ich meinen letzten Rest an Selbstbeherrschung nicht bald zusammenkratzte und sie weiterhin auf nur jede erdenkliche Weise blöd anmachte oder versuchte, bloßzustellen. »Molina!«, bellte ich ins Telefon.

Es war die Leiterin der Personalabteilung, also würde es sich um ein vertrauliches Gespräch handeln. Somit stand ich ohne ein weiteres Wort auf, ging einen Umweg über das Wohnzimmer, um Katie einen Kuss zu geben und ihr zu zeigen, dass ich arbeiten musste, nach oben in mein improvisiertes Arbeitszimmer, das eigentlich keines war.

Dummerweise war ich so beschissen drauf, dass ich vermutlich ausflippen würde, was auch immer unsere Personalleiterin mir sagen wollte.

Jepp, unprofessionell, aber ich war verzweifelt auf der Suche nach einem Ventil, das mir dabei half, diese Scheiße, die ich fühlte, ein für alle Mal loszuwerden.

Zwischen Florence und mir wurde es immer heftiger, die Stimmung zerriss beinahe vor lauter Wut und wir brauchten eine Einigung, eine Art Übereinkunft. Ich wollte diese heftigen Gefühle in mir Florence gegenüber loswerden. Ich war nicht mehr ich selbst und ich hätte niemals für möglich gehalten, dass eine Frau nach Phoebe es schaffen würde, mir so nahezukommen, dass ich Dinge wie Wut und Freude überhaupt wieder empfinden konnte.

Meine Augen weiteten sich, als mir klar wurde, dass es nur eine Lösung für mein Problem gab.

Florence musste entlassen werden.

Oder wir gingen zurück nach New York.

Kapitel 21

Florence

Ich wollte einfach nur weg. Den ganzen Tag schon war ich sauer und verletzt. Chef hin oder her, so hätte er mich vor Jim nicht behandeln müssen. Einen Kerl, der so arrogant war und so offensichtlich zeigte, wie reich er war und was er sich alles erlauben konnte, brauchte ich in meinem Leben nicht. Okay, letzteres Argument war eine Art Ausrede. Mein Verstand sagte mir das. Es war ein absolutes Unding, dass ich mich mehr fragte, wieso Caleb so seltsam auf Jim reagiert hatte statt wütend zu werden, weil ich keinen richtigen Zorn entwickeln konnte. Wie doof war ich eigentlich? Wie viel ließ ich mir gefallen? Warum ließ ich mir so viel gefallen? Anscheinend alles, wenn es um Caleb Molina ging. Das war falsch.

Eigentlich hätte ich ihm an den Kopf knallen sollen, dass er seinen Scheißdreck ab sofort wieder allein machen durfte und ich kündigen würde, oder ich hätte ihm in sein Spiegelei spucken sollen … nur tat ich nichts von alldem. Ich ließ mir wieder einmal gefallen, was auch immer er mir sagte, auch wenn ich beinahe übersprudelte und ihm alles an den Kopf geknallt hätte, was ich sagen wollte.

Den ganzen Tag am Hafen mit Katie war ich abgelenkt gewesen, wütend und zornig und war mir sicher, dass ich ihn heute Abend ein Arschloch nennen und das Weite suchen würde.

Bis wir das Haus betraten. Das Abendessen war angespannt. Ich wollte mich heute eigentlich sofort verabschieden. Dass ich für die beiden kochte, war einfach nur nett von mir, und keine Vereinbarung meines Vertrages. Doch wieder einmal blieb ich. Katie sah mich mit diesen großen Augen an, klimperte mit den langen Wimpern und ich wurde schwach. Es schien wohl in dieser Familie zu liegen, dass mich beide Mitglieder auf egal welche Art und Weise um den Finger wickeln konnten.

Ich hatte schnelle chinesische Nudeln gekocht, wie ich es von der Mutter einer Freundin, die aus China war, gezeigt bekommen hatte und Katie haute ordentlich rein. Dennoch ging es mir nicht schnell genug, denn ich wollte einfach nur noch weg. Die Luft war zum Zerreißen gespannt und Caleb sah so finster drein, dass ich kurzzeitig Angst bekam, er besäße die Gabe, Laserstrahlen aus seinen Augen schießen zu lassen. Meine Finger zitterten, als ich Katies Becher noch einmal mit Wasser auffüllte und sie im Anschluss auf Calebs Befehl hin direkt nach oben ging, um sich bettfertig zu machen. Ich schnaubte, denn sein Ton war eindeutig ziemlich grantig, wobei ich wusste, dass Katie nicht der Ursprung seiner beschissenen Laune war.

Ich klapperte laut mit dem Geschirr, weil ich wusste, dass es ihn ärgerte, wenn ich das tat, denn er sagte bei jeder sich bietenden Gelegenheit zu Katie, dass sie doch bitte etwas leiser sein möge. Anscheinend ertrug er Lautstärke nicht so gut wie seine verdammt miese Aura. Innerlich tobte ich, führte Gespräche mit mir selbst, die ich niemals mit ihm führen würde, weil mir dafür der Mut fehlte. Und doch konnte ich nicht anders und setzte diese inneren Dialoge ständig fort. In meiner Vorstellung hatte er mir einmal gesagt, dass er eifersüchtig sei, weil ich ihn in den Wahnsinn trieb, und direkt danach in meiner Vorstellung hatte er mich ausgelacht, mir erklärt, dass ich mir Dinge einbilden würde, die nicht da seien und ich mich zusammenreißen solle, denn sonst würde ich meinen Job verlieren und somit das Geld und damit den Pflegeplatz im Heim für meine Mutter. Die letzte Version brachte mich immer zum Runterkommen, die davor, in der er der eifersüchtige Liebhaber war, ließ mich in ungeahnte Höhen gleiten, machte mich aber nicht weniger verrückt.

Als Katie von oben rief, dass sie fertig war, schaufelte er weiterhin Nudeln in sich rein und ich ging die Treppe hoch, um nach ihr zu sehen. Sie war ein tolles Mädchen und ich kämmte ihr die blonden, lockigen Haare, als sie mich fragte: »Wieso hat Daddy so schlechte Laune?«

Mühsam zwang ich mich dazu, dem Blick durch den Spiegel standzuhalten. »Ich weiß es nicht«, log ich und sie runzelte die Stirn.

»Hattet ihr Streit?«

»Nein, wie kommst du darauf?«

»Weil er beim Essen nicht gesprochen hat. Darum mein ich das.« Nun, das war besser, als wenn aus seinem Mund wieder irgendwelche Vorwürfe kamen, die völlig aus der Luft gegriffen und absolut unfair waren.

»Scharfsinniges Mädchen.«

Katie kicherte. »Ich weiß, das hat meine Mom auch immer gesagt.«

Aus mir wollte ein: ›Du kannst dich daran erinnern?‹ herausplatzen, aber ich sprach es nicht aus. Ich fand es auf der anderen Seite ungewöhnlich, aber Katie musste so wahnsinnig schnell groß werden, daher hatten sich die Erlebnisse mit ihrer Mom sicherlich bei ihr eingebrannt und festgesetzt. Keinem Kind sollte auffallen, dass der Vater beim Abendessen nicht sprach, weil es selbst so mit Plappern beschäftigt war, dass nur das zählte. Kein Kind sollte sich darüber Gedanken machen müssen, ob alles in Ordnung war.

Ich streichelte über ihr gebürstetes Haar, ergriff ihre Schultern und legte meinen Kopf von hinten darüber. Wir sahen uns durch den Spiegel an.

»Es ist alles bestens, dein Dad hatte vermutlich einen richtig harten Tag in der Arbeit.«

»Aber er war doch zu Hause.«

Ich lächelte leicht. Kinder verstanden nicht, was es bedeutete, wenn jemand von zu Hause aus arbeitete. Für sie war es nur so, dass jemand daheim war und fertig. Erst mit den Jahren und mit dem Älterwerden wurde das besser, und sie kapierten, was genau das bedeutete.

»Mach dir keine Gedanken, es ist alles gut.«

»Ich weiß nicht, mein Daddy sieht sehr wütend aus. Ich frage mich, ob ich etwas gemacht habe.«

»Du?« Erstaunt sah ich sie an. »Nein, das hast du nicht.« Es war eine Schande, dass Katie überhaupt daran dachte, dass sie möglicherweise etwas getan hatte. Verdammt, dieser Mistkerl. Es war das eine, mich immer so anzumachen, aber es war etwas vollkommen anderes, wenn er es bei seiner Tochter tat. Das machte mich noch wütender.

Ich gab ihr einen Kuss auf den Scheitel und legte sie in ihr Bettchen. »Kann Daddy mir heute etwas vorlesen?« Erneut nickte ich.

»Klar, das macht er sicherlich total gern und wartet schon drauf.« Ich deckte sie zu. »Ich schick ihn zu dir nach oben. Überlege dir schon mal welches Buch, okay?« Ich versuchte, ruhig zu bleiben, auch wenn mein Herz so sehr hämmerte und wummerte, als stünde ich kurz vor einem Infarkt. Natürlich war mir klar, dass die Stimmung zwischen uns wieder explodieren würde, wenn Katie als Puffer den Raum verlassen hatte.

Sie war ja jetzt schon kurz davor, dass ihr die Augen zufielen. Die Tribute des Tages, das Herumtollen auf dem Spielplatz am Hafen und die viele frische Luft, forderten nun ihren Tribut. »Bis morgen früh, Katie.«

»Bis morgen, Florence. Schön, dass du immer da bist, um auf mich aufzupassen.«

»Das mach ich gern, meine Süße!«

Langsam ging ich die Treppe nach unten. Caleb sah kurz von seinem Handy hoch, als ich die Küche betrat. Ich wollte gar nicht mit ihm sprechen, aber mir blieb nichts anderes übrig. »Katie hat mich gefragt, ob du ihr vorlesen kannst.«

Caleb schnaubte. »Natürlich kann ich das, sie ist meine Tochter.« Bildete ich mir das ein, oder betonte er das ›meine‹ auf seltsame Art und Weise? Ich wollte ausflippen, auf etwas einschlagen, aber ich tat nichts von alldem, ignorierte ihn wieder und begann damit, das Geschirr in die Maschine zu räumen, um sie anschließend starten zu können. Alles möglichst schnell, damit ich dieser verfluchten Scheißstimmung hier entkommen konnte.

Dummerweise war Caleb offenbar bei Katie im Schlafzimmer schneller. Er war wieder zurück, ehe ich mit der Küche fertig war.

»Sie schläft.« Seine Stimme klang bemüht kontrolliert. So als müsste er sich von irgendetwas abhalten. Ich lehnte mich gegen die Arbeitsfläche, stützte die Hände kurz auf die dunkle Arbeitsplatte auf und sah ihn durch halb gesenkte Wimpern an.

»Katie wollte von mir wissen, wieso du sauer auf sie bist.« Okay, so hatte die kleine Maus das nicht gesagt, aber das musste er ja nicht wissen. Ich wusste einfach nicht, wohin mit meiner Wut. Würde ich sie nicht an ihm auslassen, der der Quell des ganzen beschissenen Übels war, würde ich platzen. Oder ein Geschwür bekommen.

»Aha.«

»Aha?«, wiederholte ich und der Vulkan stand kurz vor dem Ausbruch. Ich wusste, ich würde gleich definitiv meine Befugnisse ausreizen und die professionelle Zone verlassen. Das würde ziemlich übel werden. »Aha? Das ist es, was du dazu sagst, wenn deine Tochter sich damit beschäftigt, was mit ihrem Vater los ist?«

»Du überschreitest deine Kompetenzen.«

»Ach bitte!«, schoss ich zurück. Er hatte recht, nur konnte ich mich nicht mehr stoppen. »Ich habe mich die letzten Tage zurückgehalten. Jetzt reicht es einfach.«

»Das geht dich nichts an.«

»Ich bin ihre Nanny, natürlich geht mich das etwas an.« Am liebsten hätte ich mit der Faust auf den Tisch gedonnert, aber das ließ ich sein. Caleb stand zwei Meter von mir entfernt und brachte seinen Teller zur Spüle. Er wollte den Müllschlucker benutzen, glaube ich zumindest, aber stattdessen schmiss er das Geschirr beinahe in die Spüle.

»Ich bin ihr Vater und dein Boss, solltest du es vergessen haben. Und ich sage dir, hör auf.«

»Mit was denn? Damit, dass ich mir Sorgen um deine Tochter mache?« Dass er jetzt so kontrolliert sauer war, brachte mich noch viel mehr auf die Palme. Ich platzte gleich. *Achtung! Achtung! Der Vulkan Florence Price steht kurz vor dem Ausbruch. Bringe sich in Sicherheit, wer kann.*

»Nein, verflucht noch mal!«, donnerte er los. »Damit, deine Kompetenzen zu überschreiten!« Er wurde laut, verlor die Beherrschung. Ich stand aber auch kurz davor. »Erneut.«

»Erneut.« Ich lachte sarkastisch auf und warf die Hände in die Luft. »Was ist eigentlich auf einmal dein scheiß Problem? Hat dir nicht gefallen, was du beim Spannen beobachtet hast, oder wie?«

»Florence!«, kam es mahnend von ihm. Dass er nicht einmal in Erwägung zu ziehen schien, sich bei mir zu entschuldigen, brachte mich noch mehr auf die Palme.

»Ach so, natürlich ist es in Ordnung, seine Angestellte beim Duschen zu beobachten, das ist keine Überschreitung der Kompetenzen. Entschuldige meine Unwissenheit.« Ich schüttelte sarkastisch den Kopf. Okay, ich war wirklich in Fahrt. Gut, dass er nicht wusste, dass ich eigentlich zuerst gespannt hatte und ihn dabei beobachtet hatte, wie er sich am helllichten Tag einen runtergeholt hatte. Was mich immer noch scharf machte. Das musste ich zugeben. Konnte ich überhaupt noch mehr Wut auf diesen Mann entwickeln? Offensichtlich nicht.

»Lass. Es.« Nun klang sein Bass beinahe drohend statt lediglich mahnend.

»Was? Denkst du, ich würde das noch länger ignorieren?«, fragte ich schnippisch und warf die Hände in die Luft. »Aus dem Alter sind wir raus, oder?«

»Wer war es denn, der mit dir darüber sprechen wollte, und wer ist dann von uns beiden abgehauen und musste nach Hause?« Wir waren beide laut und machten uns keine Gedanken darüber, ob Katie uns hören konnte.

Wir fuhren beide aus der Haut.

»Man beobachtet seine Angestellten nicht heimlich!«

»Man duscht auch nicht bei seinem Boss unter der Dusche und krallt sich sein Duschgel!«

»Ja klar, jetzt schiebst du es auf mich, weil du nicht damit klarkommst, dass ...« Ich brach ab.
»Dass was?«, fragte er plötzlich ruhig und starrte mich aus seinen blauen, tiefgründigen Augen an. Er wirkte gespannt, was ich nun sagen würde, aber ich wusste es nicht einmal. Die Worte waren einfach nur so aus mir herausgepurzelt. Gerade sprach ich einfach schneller, als ich dachte.
»Du kommst nicht damit klar, dass du mich willst!«, schoss es aus mir heraus und ich nahm nur noch wahr, wie er dunkel knurrte und sich auf mich stürzte, als wäre er das Raubtier und ich die Beute.

Kapitel 22

Caleb

In diesem Moment war mir alles egal und ich hatte das Gefühl, erst wieder atmen zu können, als ich ihre Lippen auf meinen spürte.

Ich war getrieben von animalischem Verlangen und der puren Lust. Und scheiße, ich fühlte mich so lebendig.

Florence war sauer gewesen. War regelrecht ausgeflippt und dieses Brodeln, diese große Wut, die sie fühlte, war dieselbe, die auch in mir war. Das zeigte mir, dass sie ebenso ausrasten wollte, dass sie am Rande des Abgrundes taumelte und nun, als ich sie küsste, fühlte es sich endlich so an, als hätte ich einen Fallschirm um mich geschnallt. Nun war es egal, ob ich fallen würde oder nicht. Nun war es so weit, dass ich mit allen Konsequenzen bereit war, zu springen.

Und Florence anscheinend auch. Sie erwiderte den Kuss, drückte ihre Lippen auf meine und ich strich mit meiner Zunge über ihre Unterlippe. Sofort öffnete sie den Mund einen Spalt und ich durfte sie schmecken. Ihre Hände krallten sich in mein Hemd und auch ich hielt mich an ihr fest. Ich drückte sie an mich, kein Blatt hätte mehr zwischen uns gepasst und ich wollte sie so sehr. Sie spürte meinen harten Schwanz, aber auch das war mir egal. Jetzt war das Rad losgetreten, es lief und ich wäre ein Narr, würde ich versuchen, es aufzuhalten.

»Du machst mich so dermaßen wütend!«, zischte ich, verließ ihren süßen Mund und küsste mich an der Linie ihres Kiefers entlang. Es war nicht genug, es wäre nie genug mit ihr, das wurde mir plötzlich klar. Florence' Finger waren ungeduldig und sie brauchte mehrere Anläufe, um die Knöpfe meines Hemdes öffnen zu können. Ich war genauso ruhelos, glitt mit meiner Hand an ihren Hals und drückte leicht. Ich war wütend und aufgebracht und so dermaßen aufgeheizt, dass ich alles getan hätte, um sie zu bekommen. Florence stöhnte und ich lächelte, küsste sie wieder und schließlich wanderte ich mit meinen Händen nach unten, um ihr Shirt loszuwerden, das sie heute trug. Den weichen Stoff über ihren Kopf ziehend stöhnte ich laut auf, als sie in diesem unschuldigen weißen BH mit den rosa Blümchen vor mir stand und ich fragte mich, ob sie sich darüber bewusst war, dass das sinnlicher und sexyer war als jede verfickte Reizwäsche, die sie hätte tragen können. Keuchend legte ich die Hände an ihren Hintern, der nur von dem kurzen Jeansrock bedeckt war, und drückte ihn.

»Bist du sicher?«, fragte sie mich und ich lachte leise an der Haut ihres Halses auf, weil sie diejenige war, die mich das fragte. Normalerweise sollte ich mich darum kümmern, ob sie sich sicher war und nicht andersherum. Für Männer war Sex ja oftmals etwas anderes.

»Scheiße, ja!«, brachte ich an ihrer Haut grinsend hervor und ihre Hände krallten sich in mein Haar, während ich nach vorn griff, um den Knopf durch sein Knopfloch zu schieben. Florence' Fingernägel kratzten über meine Haut und ich seufzte laut. Wie sehr hatte ich vermisst, berührt zu werden. Wie sehr hatte ich vermisst, einen warmen und weichen Körper unter meinen Fingern zu spüren. Wie sehr hatte ich vermisst, dass man sich seine Zuneigung durch den eigenen Körper zeigen ließ? Der feste Stoff des hellen Jeansrocks glitt ihre nackten Beine entlang und verflucht, sie trug den passenden Slip zu ihrem ›Ich bin ja so unschuldig‹-BH.

Ruhelos erkundeten meine Hände die Kurven ihres Körpers. Sie war so verdammt heiß. Sie war so sinnlich und sexy, dass es mich alles kostete, nicht die Beherrschung zu verlieren und einfach rücksichtslos in sie einzudringen. Florence' Mund berührte meine Lippen und erneut küssten wir uns tief.

Ich schmeckte sie und ich genoss es, wie selten etwas anderes in meinem Leben.

»Endlich …«, seufzte sie, als ich mich ihren Hals entlangküsste. Ich hob Florence hoch – sie war ein Fliegengewicht –, wischte mit meiner freien Hand den Rest vom Küchentisch und es war mir vollkommen gleichgültig, dass irgendwas von dem Kram zerbrach. Ich würde es neu kaufen.

Florence krallte ihre Nägel in meine Haut. Sie würde Spuren hinterlassen, aber wer wäre ich, wenn ich mich darüber beschwerte?

Keuchend drückte ich mich zwischen ihre gespreizten Beine und auch sie bewegte die Hüften vor und zurück, so gut es ging. Ich legte eine Hand auf ihr Knie, fuhr langsam ihren Oberschenkel entlang und nach oben, und als Florence ihren Kopf in den Nacken legte und leise stöhnte, als ich kurz vor ihrer Mitte war, blickte ich nach unten und stellte fest, dass ihr Höschen bereits nass wurde.

»Du bist so feucht«, wisperte ich in ihr Ohr, biss sanft in ihr Ohrläppchen. »Nur durch mich.« Ich streichelte mit meinem Daumen über dem Höschen ihre Muschi und jedes Mal, wenn ich über dem zarten Stoff ihren Kitzler berührte, zuckte sie zusammen. »Nur für mich.«

Sie seufzte, als ich unter den Stoff schlüpfte und das erste Mal seit einer Ewigkeit eine feuchte, warme Vagina spürte. Mein Schwanz drückte fordernd und bettelnd gegen meine Hose und ich erzitterte leicht, als ich in die warme Feuchtigkeit eintauchte.

»Fuck! Du bist nicht nur feucht, Florence«, keuchte ich und bewegte meinen Mittelfinger vor und zurück. »Du bist verdammt noch mal klitschnass.«

»Ich will dich schon so lange …«, gab Florence leise, schnell atmend zu. Mit ihrer freien Hand schnippte sie ihren BH auf und ließ ihn von ihren Armen rutschen. Ihre harten Nippel brachten mich um den Verstand. Mit meiner freien Hand griff ich danach und drückte zu. Ein tiefes Stöhnen entrang sich ihrer Kehle. Ein Laut, der mich in meiner Geilheit noch weiter nach oben trug. Als Florence mit ihrer Hand nach meinem

Schwanz griff und ihn durch die Hose massierte, knurrte ich dunkel.

»Du solltest es richtig machen statt diese halben Sachen.« Eifrig nickte sie, wollte mir gefallen und mich zufriedenstellen, dabei gab es keinen Grund für sie, auch nur den geringsten Zweifel zu haben. Sie würde mich zufriedenstellen, sie würde es definitiv schaffen, dass ich vollkommen und unendlich befriedigt war. Während ich meinen Finger in ihre Muschi hinein- und wieder hinausgleiten ließ, versuchte sie sich zu konzentrieren und meine Hose zu öffnen. Aber wie sollte sie auch richtig denken können, wenn ich sie fingerte und ihre herrlichen Titten bearbeitete? Florence schob mich sanft von sich, die Augen glasig vor Lust, die Haut leicht gerötet. Sie hüpfte von der Platte, zog sich selbst das Höschen in einer aufreizenden und langsamem Pose nach unten, ehe sie schließlich komplett nackt vor mir auf die Knie ging, sich auf die von unseren Küssen geschwollene Lippe biss und langsam meine Hose öffnete. Beinahe genüsslich zog sie den Stoff und meine Shorts in einem Rutsch über meinen Hintern, entließ meinen Schwanz in die Freiheit. Ich sah ihren lustdurchtränkten Blick, als sie mich betrachtete. Ich nahm mir die Zeit, stieg ruhig aus dem Stoff meiner Hose inklusive der Shorts und kickte sie zur Seite. Somit war ich auch nackt. Florence' eine Hand legte sich auf meinen Bauch. Ich konnte ihre Lust riechen. So sinnlich und sexy, so offen und freizügig, wie sie hier vor mir war – ich wollte schreien vor lauter Lust.

»Sicher, dass du echt bist?«, fragte sie und fuhr über meinen Sixpack an meinem Bauch. »Ich meine, das hier sieht schon sehr nach der Arbeit eines Profis am Laserdrucker aus.«

»Fühlt sich das für dich unecht an?«, fragte ich, griff nach ihrer Hand und legte diese um meinen Steifen, der bis zu meinem Bauchnabel ging. Mein Schwanz war verdammt lang und dick und ich war mir nicht sicher, ob sie mich aufnehmen konnte, denn als ich sie eben gefingert hatte, hatte ich bemerkt, wie eng sie war.

»Nein, das fühlt sich sehr echt an.«

»Fühlt sich das unecht an?«, fragte ich weiter, umgriff ihren Kopf von hinten und drückte mich langsam mit festem Griff zwischen ihre Lippen. Automatisch öffnete sie den Mund, nahm mich auf und wirbelte mit ihrer kleinen Zunge über meine Spitze. »So ist es gut, komm schon. Ja, so ist es gut.« Fuck. Es fühlte sich unglaublich an, wie sie mit der Zunge über meine Eichel fuhr und den Rest von mir mit der Hand bearbeitete. Sie strich gerade mit den Zähnen über eine besonders empfindliche Stelle und ich krallte meine Hände in ihr Haar, hielt sie fest und bewegte die Hüften vor und zurück. Florence musste würgen, blieb aber, wo sie war, und drückte sich selbst nach vorn. Ich erkannte, dass sie mir jedes Maß an Befriedigung schenken wollte, das nur irgendwie möglich war. Ich nahm ihren Mund, die gespannten Lippen um meine Länge wahr und wollte mit einem Mal, zwischen meinem Stöhnen und Keuchen und der Tatsache, dass ihr Mund so überaus talentiert war, einfach nur noch vollkommen in sie eintauchen und sie in Besitz nehmen.

»Fuck!«, keuchte ich und es entwich mir ein heftiges Knurren. »Ich muss verflucht noch mal in dir sein.«

Florence ließ von mir ab und fuhr sich mit dem Finger über den Mund. »Ich will nicht aufhören.«

Ich lachte leise, legte den Kopf in den Nacken, als ich ihren Mund wieder um meinen Schwanz spürte. Schließlich stoppte ich sie, zog sie wieder auf die Beine und umgriff ihren nackten Arsch. Ich seufzte, setzte sie auf die Tischplatte und fuhr mit meinem freien Finger erneut durch ihre Spalte. »Du bist so feucht, ich weiß nicht … ich kann nicht …«

Florence biss sich grinsend auf die Unterlippe. »Ich hätte nicht gedacht, dass es sich so gut anfühlt, schmutzig zu sein.«

»Fühlst du dich schmutzig?«, fragte ich unter halb gesenkten Lidern und glitt erst mit einem, dann zwei Fingern in sie.

»Ich … weiß nicht …« Sie seufzte erneut, stützte sich mit den Händen auf der Tischplatte ab und beugte sich nach hinten, damit ihr Unterleib noch etwas weiter nach vorn kam. Sie reckte sich mir entgegen. »Ich will mehr … «, wimmerte Florence und grinsend schob ich meine Finger etwas weiter in sie. Ich quälte sie genüsslich langsam und gleichmäßig, dann plötzlich ruckartig und hart. Florence stöhnte und ich fühlte, wie die Feuchtigkeit noch weiter aus ihr heraussickerte. Ihre Muskeln um mich herum zuckten und sie zog sich um mich zusammen.

»Fuck!«, keuchte ich, schloss gequält die Augen und genoss es, wie sie sich anfühlte. »Ich muss in dir sein!«

»Ich kann es nicht mehr erwarten«, brachte sie abgehackt hervor und stöhnte hemmungslos. Ich mochte es, dass sie sich so gehen lassen konnte und sich so verdammt leidenschaftlich benahm und es auch kaum erwarten konnte, den Gipfel zu erreichen.

Ohne Florence vorzuwarnen, entzog ich ihr meine Finger, streichelte über meine Länge und genoss dabei ihren sexy Blick, den sie mir unter halb gesenkten Lidern zuwarf, weil sie scharf fand, was ich tat. Wie sollte ich mich auch unter Kontrolle halten, wenn sie nackt vor mir auf dem Tisch lag? Es war ein Genuss der anderen Art und hatte mit dem, was man sonst an diesem Tisch tat, nichts zu tun.

Ich ließ kurz von ihr ab, angelte nach meiner Hose, in der ich, seit mir klar war, wie sehr ich sie wollte, wie sehr das zwischen uns zum Zerreißen gespannt war, ein Kondom aufbewahrte. Hastig zog ich es mir über.

Ich griff nach ihren Oberschenkeln, fuhr über ihre Knie weiter nach unten und spreizte ihre Beine an den Waden noch einmal weiter. Mit einem Ruck zog ich sie mir und meinem Schwanz entgegen und drang in sie ein.

»Heilige Scheiße!« Sie fühlte sich wie das verdammte Paradies an. Als wäre sie diejenige, die mich retten konnte. Das Licht in einer dunklen Nacht, das Wasser in der Wüste.

Ich hasse es, wenn Metaphern zum Einsatz kamen, aber das waren nun einmal die ersten Dinge, die mir in den Kopf schossen. Natürlich, so wie es sein sollte, begann ich damit, mich vor und zurück zu bewegen, genoss die Reibung, die ihre Wände verursachten. Florence beugte sich nach hinten und legte sich flach auf den Tisch, biss sich auf die Unterlippe und stöhnte laut und sinnlich. Ich selbst keuchte, wusste nicht, wohin mit mir, denn die Empfindungen waren gerade zu viel.

Florence suchte irgendetwas, an dem sie sich festkrallen konnte, fand aber nichts, und kam schließlich wieder nach oben, stützte sich auf eine Hand auf und die andere legte sie an meinen Unterarm, der ihren Oberschenkel hielt.

»Du fühlst dich so gut an«, brachte ich hervor und konnte es nicht zurückhalten, denn es war die verdammte Wahrheit. Nichts hatte sich seit langer Zeit so unglaublich gut angefühlt.

Florence seufzte abgehackt meinen Namen und ich hatte noch nie so etwas Süßes aus ihrem Mund gehört. Na gut, das Stöhnen zuvor war auch nicht übel gewesen. Ich beschleunigte meine Stöße, genoss das Massieren ihrer verdammt süßen, verdammt heißen Pussy. »Ich kann …« Ich traf ihren G-Punkt und Florence ließ die Augen zurückrollen, zuckte unkontrolliert. »Nicht … mehr …«

»Du wirst so lange warten mit dem Kommen, bis ich es sage.« Scheiße. Ich war beim Sex schon immer sehr dominant gewesen, aber jetzt diesen süßen, warmen Frauenkörper unter mir zu spüren, brachte mich beinahe um. Kurz sehnte ich mich danach, dass es vorbei wäre, weil ich das Gefühl hatte, all das, was wir hier taten, war nicht genug. Es wäre nie genug. Ich wollte sie noch intensiver, noch mehr. Verzweiflung machte sich in mir breit und ich drückte mich beinahe brutal in sie. Die Muskeln in meinen Beinen brannten und begannen zu zittern, aber das war mir scheißegal. Ich musste kommen. Musste diese grenzenlose Erlösung finden, die das Einzige war, das meine ungezügelte Lust auf sie unter Kontrolle bringen würde.

»Ich kann nicht mehr …«, sagte Florence und krallte ihre Fingernägel in meine Haut. Der süße Schmerz, der mich durchzuckte, kam gerade richtig. Meine Eier zogen sich an meinen Körper und ich legte meine freie Hand auf ihre geschwollene Klit, rieb sie und Florence stöhnte nun unkontrolliert, hielt die Luft an und atmete doppelt so schnell und schwer weiter. Sie rang nach Atem, sie rang nach Erlösung und ich ebenso.

»Komm für mich, Baby.« Ich hämmerte noch ein paarmal in sie, presste ihren Kitzler zusammen und rieb ihn so schnell, wie ich es in meiner eigenen Leidenschaft konnte. »Komm!« Durch meine Anweisung wurden ihre Augen glasig, ihre Haut rötete sich an ihrem Dekolleté und ihre steifen Nippel sahen aus, als wären sie kurz vor dem Zerreißen.

»Ich kann nicht mehr! Caleb!«, schrie sie ihren Orgasmus hinaus.

Kurz hatte ich Angst, dass Katie aufwachen würde. Aber ich konnte mich auch nicht zurückhalten. Ich schob mich noch einmal, so fest ich es konnte, in sie und genoss, wie ihre Muskeln um mich zuckten und kontrahierten. Mein Orgasmus raste meinen Rücken hinunter, ließ meine Beine noch mal zittern und ich spannte alle Muskeln in meinem Körper an, als ich meinen verdammten Saft in den Gummi pumpte. Wie würde es sich nur anfühlen, wenn ich sie ohne Kondom spüren würde?

Ich trug uns beide durch die Wogen des Orgasmus, indem ich sie festhielt, und ahnte schon, ehe ich auf dem harten Boden der Realität aufschlug, dass das für mich heftig schlimm werden würde.

Florence holte immer noch sehr schnell und ungleichmäßig Luft, ebenso wie ich. Ich hielt den Gummi fest, zog mich aus ihr zurück und drehte mich weg.

Ja, in dem Moment, als sie mich in den Wahnsinn getrieben hatte, und ich es nicht mehr ausgehalten hatte, sie nicht zu ficken, hatte es sich ganz gut angefühlt, uns beide aufzuheizen und dem Höhepunkt entgegenzutragen.

Doch gerade, nachdem ich gekommen war, war es wie eine Dusche mit Eiswasser.

War ich verrückt geworden?

Was hatte ich getan?

Kapitel 23

Florence

»Es ist so schön warm hier. Darf ich meine Jacke ausziehen?«, fragte Katie und geistesabwesend nickte ich. Ich war mit den Gedanken ganz woanders.

Es war sechzehn Stunden post Sex.

Und ja, ich hasste es, dass dieser absolut atemraubende, wundervolle, heiße Orgasmus von meinem Gedankenkarussell überschattet wurde. Er schaffte es, dass ich mich augenblicklich total beschissen fühlte und das, nachdem wir dieses weltverändernde Erlebnis miteinander geteilt hatten.

Nachdem sein Höhepunkt abgeklungen war – meiner war noch nicht vorbei gewesen –, hatte er sich sofort aus mir zurückgezogen, das Kondom entsorgt und sich hastig angezogen. Er hatte unzusammenhängendes Zeug gemurmelt, von wegen, dass Katie jederzeit aufwachen könnte. Und als sich der Nebel um mich und in mir endlich gelichtet hatte, hatte ich mich geschämt.

Wir waren beide sehr aufgeheizt und geil gewesen, nun war die Situation zwischen uns einfach nur beschissen und ätzend.

»Was genau müssen wir denn jetzt machen?«

»Wir laufen schnell zum Friedhof und bringen meiner Tante ein paar neue Blümchen aufs Grab.«

Wir gingen durch das Tor des Friedhofes von Harpers Ferry. Ich begrüßte eine der älteren Damen, die gerade den Friedhof verließ.

»Wieso müssen Menschen eigentlich sterben? Was bedeutet das?«

Wieso musste ich dieses Gespräch jetzt führen? Das war doch die Aufgabe ihres Vaters, oder? Aber der hatte sich noch nicht blicken lassen und nur von oben ein Hallo gerufen, als ich heute Morgen sein Haus betreten hatte, um mich um Katie zu kümmern. Ich hatte mit meinem Boss geschlafen. Okay, nein: Wir hatten gefickt. Das war so heiß gewesen, das Beste, das ich jemals erlebt hatte. Ich war mir sicher, ich war für immer verdorben, was Sex anging. »Ich denke, das sollte dir dein Vater erklären.«

»Na gut«, murmelte Katie und sah sich um. »Schau mal, das sind schöne Blumen!«

»Ja, Narzissen mag ich auch total gern.«

»Ich finde, diese Blumen sehen ausgesprochen fröhlich aus.«

»Damit hast du wirklich recht.« Ich wackelte leicht mit den Blumen, die ich in der Hand hielt. »Die haben wir auch für deine Mama gekauft.«

»Hast du?« Sie sah mich an und ihr Grinsen verschwand. Shit, ich hatte mich wohl zu weit aus dem Fenster gelehnt.

»Ja, haben wir. Ich dachte, du magst vielleicht ein paar Blümchen bringen?«

»Das ist schön, ja, das mach ich gern.«

»Dann kümmern wir uns jetzt um das Grab meiner Tante und dann machen wir das von Phoebe auch sauber, okay?«

»Au ja, das ist eine gute Idee. Papa sagt immer, dass er jemanden anruft, der das erledigt.« War klar, aber ich wusste nicht, dass die beiden sich tatsächlich damit beschäftigten. Also damit, dass Katie über das Grab und solche Dinge Bescheid wusste.

Nachdem wir am Grab meiner Tante angekommen waren, klaubten wir die Blätter und kleinen Äste, die unweigerlich von den Bäumen darauf fielen, lockerten gemeinsam mit meinen Gartengeräten die Erde auf und bepflanzten die große Schale neu, die auf dem Grab stand. Katie erzählte mir dabei, dass sie nicht sicher war, ob es in New York einen Friedhof gab, denn dort hatte sie so etwas noch nie gesehen und sonst wäre ihre

Mama ja auch gar nicht hier begraben worden. Ich lächelte, denn diese Art der kindlichen Logik war einfach zu süß. Obwohl ein Friedhof eigentlich eines der ernsteren Themen war. Katie war keine große Hilfe, aber es machte ihr Spaß und das zählte für mich.
»Wollen wir jetzt rübergehen und deiner Mom auch ein paar schöne Blumen in die Vase stecken?«
»Au jaaaa!«, rief sie und wir beide rappelten uns von der Erde nach oben und schlängelten uns zwischen den anderen Gräbern hindurch.
Ich versuchte zu verdrängen, dass ich mit dem Mann dieser Frau geschlafen hatte und dass es mir gefallen hatte. Ich versuchte zu verdrängen, dass das ziemlich übel für meine Karmapunkte war. Auf der anderen Seite: Phoebe war tot. Also war es nicht so, als hätte ich ihr den Mann ausgespannt, oder?
Ich seufzte leise und schließlich stand ich mit Katie an der Hand vor dem Grab. Okay, shit. Das fühlte sich falsch an. Nicht nur so, als hätte ich ihr den Mann geklaut, sondern auch, als hätte ich ihr die Tochter genommen, weil ich am Leben war und ihre warmen Finger fühlen durfte. Schwer schluckte ich und Katie ging sofort auf die Knie, klaubte wieder die Blätter und Ästchen von der Platte, wie wir es gerade bei meiner Tante getan hatten, und rückte die Vase, die in die Mitte der Platte eingelassen war, zurecht. Wir warfen die verblühten Blumen daraus in den nahen Bioabfall und Katie drapierte jede Narzisse einzeln in der Vase, bis sie zufrieden war.
»So finde ich es schön!«
»Das finde ich auch«, murmelte ich, fühlte mich nach wie vor unwohl und wollte einfach nur hier weg. Ich wollte mein schlechtes Gewissen irgendwie beruhigen, wusste aber nicht, wie, und darum atmete ich mehrmals tief durch und zwang mich zur Ruhe. Das war eine schlechte Idee gewesen, und wir würden in Zukunft einfach keine Blumen mehr an Phoebes Grab bringen, wenn ich das mit meinem Gewissen nicht vereinbarten konnte.

»Können wir das das nächste Mal wieder machen, Florence?«, fragte Katie, als wir auf den Ausgang zusteuerten, um den Weg nach Hause einzuschlagen. »Ich fand das schön.«
»Ich ... ja, klar können wir das wieder machen.« Bitte was? Ich war ernsthaft von allen guten Geistern verlassen, oder? Lernte ich denn nichts dazu? Nun, offensichtlich ja nicht.

Nachdem wir den kurzen Weg zurückgelegt hatten, wollte ich gerade nach drinnen gehen, um Katie etwas zu essen zu machen, als das Nachbarskind Hailey von gegenüber herauskam. »Katie! Wollen wir spielen?«

Katie sah mich an, fragte somit um Erlaubnis. »Klar. Vielleicht wollt ihr bei euch in den Garten gehen und weiter an der Höhle bauen, die ihr vor ein paar Tagen angefangen habt?«

»Ohhhh, das ist eine gute Idee.« Katie sah mich an und rief dann laut. »Kommmm rüüüübbbbeeerrr.« Nachdem ich mit der Mutter alles geklärt hatte, liefen die zwei Mädels außen herum direkt in den Garten. Ich verstaute die Gartengeräte, welche wir am Friedhof gebraucht hatten, in meinem kleinen Auto und ging anschließend nach drinnen, um Nudeln und die Tomatensoße meiner Mutter für die Kleinen zu kochen. Ich musste mich heute definitiv beschäftigt halten, sonst würde ich womöglich durchdrehen und das konnte ich nicht gebrauchen. Es war totaler Mist gewesen, dass ich der Frau Blumen an ihr Grab gebracht hatte, mit deren Mann ich es auf dem Küchentisch getrieben und deren Kind ich anschließend an der Hand gehalten hatte.

Als ich den Raum betrat, der für meine Schande verantwortlich war, und mein Blick auf den Küchentisch fiel, lief ich automatisch rot an. Ich kam nicht gut damit klar, wie das gestern abgelaufen war. Also mit dem Sex an und für sich schon, nur mit seinem Verhalten danach konnte ich nicht umgehen. Ich fand es so dermaßen kindisch, aber gleichzeitig so gut, wie er damit umging, denn das bedeutete, dass auch ich mich damit nicht weiter auseinandersetzen musste. Nur hatte ich die Rechnung ohne mein Gewissen gemacht und ohne die Erkenntnis, dass ich ihn wirklich mochte. Wenn er den Raum betrat, flatterte mein Herz, ich wurde nervös und meine Hände feucht.

Ich fand ihn scharf, und gleichzeitig trieb er mich in den Wahnsinn, machte mich wütend, weil er mit mir dieses beschissene »High-School-Heiß-und-Kalt-Spiel« spielte.

Ich hob den Blick, sah auf den Küchentisch, lief rot an. Scheiße, das würde mich wohl noch eine ganze Weile begleiten.

»Was glaubst du, was genau du hier eigentlich tust?«

Kapitel 24

Caleb

Meine Stimme war schneidend. Immerhin konnte ich mich kaum mehr unter Kontrolle halten. Ich war beschissen wütend. Im Gegensatz zu letzter Nacht allerdings jetzt nicht mehr auf mich selbst, sondern auf Florence.

Was glaubte sie eigentlich, wer sie war? Was glaubte sie, konnte sie sich erlauben? Nur weil wir einmal gefickt hatten?

»Was?«, fragte sie und sah so aus, als wüsste sie nicht, was los war. »Ich verstehe nicht?«

»Tu nicht so, du weißt genau, was ich meine!«, kam es von mir und ich ballte die Hand zur Faust.

»Es tut mir leid, ich habe keine Ahnung, weshalb du so wütend bist.«

»Ach so? Also willst du mir sagen, dass du nicht heute am Grab von Phoebe gestanden und dort Blumen hingelegt hast?« Ich klang sarkastisch, aber das war ich, weil ich so dermaßen wütend war. »Dann muss ich mich wohl getäuscht haben, als ich auf dem Weg zum Grab meiner Ehefrau gewesen bin.«

»Ich …«

»Ahh, also erinnerst du dich doch daran?« Zynisch lächelte ich.

»Katie und ich haben nur ein paar Blumen dort abgelegt. Ich dachte, dass Katie sich freuen würde.«

»Nur weil ich dich gefickt habe, heißt das nicht, dass du jetzt über alles bestimmst, verstanden?« Wie in Trance nickte sie.

»Das war falsch und es wird nie wieder vorkommen. Ich werde dich nie wieder anfassen und was vor allem nie wieder passieren wird, ist, dass du deine Kompetenzen überschreitest und dich verhältst wie ... wie Katies Mutter!« Ich schrie mittlerweile, wusste nicht, wohin mit meiner Wut und meiner Enttäuschung. Dass ich gestern mit ihr gevögelt hatte, war zwar befriedigend gewesen, aber es war den Stress nicht wert.

Seit ich wieder klar denken konnte, weil ich ihren Körper unter mir gespürt hatte, wusste ich, dass das ein Riesenfehler gewesen war und ich nie wieder auch nur im Ansatz Interesse an einer Frau haben würde.

»Du bist doch verrückt!«, antwortete sie aufgebracht nach einer Schrecksekunde. »Denk nicht, dass du der Nabel der Welt bist!«

»Ich hab doch mitbekommen, wie du mich angeschmachtet hast.«

»Ich war nicht derjenige, der in der Badezimmertür stand und gespannt hat!«

»Ach so!« Ironisch hob ich meine Brauen. »Ich verstehe!«

»Nein, du verstehst gar nichts!«

»Vielleicht verstehe ich nicht, was das heute sollte, aber es war verflucht noch mal unangebracht und es geht dich einen Scheiß an, wie Phoebes Grab aussieht. Und ich will nicht, dass du jemals wieder dort mit Katie auftauchst!«

»Das ist die Höhe!« Florence stemmte die Hände in die Hüften und sah mir direkt in die Augen. »Du hast ein scheiß Problem damit, dass wir Sex hatten. Aber ich sag dir was, ich kann mich nicht erinnern, dass ich dir eine Knarre an den Schädel gehalten und dich dazu gezwungen habe, mich zu vögeln!«

»Ahhh, dann ist das jetzt meine Schuld?« Florence antwortete nicht, also sprach ich weiter. »Du kannst dich hier nicht einfach breitmachen, als wärst du Katies Mutter und meine Ehefrau. Denn das bist du nicht. Du bist ihre Nanny. Eine Angestellte. Ich bezahle dich, damit du dich um die Belange hier kümmerst.« Ich stand vor ihr, das Gesicht vor lauter Zorn und Verzweiflung verzerrt. Ich sah es nicht, aber ich spürte es, wie sehr meine Mimik mich selbst schmerzte. Jeder Muskel in meinem Körper stand unter Strom und war bis zum Zerreißen gespannt.

»Du bist unverschämt!« Florence biss sich so fest auf die Lippe, dass diese völlig blutleer wurde.

»Nein, ich verweise dich einfach nur wieder an deinen Platz!«

Ich wusste genau, was folgte.

Sie hob die Hand und ließ diese mit voller Wucht auf meine Wange donnern.

Mein Kopf flog zur Seite und ich glaubte, dass mein Gehirn hin und her geschüttelt wurde.

»Du bist ein Arschloch!«, schrie sie und es schien ihr egal zu sein, dass Katie uns jederzeit hören konnte. »Du bist ein riesiges, egoistisches Arschloch, Molina!«

»Jetzt bin ich also das Arschloch! Wer hat sich denn in den Vordergrund gedrängelt?«, fragte ich rhetorisch und sie hob die andere Hand, um mir noch eine Ohrfeige zu verpassen. Diesmal war ich schneller und hielt sie am Handgelenk fest.

»Du bist so ein verdammter Wichser!«

»Pass auf, was du sagst!«

»Pass auf, was du tust!«, keifte sie und mit einem Ruck zog ich sie an mich. Unsere Münder krachten aufeinander und wir küssten uns. Hastig grub sie ihre freie Hand in meinen Nacken, schlug die Fingernägel in meine Haut. Ich ließ ihre andere Hand erst los, als ich das Gefühl hatte, sie würde weicher werden. Das nutzte Florence, biss in meine Lippe und stieß mich von sich.

»Wenn du glaubst, dass ich noch einmal zulasse, dass du mich berührst, dann bist du echt bescheuert!«

»Was?«, fragte ich verwirrt und griff mit meinen Fingern an meinen Mund. Ich blutete.

»Ich mag vielleicht Geldprobleme haben und keine Ahnung, wie ich nun das Pflegeheim meiner Mom zahlen soll, aber ich lass mich von dir nicht wie einen Fußabtreter behandeln und verarschen!« Um ihren Worten noch mehr Ausdruck zu verleihen, stieß sie mich mit beiden Händen gegen die Brust.

Ich taumelte zurück, konnte nicht begreifen, was los war. »Du bist vollkommen bescheuert, wenn du glaubst, dass ich auch nur eine Minute länger hierbleibe und mir deine dummen Vorwürfe anhöre. Ich habe versucht, meinen Job für Katie gut zu machen, und ich habe versucht, es dir hier leichter und angenehmer zu machen. Mein Fehler war, dass ich zugelassen habe, dass wir Sex hatten, das war aber auch schon alles. Und Überraschung, das wird nicht mehr vorkommen. Du bist vielleicht der Reiche, der sich alles kaufen kann, aber eines kannst du dir nicht kaufen – und das ist Respekt. Ich habe meinen vor dir verloren, denn deine Worte waren abwertend und widerlich und so gemein selbstgefällig, wie ich es selten erlebt habe. Wenn du nicht damit klarkommst, dass du Sex nach dem Tod deiner Frau hattest, dann ist das dein Problem, aber nicht meines. Also behalte deine Scheiße für dich!«

»Lass Phoebe aus dem Spiel!« Meine Stimme zitterte, so laut war ich.

»Keine Sorge, Caleb«, antwortete Florence daraufhin in normaler Tonlage. »Das werde ich. Ich bin fertig hier. So lasse ich mich nicht behandeln. Ich kündige!« Wutschnaubend griff sie ihre Tasche, ging in den Garten und ich sah, wie sie sich kurz zu Katie beugte und sie umarmte, während meine Tochter nickte. Ich hatte keine Ahnung, was sie ihr gesagt hatte, aber es schien wohl nichts Schlimmes zu sein, denn Katie lachte und spielte weiter.

Das war es also.

Ich hatte die Nanny gefickt, ihr anschließend üble Vorwürfe gemacht, weil ich mit meinem Gewissen und diesem widerlichen Verrat an Phoebe nicht klarkam, und nun stand ich hier … hatte eine Ohrfeige kassiert und keine Nanny mehr.

Das war das einzig Richtige. Florence war eindeutig zu weit gegangen. Herrgott, schon als sie in meinem Badezimmer bei offener Tür geduscht hatte, hatte sie wissentlich ihre Kompetenzen überschritten.

Ich öffnete den Kühlschrank und holte mir eines der Biere heraus, die Florence gekauft hatte.

Es war sowieso schon alles dabei, den Bach hinunterzugehen ... also war es doch beschissen noch mal egal, was weiter passierte.

Seit Phoebe nicht mehr war, seit sie mir genommen worden war, lief gar nichts mehr.

Nicht einmal eine Nanny konnte ich beschäftigen, ohne dass sie nach ein paar Wochen kündigte.

Prima, Caleb, du bist ein grandioser Chef, Vater und Ehemann. Ganz großes Kino.

Kapitel 25

Florence

Dieser Mistkerl konnte mich am Arsch lecken.

Ich donnerte die Tür meines Kühlschranks zu, riss in einer Drehbewegung den Stöpsel von der Bierflasche und trank einen kräftigen Schluck. »So ein Arschgesicht! Was glaubt der Mistkerl eigentlich, wer er ist?« Ich trank erneut. Ich war so wütend. Er dachte wirklich, dass ich mich so von ihm behandeln ließ? Heilige Scheiße, bei keinem Job der Welt, für kein Geld der Welt, ließ ich mich so herunterputzen. Er hatte ein schlechtes Gewissen, dass er über mich hergefallen war, und wusste nun nicht, wie er noch mit mir umgehen sollte. Sorry, aber das war völlig bescheuert. Wir sollten wie erwachsene Menschen damit umgehen und nicht so tun, als wäre das ein Staatsverbrechen.

Eigentlich war es nicht mein Problem, dass er offensichtlich nicht damit zurechtkam, dass er vielleicht das Gefühl hatte, seine Ehefrau – seine tote Ehefrau – beschissen zu haben. Nicht nur eigentlich, es war einfach nicht mein Problem! Jeder besaß seine eigenen Dämonen und musste abwägen, was die richtige Entscheidung war. Ich hatte diese Stunden mit ihm auch genossen, aber abgewägt, ob es mir wert wäre, dass ich anschließend vielleicht ohne Job dastand. Okay, das stimmte so nicht, denn mein Plan war es nie gewesen, zu kündigen. Ich war blauäugig gewesen und hatte darauf gehofft, dass aus uns vielleicht mehr wurde.

»Fuck!«, rief ich laut, trank noch mal von dem Bier und spürte den Alkohol bereits in meiner Blutbahn. Ich hatte heute nichts gefrühstückt und da ich eben erst zum Mittagessen hatte kochen wollen, vorher aber gekündigt hatte, war auch diese Mahlzeit für mich ausgefallen.

Was tat ich jetzt? Ich stand ohne beschissenen Job da. Na, nicht ganz, wegen des Blumenstandes auf dem Markt, aber der warf nicht genug ab, damit ich das Pflegeheim meiner Mom und meinen Lebensunterhalt bestreiten konnte. Ich brauchte einen zweiten oder sogar wieder einen dritten Job. Verdammt.

Ich lehnte mich mit dem Hintern gegen den Tresen meiner kleinen Küche, nippte an dem Bier und überlegte, was ich tun sollte. Ich brauchte einen Job, bei dem ich nicht großartig ein Vorstellungsgespräch oder so was machen musste und bei dem ich ziemlich schnell Geld verdiente. Nachdenklich legte ich den Kopf schief. Wenn ich also nicht vorhatte, mich zu prostituieren, dann würde das ziemlich schwierig werden. Aber alles war besser, als sich weiterhin von diesem Mistkerl so anmachen zu lassen. Vor allem, sich anmachen zu lassen für etwas, an dem er ebenso beteiligt gewesen war wie ich.

»Idiot!«, schimpfte ich weiter, schnappte mir mein Handy und setzte mich an den Küchentisch. Ich hatte ein Déjà-vu, denn gefühlt saß ich seit einigen Monaten ständig am Tisch und sah auf meinem Handy die örtlichen Stellenanzeigen durch. Ich fühlte mich wie ein Loser, weil ich schon wieder einen Job verloren hatte. Beziehungsweise, weil ich ihn gekündigt hatte.

Aber aufgeben war keine Option.

Nie.

Es ging immer irgendwie weiter und ich würde das schaffen. Ich würde es schaffen, dass alles in geregelten Bahnen lief, auch ohne den Job bei Caleb Molina.

Katie würde mir wahnsinnig fehlen, denn die Kleine war mir ans Herz gewachsen. Nur war ich nicht so verzweifelt, dass ich mich wie der letzte Dreck hin- und herschieben ließ, nur weil dieser Kerl glaubte, dass er sein schlechtes Gewissen über Wut bei mir abladen konnte.

Auf keinen Fall.
Das konnte er sich so was von in den Arsch stecken.

* * *

Vier Stunden später, als ich das örtliche Diner betrat, in dem ich damals Katie und Caleb das zweite Mal gesehen hatte, hatte ich einen neuen Job. Sie suchten schon länger händeringend jemanden und Joe hatte mich mit Handkuss eingestellt. Es war kein sehr guter Job und ich würde den Gürtel enger schnallen müssen, aber es war besser als nichts. Und so konnte ich wenigstens ruhig schlafen. Ich hatte als Teenager, neben der High School schon hier gekellnert und jetzt stand ich wieder hier.

»Danke, Joe!«, sagte ich, schüttelte seine Hand und nahm die obligatorische Kleidung in meiner Größe entgegen.

»Hey, Flo!«, sprach Jim mich an. Das letzte Mal, als wir uns gesehen hatten, war er mit der Spedition unterwegs gewesen, die die Couch für Caleb und Katie geliefert hatte.

»Jim, hi. Schön, dich zu sehen«, antwortete ich geistesabwesend und lächelte. In Gedanken war ich immer noch bei dem Schichtplan, nach dem ich jetzt arbeiten musste. Na gut, wenigstens konnte Joe mir die Frühschicht ersparen, damit ich auf dem Markt arbeiten konnte. Natürlich hatte ich mit offenen Karten gespielt und ihm meine Situation erklärt.

»Wie läuft's?«, fragte er und stützte sich mit seinem Arm auf dem Tresen ab, an dem normalerweise Menschen saßen, um zu essen und zu trinken. »Hast du frei?«

»Ich hab gekündigt.«

»Du hast bei den Molinas gekündigt?«, erkundigte er sich und seine Augen leuchteten auf. »Wow, das find ich gut.«

»Ach so?«

»Ja, der Kerl ist viel zu versnobt für dich!«, kam es von ihm und er deutete hinter sich. »Hey, hast du Hunger? Ich bin hier, um eine Kleinigkeit zu essen.« Er grinste so unwiderstehlich schief und auf die Bad-Boy-Art, dass mir Calebs aalglatte Erscheinung aus dem Sinn gefegt wurde. Zumindest für ein

paar Sekunden. Dann sehnte ich mich doch wieder nach diesem maskulinen, männlichen, aber wunderschönem Gesicht, das eher auf ein Hochglanzmagazin für irgendwelche »Man of the Year«-Werbungen passte als nach Harpers Ferry.
»Wieso eigentlich nicht?«
»Cool.«
»Cool«, bestätigte ich, folgte Jim an einen der Tische etwas weiter hinten und setzte mich ihm gegenüber.
»Hätte ich gewusst, dass es so easy wäre, an ein Date mit dir zu kommen, dann hätte ich das schon viel früher versucht.«
»Du wolltest ein Date mit mir?«, fragte ich und fühlte, wie meine Seele in dem stillen Balsam badete, der mich heilen ließ. Jemand wollte mich. Jemand trat mich nicht mit Füßen und schämte sich dafür, dass wir uns angefasst hatten.
»Immer schon. Wusstest du das nicht? War dir das nicht klar?«
»Nein, ehrlich gesagt nicht.« Schwach lächelte ich. Jim war nicht übel, er war bodenständig, er sah ganz okay aus, auf einer Skala von eins bis zehn war er sicher eine Sieben … vielleicht sogar eine Acht. Definitiv keine fünfzehn, so wie Caleb, was aber vollkommen gleichgültig war, denn von einem schönen Mann konnte man sich auch nichts kaufen, wie ich festgestellt hatte.

Jim orderte einen Cheeseburger und Chili-Fritten mit einem Bud und ich entschied mich für ein Bud Light und wie immer für den Caesar Salad mit extra Parmesanhühnchen.

Unsere Getränke wurden schnell gebracht und Jim erzählte mir gerade davon, dass Jody und Mick heiraten würden.
»Ich habe das gehört, ja«, antwortete ich. »Ich kann es nicht nachvollziehen, aber wenn Jody meint, das ist das Richtige … ich werde sie nicht aufhalten.«
»Jeder weiß, dass Mick das mit der Treue nicht so genau nimmt.«
»Das ist ja das Problem an der Sache.« Die kleine Glocke über der Tür bimmelte und ich spürte ihn, bevor ich ihn sah. Caleb und Katie waren hier und über die Entfernung sah er mir direkt in die Augen.

Dachte ich vorher, er war eine Fünfzehn? Nein, wenn er so hier stand und offensichtlich mit seiner Wut einen inneren Kampf ausfocht, dann war er keine fünfzehn. Dann war er eine glatte Zwanzig von zehn möglichen Punkten. Ich hasste es, dass mein Herz kurz stolperte. Ich hasste es so sehr, weil ich spürte, dass auch wenn die Tatsache, dass mein alter Schulfreund Jim mit mir hier etwas essen wollte, sich trotzdem Calebs Blick wie Balsam für meine Seele anfühlte.

Katies traurige Augen durchbohrten mich. Natürlich, sie verstand nicht, was los war. Wieso ich nicht mehr kommen würde. Obwohl ich versucht hatte, es ihr irgendwie verständlich zu erklären. Katie zog an Calebs Hand und somit wandte er den Blick ab und ging langsam in unsere Richtung. Mein Herz pochte schnell, das Blut rauschte in meinen Ohren.

Ich hatte keine Lust, mir wieder seinen Scheiß anzuhören. Aber mit Sicherheit besäße er so viel Anstand, dass er das weder vor Jim noch vor Katie machen würde.

»Florence!«

Wieso war seine Stimme schneidend? Immerhin hatte er mich heute behandelt wie einen Fußabtreter. Auch wenn ich ihm daraufhin eine Ohrfeige verpasst hatte.

»Caleb.«

»Floooo!«, rief Katie und drückte mich an sich. »Wie schön. Ich dachte, ich sehe dich nie wieder.«

»Ach was«, sagte ich und meine Stimme klang sofort freundlicher. »Ich habs dir doch gesagt, jederzeit und immer.«

»Ich weiß.«

»Aha.« Calebs Stimme klang angepisst.

»Hi«, mischte sich nun Jim ein. »Jim.«

»Caleb.«

»Katie.«

»Florence?« Ich formulierte es als Frage. »Jetzt kennen wir uns ja alle und jeder kann wieder seinen Verpflichtungen nachgehen.«

»Ein Date mit mir ist eine Verpflichtung?«, fragte Jim lachend an mich gewandt.

»Ein Date?« Calebs Stimme klang schrill. Keine Spur von dem Selbstbewusstsein, das er sonst an den Tag legte.

»Was ist ein Date?«, kam es von Katie.

»Etwas für Erwachsene, meine Süße!«, erklärte ich und Caleb verengte die Augen zu Schlitzen.

»Ach so, so soll es also laufen.«

»Du hast dich ja dagegen entschieden.« Mein Herzschlag war immer noch schnell, aber weil ich wieder wütend wurde. »Mach mich nicht für dein Gewissen verantwortlich.«

Jim sah zwischen uns hin und her und ich wusste, dass es eine richtige Scheißidee war, dass ich das losgetreten hatte, aber ich konnte einfach nicht aus meiner Haut. Ich wollte gar nicht mehr alles schlucken. Wieso sollte ich das immer tun? Ich hatte dasselbe verdammte Recht, dass man mich mit Respekt behandelte wie jeder andere hier auch.

»Mein Gewissen?« Er stemmte die Hände in die Hüften. »Du spinnst doch, wieso sollte ich ein schlechtes Gewissen haben?«

»Von schlecht hat sie nichts gesagt!«, warf Jim ein.

»Das geht dich gar nichts an!«, knurrte Caleb und erdolchte ihn mit seinem Blick. »Das ist eine Sache zwischen Erwachsenen.«

»Aha.« Jim hob abwehrend die Hände. »Aber ich sag Ihnen was: Niemand in Harpers Ferry hat es bisher geschafft, dass Flo so wütend wurde. Also was auch immer Sie verbockt haben, ich rate Ihnen, sich zu entschuldigen.«

»Ich habe gar nichts verbockt. Sie war es doch.«

»Jetzt bin also ich schuld?«, murmelte ich und schüttelte den Kopf. »Ich sag dir was, Caleb. Du hast ein schlechtes Gewissen Phoebe gegenüber.«

»Ich dachte, Phoebe Tonkin wäre tot.«

»Molina«, korrigierte ich und nickte. »Und ja, ist sie. Aber das hält ihn nicht davon ab, trotzdem ein schlechtes Gewissen zu haben. Einer Toten gegenüber.«

Ich warf einen schnellen Seitenblick auf Katie, aber die kniete auf der Bank, drehte uns den Rücken zu und wirkte nicht so, als würde sie etwas mitkriegen.

»Das geht dich ja wohl gar nichts an.«
»Oh, wenn ich diejenige bin, mit der du …« Gerade noch so hielt ich mich davon ab, das Wort ›*Ficken*‹ zu sagen. »Du weißt schon, was, getan hast, und sie jetzt behandelst wie einen Sandsack, dann finde ich allerdings, dass mich das etwas angeht.«
»Ich warne dich, Florence. Lass das.«
»Was genau? Das Hinnehmen, dass du einer Toten nachtrauerst? Keine Sorge, habe ich akzeptiert.« Katie drehte sich um und sah mich mit Tränen in den Augen an. Scheiße. Was hatte ich getan?
»Hört auf zu streiten!«, rief sie nun und wir besaßen die komplette Aufmerksamkeit aller im Diner anwesenden Menschen, die bisher erfolglos versucht hatten, so zu tun, als hätten sie unserem Gespräch nicht gelauscht. »Hört auf, euch zu streiten!«, wiederholte sie und Caleb presste die Kiefer aufeinander.
»Siehst du nun, was du angerichtet hast?«
»Katie, ich … Es tut mir leid.« Plötzlich fühlte ich mich ziemlich beschissen. Ich wusste, dass sie nichts dafür konnte und dass man das sicherlich nicht vor einem Kind ausdiskutieren sollte. Aber ich hatte einfach nicht mehr an mich halten können.
»Lass sie in Ruhe!«, zischte Caleb. »Was glaubst du, wer du bist?«
»Es tut mir leid, dass Katie das alles mitbekommen hat, aber wir sind beide erwachsen und ich bin nicht bereit, dass ich mich allein für das, was zwischen uns passiert ist, verantworte. Du wolltest mich. Du hattest mich, also steh dazu und hör auf, dich hinter Phoebe zu verstecken.« Abwertend sah ich ihn an. »Das ist jämmerlich.«
»Flo.« Jim deutete mit einem Kopfnicken auf Katie. »Ich glaube, es ist gut.«
»Ja, es ist gut. Katie, es tut mir leid, aber manchmal streiten Erwachsene eben.«
»Hast du mich noch lieb?« Ihre traurige Stimme brach mein Herz.
»Aber natürlich. Das hat nichts mit dir zu tun.«

»Und hast du auch meine Mommy noch lieb?«

»Aber klar!«, brachte ich schweren Herzens heraus und eigentlich wollte ich nur alles kurz und klein prügeln, weil diese verdammte Verbundenheit zwischen Mann und Frau alles kaputt gemacht hatte. Eine kleine Stimme in mir flüsterte, dass es nicht daran lag, sondern dass das auch passiert wäre, wenn es keinen Geist gäbe, der um uns herum schwebte. Es war einfach so, dass Caleb ein Arsch war.

»Und meinen Daddy?«, fragte Katie und ich schluckte schwer. Ich hatte ihn sogar zu lieb. Und ich hatte zu viel Hoffnung gehabt, war geblendet von alldem, dass uns in den wenigen Wochen verbunden hatte. Und nun stand ich mit gebrochenem Herzen hier und wusste nicht weiter. Überging sogar all die Regeln, die ich normalerweise immer gepredigt hatte. Ein Kind hatte zwischen den Fronten, oder allgemein in einem Streit seiner Eltern, nichts verloren.

Aber ich war nicht ihre Mutter. Und wir waren nicht ihre Eltern. Ich war ihre Nanny. Offensichtlich hatten sich auch bei mir einige Grenzen verwischt.

»Lass uns gehen!«, wies Caleb seine Tochter an, nachdem klar war, dass ich nicht darauf antworten würde, hob sie von der Bank und hielt sie beschützend auf dem Arm. »Ich habe sowieso viel mehr Lust auf Kentucky statt Diner.«

»Der nächste KFC ist aber in Baltimore?«, gab Jim zu bedenken, der dieser ganzen Geschichte gefolgt war, ohne auch nur einen Ton zu sagen.

»Macht doch nichts. Ihr entschuldigt uns? Viel Spaß bei eurem Date. Und wenn du es dann zeitnah schaffen würdest, die Sachen, die du noch bei uns zu Hause hast, abzuholen, Florence?« Er nickte knapp und ließ mich sprachlos und mit offenem Mund zurück. War er vollkommen übergeschnappt? Oder war ich kleines Rehlein, das sich fühlte, als würde es direkt in die Scheinwerfer eines heranfahrenden Autos schauen, übergeschnappt?

Jim starrte mich an. »Er ist ganz schön wütend auf dich und das ganze Diner weiß jetzt, dass ihr beide Sex hattet.«

»Hat doch niemand ausgesprochen.«

»Nun, das war nicht nötig, oder?« Er legte eine Hand auf meinen Unterarm. »Alles okay?«

»So okay, wie es eben sein kann, wenn du dich in so ein Arschloch verliebst, das an seiner toten Frau hängt.«

»Flo ...«

»Nein, lass gut sein, ich weiß, das war peinlich und normalerweise ist das auch nicht meine Art. Also, wenn du gehen willst, ist das für mich absolut okay und nachvollziehbar. Das Essen und das Bier gehen auf mich.«

»Flo ...«

»Ich komm klar, ehrlich.« Eine einzelne Träne löste sich aus meinem Auge und rann über meine Wange.

»Sieht aber nicht so aus.« Jim drückte kurz zu und ich fand es tröstend, dass er mich am Arm berührte. »Wir alle haben doch schon mal die Kontrolle verloren.«

»Ach ehrlich?«, schniefte ich und griff mir eine der eklig steifen Servietten. »In einem Diner? Und vor einem kleinen Kind, das die Mutter verloren hat? Ich fühle mich wie eine Schlange.«

»Er hat sich auch nicht mit Ruhm bekleckert.«

»Und doch bin ich diejenige, die eine Tote getreten und beschmutzt hat.«

»Du hast dich gewehrt, er hat dir wehgetan.« Jim lächelte leicht. »Und außerdem wirkte er nicht so, als wäre ihm egal, dass wir beide hier zusammen sind. Auch wenn es Zufall war und wir nur zusammen essen.«

»Das täuscht sicher«, wandte ich ein, trocknete meine Augen und trank einen großen Schluck Bier.

»Nein, ich glaube, dass er ziemlich verletzt war und das mit Wut und dieser Arroganz überspielt hat.«

Wieder drückte Jim aufmunternd meinen Arm und ich stellte fest, dass alle Anwesenden wieder ihrem eigenen Kram nachgingen.

»Na ja«, sagte ich, einfach nur, weil ich keine Lust mehr hatte, darüber zu sprechen, »wenn du mich als Nanny verlieren würdest, würde es dir doch auch so gehen, oder?« Vermeintlich lässig zuckte ich mit den Schultern. Jim grinste.

»Auf jeden Fall!«

»Hier ist euer Essen«, sagte Whitney, welche vorher schon die Getränke vor uns abgestellt hatte. »Tut mir leid, was da eben Hässliches passiert ist, Flo!« Ich winkte ab und Jim legte nur den Kopf schief. Wir bedankten uns und ich sah mich in dem Diner mit den roten Bänken, den Leuchtreklame-Schriften und den runden Tischen um. Verdammt, könnte ich jemals wieder diesen Sixties-Flair genießen, ohne dass ich durchdrehte und an Caleb dachte? In mir fühlte sich alles wie ein Scherbenhaufen an und der Salat schmeckte nach nichts. Ich war viel zu aufgewühlt von der totalen Eskalationsbegegnung mit Caleb. Wieso war er so wütend? Wieso ließ er an mir aus, wenn er mit seinem Gewissen nicht klarkam und sich nun schuldig fühlte? Also zumindest glaubte ich, dass es daran lag. Aber ich war es leid, mir diesen Schuh anzuziehen. Es war nicht in Ordnung, dass ich es vor Katie ausgetragen hatte. Ich hätte niemals gedacht, dass ich so sehr an meine Grenzen getrieben werden würde und so sehr die Kontrolle verlieren würde, aber das Kind war in den Brunnen gefallen. Gesagte Worte ließen sich nicht zurücknehmen ... also musste die Entschuldigung, die ich ihr gegeben hatte, ausreichen. Hoffentlich hatte ich nicht für immer etwas in ihr zerstört.

Mir ging es auch nicht gut und ich fühlte mich, als wäre mein Herz zerrissen.

Wieso konnte ich mich nicht in einen bodenständigen und verständnisvollen Kerl wie Jim verlieben? Wieso musste es der Großstadtschnösel und gebrochene Scheißkerl Caleb Molina sein?

Kapitel 26

Caleb

Drei Wochen später

Es war Ende August und ich sah über die Hochhäuser und Gebäude, welche ich von meinem Büro im Verlag sehen konnte.

Früher hatte ich diese Aussicht geliebt, weil sie für mich bedeutete, dass ich so ziemlich alles erreicht hatte, was ich erreichen wollte. Nun fühlte es sich so an, als hätte ich mir die Luft zum Atmen genommen, da ich den weitsichtigen Blick auf die Bucht in Harpers Ferry für einige Wochen hatte genießen können. Als wären Jahre vergangen. Dabei waren wir erst im Juni dorthin umgezogen und vor zwei Wochen wieder zurück nach New York. Ich schaffte es nicht, dortzubleiben. Katie wollte unbedingt und es hatte mein Herz gebrochen, mit ihr zurück nach New York zu gehen. Natürlich sollte man das mit kleinen Kindern nicht machen, da diese Beständigkeit brauchten … aber ich hatte das tun müssen.

Dadurch, dass wir Florence Price an unserem ersten Tag dort kennengelernt hatten, verband ich alles dort mit ihr. Außer das Grab von Phoebe.

Ich musste gestehen, dass ich mich ein paar Tage absolut selbst gegeißelt hatte. Ich hatte zu viel getrunken, nicht wirklich auf Katie geachtet und sie hatte sich von Schokoriegeln und

Limonade ernährt. Erst als Katie neben mir auf meinem Bett gesessen und mir gesagt hatte, dass sie mal wieder etwas Richtiges essen wolle und ob sie mir Kaffee bringen solle, damit ich wieder aus dem Bett komme, war mir bewusst geworden, dass es zu viel Bier und Wein für mich und bei Weitem zu viel Tablet für das Kind gewesen war. Alle Meetings hatte ich verschoben und sogar einen Besuch meiner Eltern abwiegeln können, der anstand, weil sie sich unsere neue Bleibe ansehen wollten. Ich wusste, dass ich mich irgendwann damit auseinandersetzen musste, was geschehen war, aber ich leistete erst einmal Schadensbegrenzung, indem ich Katie erklärte, dass Erwachsene manchmal komisch waren und dass das nichts mit ihr zu tun hatte und Florence sie liebte.

Ich fühlte mich scheiße.

Auch wenn ich es Florence niemals so offensichtlich gesagt hatte, sie hatte recht. Ich schämte mich. Und hatte ein schlechtes Gewissen meiner toten Frau gegenüber, die mich sicher nicht aus dem Jenseits heraus dafür verurteilen würde, dass ich wieder damit begonnen hatte, zu leben.

Also hatte ich beschlossen, dass wir auf unbestimmte Zeit unseren Kram packten und Harpers Ferry wieder verließen. Es brach mein Herz – noch mal –, wie traurig es Katie gemacht hatte, sich von ihren Freundinnen zu verabschieden und gehen zu müssen. Wieso schlossen Kinder eigentlich immer so schnell Freundschaften?

Nachdem wir zurück in der Anonymität der Großstadt waren, war es kurz besser. Ich war wieder in meinem sicheren Hafen. Hier musste ich niemandem gegenübertreten, der wusste, was passiert war, anders als in der Kleinstadt, die Katie und mir so sehr ans Herz gewachsen war. Hier wusste niemand, wie ich mich verhalten und was ich mit meiner Nanny getan hatte. Obwohl es keine Straftat war, fühlte ich mich ein bisschen so, als würde ich dennoch vor einer Art höherem Gericht stehen, das über mich urteilen würden.

Katie war hier traurig. Erst heute Morgen wieder hatte ich das auf ihrem Gesicht gelesen, als ihre alte Nanny Carmen aufgetaucht war und ich mich auf den Weg in mein Büro gemacht hatte. Ich ertrug es nicht, zu Hause zu sein. Würde ich weiterhin in meinen sicheren vier Wänden hausen, und den Weg in die Öffentlichkeit meiden, so wie ich es in Harpers Ferry getan hatte, würde ich bald ein Alkoholproblem haben.

Ich war erbärmlich gewesen und doch war es mir wahnsinnig schwergefallen, mich wieder darauf zu fokussieren, was ich wollte.

Also ging ich ins Büro, war saumüde und nun abgelenkt, da ich auf die Skyline starrte statt auf das Meer, wie ich es von meiner Veranda in Harpers Ferry getan hatte. Meine Nächte waren davon geprägt, dass mich Phoebes Bild heimsuchte und nur wenige Minuten später das von Florence. Manchmal verschwammen sie auch zu einer einzig undefinierbaren Masse und irgendwie war dann mein schlechtes Gewissen noch größer. Mittlerweile besaß ich es beiden gegenüber. Dabei hätte Phoebe niemals gewollt, dass ich mich so geißelte. Ich fühlte mich, als würde ich Absolution bei ihr suchen, die ich niemals durch irgendetwas bekommen konnte. Sie war nicht mehr hier, um mir zu sagen, dass alles gut werden würde.

Sie war tot. Und ihre Überreste lagen in Harpers Ferry auf einem Friedhof. In einem Grab, um das sich Florence gekümmert hatte, weil sie es gewollt hatte. Und weil sie es für Katie getan hatte. Meine kleine, weise Tochter hatte mir das erzählt. Ich hatte nicht den Mut, Florence anzuschreiben oder anzurufen und zu fragen, ob das die Wahrheit war, oder ob meine Kleine irgendetwas falsch verstanden hatte. Doch Katie war ein intelligentes Mädchen und ein Körnchen Wahrheit war mit Sicherheit enthalten.

»Mr. Molina?«, fragte jemand von der Tür aus. »Ich habe geklopft, aber Sie haben mich nicht gehört.«

»Pamela!« Überrascht drehte ich mich in meinem Stuhl um. »Was kann ich für Sie tun?«

»Mr. Molina, ich weiß nicht, wie ich es sagen soll, aber ...« Sie biss sich auf die Unterlippe und legte etwas von ihrer einen Hand in die andere.

»Einfach raus damit«, sagte ich zu ihr, denn wie schlimm konnte es schon sein? Niemand würde sich so mies und schlimm verhalten, wie ich es getan hatte.
»Heute fängt unsere neue Kollegin an.«
»Ah ja, ich weiß. Sehr gut, dass wir endlich jemand Neuen haben. Der Verlust von Mr. Roberts, hat uns schwer getroffen. Wir haben seine Arbeit als Lektor sehr geschätzt.« Und der von Phoebe, sie war eine ausgezeichnete Lektorin gewesen.
»Und Miss Cohen räumt gerade ihre persönliche Habe in den Schreibtisch.«
»Okay?« Ich wusste nicht, worauf sie hinauswollte.
»Und …«
»Einfach raus damit, Pamela. So schlimm wird es schon nicht sein. Hat sie ihren Hund dabei? Oder ein anderes Haustier? Vögel, die Krach machen? Oder stellt sie Räucherstäbchen auf wie Mr. Roberts? Dann kennen wir das doch schon.«
»Nein, nicht direkt.«
»Was ist es denn dann?«
»Sie hat das hier gefunden. Auf dem Umschlag steht Ihr Name und …«
»Okay, ich dachte, dass Mr. Roberts seine persönlichen Gegenstände alle mitgenommen hat.«
»Miss Cohen hat nicht den Schreibtisch von Mr. Roberts bekommen.«
»Ach nein?«
»Nein, sie wird an dem Schreibtisch Ihrer Frau arbeiten.«

* * *

Okay, ich wollte weniger trinken. Wieso war dann die Flasche Whiskey in meiner Hand halb leer? Warum hing die Krawatte geöffnet um meinen Hals und weshalb hatte ich meine Mom heute angerufen, ihr gesagt, dass ich ein wichtiges Meeting heute Abend habe und ob sie sich bitte um Katie kümmern könne?
Richtig, weil ich ein beschissenes Wrack war.

Es lag exakt sieben Stunden zurück, dass Pamela mit dem Brief in dem cremefarbenen Umschlag in meinem Büro aufgetaucht war. Ich starrte das dicke Papier an, starrte Phoebes unvergleichliche, geschwungene Schrift an und wagte nicht, ihn anzufassen. Ich hatte Angst, dass ich mich noch mehr zu ihr verbunden fühlen würde. Dass ich mich noch mehr nach ihr sehnen würde und mein Gewissen mich noch gewaltiger erdrücken würde.

Ich trank von dem Whiskey. Über das Stadium, dass ich daran nippte, war ich hinaus. Ich wollte einfach nur matte und selige Taubheit in mir fühlen.

Wieso hatte sie das getan? Wieso ließ sie mich nicht weitermachen? Ich war emotional so an sie gebunden, dass ich nicht wusste, *wie* ich weitermachen sollte. In schwachen Momenten, und fuck, das hier war definitiv einer, sehnte ich mich so sehr nach Florence und ihrer lockeren, leichten Kleinstadtart, dass ich mich nur mühsam davon abhalten konnte, sie anzurufen. Sie meinen Namen so sexy und sinnlich aussprechen zu hören, wie sie es tat, während ich sie vögelte.

Ich fuhr mit der Zunge über meine trockenen Lippen. Vor einigen Stunden waren alle nach Hause gegangen und ich saß hier, nur eine Stehlampe erhellte mein Büro und durch die Fensterfront sah ich die beleuchtete Skyline von New York City, der Stadt, für die Phoebe und ich uns zusammen entschieden hatten. Niemand hätte ahnen können, dass unser gemeinsames Leben ein so jähes und krasses Ende finden würde, wie es der Fall gewesen war.

Ich wollte heulen.

Und ausflippen.

»Scheiße«, wisperte ich, exte den Drink und knallte mein Getränk so gewaltig auf den Tisch, dass ich befürchtete, die Glasplatte würde springen. »Verdammte Scheiße.« Ich betrachtete wieder das teure Papier, welches symbolisch eine Verbindung zu Phoebe war. Es fühlte sich so an, als wäre sie hier neben mir und würde mich aufmunternd anlächeln, mir stumm sagen, dass ich den Brief in die Hand nehmen und lesen sollte.

»Fuck!«, rief ich wieder, fuhr durch meine Haare und zog an ihnen. Als könnte dieser Schmerz verhindern, dass ich das Gefühl hatte, durchzudrehen. Auch wenn ich kurzzeitig abgelenkt war, änderte es nichts an der Tatsache. Ich legte eine Hand an meinen Mund und begann auf meinem Fingernagel zu kauen. Auch das half nicht. Deshalb erhob ich mich und lief vor dem Couchtisch auf und ab, auf dem ich mein Arsenal an Whiskey-Karaffe, das passende Glas und den markanten Brief von Phoebe gelegt hatte.

Er könnte meine Welt noch weiter zum Einstürzen bringen. Könnte meine Welt noch mehr aus den Angeln heben und das nicht im positiven Sinn, denn ich würde mich immer fragen, wie mein Leben verlaufen wäre, wenn ich diesen Brief nicht geöffnet hätte. Scheiße. Ich war voller Wut, dass Phoebe es wagte, mich wirklich in diese beschissene, abgefuckte Lage zu bringen, dass ich überhaupt alles infrage stellte und zweifelte und …

»Scheiß drauf!« Ehe ich es mir anders überlegen konnte, griff ich nach dem Brief und öffnete ihn.

Kurz ließ mich ihre geschwungene Handschrift, die doch so klar und deutlich wie filigran war, verschwommen sehen.

Ich würde mich diesem Blatt Papier jetzt stellen.

Ich würde mich meinen Dämonen stellen.

Kapitel 27

Florence

Ich vermisste ihn.
Und ich hasste, dass ich ihn vermisste.
Und Katie. Ihr Lachen, ihre fröhliche ungezwungen kindliche Art. Die entsprechende Weltanschauung dazu und die Gabe, Dinge mit anderen Augen zu sehen, als es ein Erwachsener tat.
Ich vermisste sie beide.
Seine störrische Art und wie er mir verstohlene Blicke zuwarf, von denen er glaubte, ich würde sie nicht bemerken. Ich vermisste, wie unendlich lustig er sein konnte und diese Art der Ausstrahlung, dass ihm niemand etwas zuleide tun konnte und gleichzeitig, dass er gebrochen war.
Was mir nicht fehlte, waren seine verdammten Vorwürfe, die immer mehr in den Hintergrund geschoben wurden und in meinem Kopf verblassten. Das machte mich auf mich selbst wütend, da ich anscheinend trotz allem, was er mir angetan hatte, nicht verletzt genug war, denn ich konnte die Wut auf ihn nicht halten.
Genauer gesagt war meine Wut ein paar Tage, nachdem ich bei ihm hingeschmissen hatte, verraucht und machte unendlicher Trauer Platz.
Ich stand gerade hier am Hafen, zog meine Jacke enger um mich. Obwohl Hochsommer war, war heute ein windiger und nasskalter Tag. Zumindest kam es einem so vor, wenn man die

meiste Zeit nur an Sommer gewöhnt war. Das Wetter passte zu meiner Stimmung. Diese war mies. Und ich hasste, dass ich irgendwie an nichts mehr Freude finden konnte, seit die beiden weg waren.

Alles nervte mich. Die Stille in meinem Haus, die Ruhe am Hafen, die Ruhe am Friedhof, der Trubel auf dem Markt früh morgens. Noch mehr nervte mich jede Schicht im Diner. Nicht, weil ich den Job nicht machen wollte, sondern weil ich ständig an den Anfang und das Ende dort erinnert wurde. Weil ich mich ständig damit konfrontiert sah, dass das Beste, was mir je passiert war und gleichzeitig die beiden Menschen, die am schnellsten in mein Leben getreten waren, jetzt einfach weg waren. Und dass ich nichts dagegen tun konnte. Was konnte ich schon gegen eine Tote ausrichten? Was konnte ich schon tun, damit er mich sah und nicht immer nur Phoebe? Wie sollte ich es hinkriegen, dass das zwischen uns weiterging, wenn ich einen Kampf gegen eine Tote führen musste? Wie konnte ich gegen eine Frau, die im Kopf des Mannes beinahe heiliggesprochen worden war, ankommen? Das war wie Schattenkämpfen gegen sich selbst.

Ich konnte nicht gewinnen.

Der Wind pfiff um meine Nase und ich wünschte mich zurück auf mein Sofa. Eigentlich wäre es mir gerade recht, wenn es herbstlich werden würde. Dann könnte ich ohne schlechtes Gewissen im Haus bleiben und mich selbst bemitleiden. Vielleicht Eis in mich hineinstopfen und mir irgendwelche Liebesfilme im Fernsehen anschauen.

Liebeskummer. Woommmm! Die Erkenntnis traf mich wie ein Blitzschlag. Das war Liebeskummer und sonst gar nichts. Ich war in ihn verliebt und jetzt, da er weg war, waren die Schmetterlinge in meinem Körper, die umhergeflattert waren, tot. Er hatte meine Schmetterlinge getötet und das sollte ich ihm ziemlich übel nehmen. All die schönen farbenprächtigen Falter, die mich gut fühlen ließen, die zuließen, dass sich Endorphine in meinem Körper verbreiteten ... er hatte sie einfach so getötet. Mittlerweile war mir klar, dass ich jeden meiner Ex-Freunde gemocht hatte. Aber ich war in keinen wirklich und wahrhaftig verliebt gewesen. Keiner von ihnen hatte mich dazu gebracht, über mich nachzudenken, mich selbst zu hinterfragen und Dinge infrage zu stellen, die ich für gesetzt hielt. War ich jemals glücklich mit meinen Partnern gewesen, oder war ich immer nur zufrieden gewesen. Was war der Unterschied und konnte man Zufriedensein auch mit Glück verwechseln? Konnte man dieses Gefühl, das man empfand, wenn man jemanden ansah und stolz auf diese Person war, damit verwechseln, dass man verliebt war?

Was also, wenn meine Theorie aufging und ich niemals wirklich zu hundert Prozent glücklich gewesen war, sondern immer nur zufrieden? Wurde an den Rand des Wahnsinns getrieben von unendlichem Verlangen, nicht allein sein zu wollen.

Als ich meine Zeit mit den beiden Molinas verbracht hatte, war sie so farbenprächtig und so voller Emotionen gewesen. Ich durfte durch Caleb die komplette Palette an Gefühlen kennenlernen und nun erschien mir alles, das nicht zu hundert Prozent Liebe, Zuneigung oder Wut und Zorn war, vollkommen langweilig. Alles wirkte grau. Von Grau gab es viele Facetten. Es war wie ein Teufelskreis, aus dem ich ausbrechen wollte, es aber aus eigener Kraft nicht schaffte.

Ich war jämmerlich. Ein besseres Wort fiel mir dafür nicht ein.

Eine einzelne Träne lief über meine Wange. Ich musste mich zusammenreißen, musste funktionieren. Für meine Mutter und auch für mich, denn ich musste eine Zukunft haben.

Auch wenn ich sie allein bestreiten und erleben würde.

* * *

Weitere drei Tage ohne Katie und ohne Caleb. Das fühlte sich schlimm an. Ich hasste es, um genau zu sein.

Obwohl ich immer wieder mein Handy in die Hand nahm, um ihn anzurufen oder zu schreiben, tat ich es nicht, weil ich verletzt war. Ich kam einfach nicht darüber hinweg, dass ihm eine tote Frau mehr bedeutete als die Gegenwart. Als eine liebenswerte und herzliche Frau. Ich verstand es nicht. Wir konnten uns unterhalten, lachen, Spaß haben, ernsthaft sprechen und brandaktuelle Themen diskutieren. Mit Phoebe konnte er das nicht.

Wieso kam ich nicht von ihm los? Denn die wenige Zeit, die wir miteinander verbracht hatten … die schaffte es, dass es so intensiv zwischen uns wurde, dass ich beinahe durchdrehte, weil das jetzt alles vorbei war, bevor es wirklich angefangen hatte?

Ich wusste es nicht.

Tränen stiegen in meine Augen, als ich die Erde am Grab meiner Tante viel zu energisch auflockerte. Hier zu sein, traf mich noch viel mehr, und das letzte Mal war ich mit Katie hier gewesen und alles war eskaliert.

Ich wollte aus diesem Kreislauf ausbrechen. Ich wollte heraustreten aus diesem schmerzhaften Kreis und endlich damit aufhören, mich selbst zu geißeln. Ich wusste, dass ich das tun sollte, und für meinen weiteren Seelenfrieden unbedingt tun musste … aber ich war nicht bereit, loszulassen.

War ich also genauso verrückt wie er? Caleb hing an einer Toten, die er nie wieder haben würde. Ich hing an einem Lebenden, den ich ebenfalls nie wieder haben konnte. Ich wollte heulen, wütend sein und ausrasten und gleichzeitig wollte ich mich irgendwie zusammenhalten und dass dieser Schmerz aufhörte.

Schwer schluckte ich die erneut aufkommenden Tränen hinunter. Vielleicht sollte ich mich heute Abend betrinken, damit ich so richtig gut schlafen konnte, denn das konnte ich, seit die beiden weg waren, nicht mehr. Halt nein, eher seit das zwischen Caleb und mir vorbei war, bevor es richtig angefangen hatte. Immer wenn ich einnickte, kamen mir seine hässlichen Worte in den Sinn, die mich so viele Tränen und Schmerzen gekostet hatten wie nichts zuvor in meinem Leben.

Ich setzte mich auf die Hacken zurück und ließ die Harke fallen. »Scheiße«, wisperte ich und atmete tief durch. Es wurde Zeit, dass ich mich endlich zusammenriss.

Meinen Kopf in den Nacken legend, genoss ich die Sonne, die heute wieder auf mein Gesicht strahlte, und schloss für ein paar Atemzüge die Augen. Mein Herzschlag beruhigte sich und für einen Augenblick kam die Gewissheit zurück, dass alles gut werden würde. Alles würde sich fügen. Es konnte nicht mehr lange dauern.

Plötzlich fiel ein Schatten auf mein Gesicht.

»Ich dachte mir, dass ich dich hier finde.« Seine vertraute, tiefe Stimme schoss durch meinen Körper. Sofortige Sehnsucht und unerfülltes Verlangen bündelten sich in meiner Mitte, verteilten sich gleichermaßen in meinen Unterleib und in meinem Herzen. Ich hatte das Gefühl, keine Luft mehr zu bekommen und zu ersticken, obwohl ich so tief und frei atmen konnte wie schon lange nicht mehr. »Willst du nicht die Augen öffnen?«, fragte er weiter und das Amüsement konnte ich nun an seiner Tonlage hören.

»Ich weiß nicht. Will ich das?« Ich hasste es, wie meine Stimme zitterte und vor Sehnsucht überquoll. »Unser letztes Treffen war eher hässlich und ich weiß nicht, ob ich für noch mehr Hässlichkeiten bereit bin.«

Plötzlich spürte ich seinen Körper neben mir. Er kam auf Augenhöhe und ich öffnete einen Spalt weit meine Lider. »Sieh mich an, Florence«, wies er mich sanft an und ich atmete tief durch. »Komm schon. Wo ist die mutige Frau, die mir alles doppelt und dreifach, egal wie schmerzhaft es war, an den Kopf geknallt hat?«

Ich biss auf meine Unterlippe und zeigte in einer bestätigenden Geste auf ihn. »Richtig. Also dafür möchte ich mich ent…«

»Unnötig.«

»Wie bitte?«

»Es ist unnötig, dass du dich entschuldigst.«

»Ich … okay?«

»Ich sollte mich bei dir entschuldigen.«

»Also, wenn ich nicht muss, dann du auch nicht.«

»Doch, das muss ich.« Er griff nach meinen Händen, die in schmutzigen geblümten Gartenhandschuhen steckten.

»Würdest du mich jetzt mal ansehen?«, fragte er erneut und ich blickte auf, um ihm in sein schönes Gesicht zu schauen. Er war so unglaublich schön. Sein Bart war etwas länger geworden, so, als hätte er ihn nicht getrimmt. Unter seinen Augen lagen dieselben tiefen Schatten, wie auch ich sie im Gesicht trug, und er sah durch und durch traurig aus. Die wenigen Fältchen, die er um die Augen hatte, traten etwas deutlicher hervor und er war blass, obgleich es Sommer und er in Harpers Ferry immer ein wenig gebräunt gewesen war. »Ich habe diesen leicht skeptischen Blick wirklich vermisst«, flüsterte er und weit entfernt hörte ich ein paar Vögel zwitschern. Die leichte Sommerbrise ließ die Blätter an den hohen Bäumen hier auf dem Friedhof leicht rascheln. Tief atmete ich durch.

»Ich weiß nicht, ob ich bereit bin für das, was du mir sagen willst, Caleb«, gab ich ehrlich zu, denn wollte ich das wirklich hören? Er würde sowieso wieder nach New York abhauen und ich säße hier, hätte dann nur noch ein paar Scherben mehr aufzuklauben und wieder an mein Herz zu pappen, wenn er ging. Vermutlich wollte er mir noch ein paar böse Worte an den Kopf knallen, die ich nach meiner Ansprache im Diner auch verdient hatte.

»Ich will dir sagen, dass ich ein Idiot war.« Er zog mir langsam, Fingerkuppe für Fingerkuppe den retro geblümten Handschuh erst von der einen, dann von der anderen Hand. »Ich bin so ein verdammter Idiot zu dir gewesen, dass ich ein paar Tage gebraucht habe, um es wirklich zu begreifen und die Eier zu haben, um hierherzukommen und es dir auch zu sagen.«

»Okay, jetzt bin ich verwirrt. Also ja, du warst ein Idiot, ein riesen Mistkerl sogar, aber ich war nicht viel besser zu dir und es tut mir leid, dass ich im Diner so ausgeflippt bin und dir Dinge an den Kopf geworfen habe, die mich nichts angehen. Die ich nicht hätte sagen sollen. Und dafür möchte ich mich aufrichtig und ehrlich entschuldigen.«

»Florence, ich sagte doch, es gibt nichts, wofür du dich entschuldigen müsstest. Ich war es, der blind vor Panik und schlechtem Gewissen war. Ich war es, der dich behandelt hat wie ein Stück Scheiße.«

»Harte Worte.«

»Aber so war es doch, wir brauchen es doch nicht beschönigen. Glaub mir, die letzten Wochen in New York habe ich genug dafür genutzt, es zu beschönigen, oder mich selbst zu belügen und vor mir zu rechtfertigen, wieso ich so ein Arschgesicht war.«

»Arschgesicht?« Ich kicherte leise und schüttelte den Kopf. »Das habe ich schon verdammt lange nicht mehr gehört.«

»Ja.« Caleb fuhr durch sein Haar und grinste ebenfalls. Verdammt, hatte ich dieses sexy ungestüme Lächeln, das mich provozierte und herausforderte und gleichzeitig erdete, vermisst. Es war nicht nur so, dass ich den Sexappeal daraus sprechen hörte, nein, es war auch so, dass ich dieses Lächeln unfassbar lieb gewonnen hatte. Mein Herz begann heftig zu pochen, denn mittlerweile hatte er meine Gartenhandschuhe zur Seite geworfen und umgriff mit seinen warmen, starken Händen meine. »Aber wie dem auch sei, ich habe es geschafft und den Weg hierher zu dir nach Harpers Ferry gefunden.«

»Und du bist hier, weil du mir das sagen wolltest? Also den Teil mit dem Arschgesicht?«

»Ja. Nein. Also gut, das auch, aber eigentlich wollte ich dir sagen, dass ich mich in dich verliebt habe, dass ich überfordert war, weil ich nach Phoebe …« Seine Stimme senkte sich kurz und ich merkte, dass er immer noch damit zu kämpfen hatte, was seine Gefühle anging. »Weil ich nach Phoebe niemals geglaubt hätte, dass ich mich wieder in jemanden verlieben könnte, der nicht sie ist.«

»Na ja … es tut mir leid, wenn ich es noch mal erwähnen muss, aber sie ist …«

»Tot. Ich weiß. Und ich weiß das schon lange, aber ich dachte einfach …« Caleb seufzte und ich erkannte, dass er gerade sein komplettes Inneres vor mir ausbreitete. »Ich dachte nicht, dass ich jemals jemand anderen verdienen würde. Und ich dachte, dass Katie und ich … Phoebe vergessen würden, wenn ich mich auf jemand anderen einlassen würde.«

»Und jetzt denkst du das nicht mehr?«

»Richtig, jetzt denke ich das nicht mehr.«

»Und was hat dich zum Umdenken bewegt?«, fragte ich neugierig, auch wenn ich mein Glück nicht noch mehr strapazieren sollte. Das Blut rauschte in meinen Ohren und ich zwang mich zur Ruhe, damit ich freier atmen konnte und nicht so abgehackt.

»Hier!« Caleb hob mir ein Blatt Papier entgegen, das abgegriffen aussah. »Ich weiß ehrlich gesagt nicht, ob es eine so gute Idee ist, dir das zu zeigen, aber ich will keine Geheimnisse mehr vor dir haben. Nicht ein einziges. Und darum finde ich, solltest du das wissen und lesen.« Er hielt den Brief fest, hob ihn mir mit mehr Nachdruck entgegen. »Bitte, lies.«

»Was ist das?«, fragte ich vorsichtig, griff nach dem Papier und faltete es auseinander. Ich erkannte sofort eine weibliche Handschrift, und nach einem schnellen Blick an das Ende des Briefes, sah ich den Namen ›Phoebe‹. Genauer gesagt, sah ich die Worte: ›In ewiger Liebe, Phoebe‹. Mutlos ließ ich den Brief sinken. »Bist du sicher, dass ich das lesen soll? Wenn ich es gelesen habe, gibts kein Zurück mehr.«

»Ich weiß. Aber ich möchte, dass du das liest und dass du weißt, wie wichtig du mir bist. Ich denke, du wirst es dadurch ebenso begreifen können wie ich.«

Meinen Kopf schieflegend, sah ich Caleb in die Augen. Seine wunderschönen blauen Augen, die mich anbettelten. Das blonde, zerzauste Haar und die vollen Lippen, nach denen ich mich so sehr sehnte und von denen ich geküsst werden wollte.

Als ich den Brief, den ich mit zittrigen Fingern schon wieder gefaltet hatte, erneut öffnete, wappnete ich mich innerlich für das Schlimmste. Es war ja vielleicht korrekt, dass dieser Brief mich verstehen lassen würde, aber was genau würde er mich denn verstehen lassen? Warum Caleb so mies zu mir gewesen war? Wieso er nicht mit mir zusammen sein konnte oder sogar wollte? Ich war mir nicht darüber im Klaren, ob ich bereit war, es herauszufinden, aber auf der anderen Seite konnte ich so, wie es zwischen uns stand, niemals einen Abschluss finden, den ich so sehnlichst herbeisehnte, damit ich endlich meinen Frieden bekam.

Lieber Caleb,

du bist die Liebe meines Lebens, der wundervolle Vater meines Kindes, der beste Ehemann und ein grandioser Verleger, aber wir wissen beide, du unterschätzt dich.

Wieso schreibe ich das? Ich schreibe dir das, weil ich ein seltsames Gefühl habe. Ich weiß, du glaubst nicht an Karma und Vorsehung und solche Dinge, aber ich schon. Und ich werde das Gefühl nicht los, dass etwas passieren wird, das unser Leben für immer verändert.

Das Gefühl wird stärker, jeden Morgen, wenn ich aufwache, und jeden Abend, wenn ich einschlafe. Ich weiß nicht, was es ist, aber ich spüre, es ist unaufhaltsam.

Du wirst dich fragen, wenn du das jemals zu lesen bekommen solltest, woher ich es wusste. Ich wusste es nicht, ich ahnte es. Ich bin in meinem Leben angekommen, ich bin unendlich glücklich. Genau deshalb spüre ich diese dunkle Wolke so überdeutlich, die immer näher an meine kleine Blase mit euch heranzieht. Ich bin sicher, und du kennst mich, ich bin ein positiver Mensch, dass es nichts Gutes ist, was passieren wird. Ich spüre die schwellende Angst in mir.

Also, wenn sich alles bewahrheitet, wie ich es befürchte, wirst du unglücklich sein. Aber Caleb, ich verspreche dir, dazu gibt es keinen Grund. Wir beide hatten das unendliche Glück, dass wir uns lieben durften. Dass wir uns kennen durften, dass wir gemeinsame Zeit hatten. Wir beide sind zwei der wenigen Menschen auf der Welt, die echte, wahre, reine Liebe erfahren durften. Wir haben eine wundervolle kleine Tochter, und Katie wird dir jeden Tag ähnlicher, woraus ich schließe, dass sie ebenfalls ein großartiger, gütiger Mensch sein wird. Du bist ein wahnsinnig guter Chef für so viele Menschen und ich weiß, dass du lieber selbst sterben wollen würdest, als auch nur einen Tag ohne mich zu sein.

Aber Caleb, ich spüre, dass unser Ende naht. Ich kann es nicht aufhalten. Aber es ist okay.

Wenn ich einmal nicht mehr bin, will ich, dass du weitermachst. Ich möchte nicht, dass du dich in deiner Trauer vergräbst und leidest oder gar einsam bist. Ich möchte, dass Katie eine weibliche Figur in ihrem Leben hat, die sie liebt und schätzt und kuschelt, so wie ich es immer tue. Ich möchte, dass ihr beide gemeinsam die Welt erobert.

Und ich möchte nicht, dass du dich geißelst und in tiefer Trauer versinkst.

Egal, was passiert, Caleb. Du bist die Liebe meines Lebens und ich weiß, ich bin deine. Ich liebe dich genug, damit ich dich gehen lassen kann und weiß, dass du und Katie mich niemals vergessen werdet.

Erinnerst du dich an unseren Traum von einem kleinen Haus in einer Kleinstadt? Weit weg vom Trubel?

Geh in Katies Zimmer, dort findest du unter ihrem Bett eine Schachtel und darin ist ein Umschlag.

Ich habe das für euch getan. Für uns.

Und alles, für was wir beide kämpfen wollten.

Ich liebe dich unendlich und ich liebe Katie mit allem, was ich habe.

Sprich über mich, wie du es immer getan hast.

Lache über mich, wie du es immer getan hast.

Und vermittle Katie all die Werte, die wir beide vertreten.

Es ist nie das Ende, solange wir Erinnerungen in unserem Herzen tragen.

Ich bete, flehe und hoffe, dass meine Eingebung falsch ist und dieser Brief niemals in deine Hände gelangen wird.

In ewiger Liebe,
Phoebe

Epilog

Caleb

Ein Jahr später

Funkelnde Lichter spiegelten sich auf der ruhigen Wasseroberfläche am Hafen. Abertausende kleine Punkte, die fröhlich hin und her tanzten. Ich stützte meine nackten Unterarme auf die Brüstung. Dieses vertraute Dunkelblau, an dem ich mittlerweile schon so oft gestanden und aufs Wasser geblickt habe, beeindruckte mich immer wieder. Ich liebte die Aussicht, egal ob ich sie im hellen Licht der Sonne betrachtete, oder wie gerade bei Nacht, wenn einige wenige beleuchtete Schiffe im Hafen lagen. Manche Menschen in Harpers Ferry lebten auf ihren Booten und wenn ich mir das so ansah, je länger ich darüber nachdachte, umso klarer wurde, dass wir irgendwann ein Boot kaufen sollten. Das wäre cool. Wenn Katie Ferien in der Schule hätte, konnten wir große Touren unternehmen und vielleicht sogar Urlaub auf dem Boot machen. Jepp, das war definitiv etwas, das wir unbedingt brauchten.

»Ist eigentlich schon jemals ein Scheck geplatzt, auf dem der Name ›Molina‹ stand?«, fragte mich die helle Stimme von Florence. »Ich habe eben den Stationsleiter des Pflegeheims getroffen, ich soll dir seinen unendlichen Dank für diese großzügige Spende aussprechen.«

»Gern.«

»Das hättest du nicht tun müssen!«

»Ich weiß, aber sie ist deine Mutter. Ich will, dass es meinen Frauen gut geht.« Florence warf mir einen Blick zu, der deutlich zeigte, wie sehr er mich liebte. »Außerdem glaube ich, wir brauchen ein Segelboot«, sagte ich, als Florence neben mir zum Stehen kam. »Ich meine, überleg doch mal, wie toll wir Urlaub machen könnten, oder die Wochenenden draußen auf dem Ozean verbringen. Das wäre doch genial, oder nicht?«

Skeptisch sah sie mich an, legte eine Hand auf meinen Unterarm und tätschelte ihn. »Hast du denn einen Segelschein, mein Schatz?«

»Was?« Ich kratzte mich mit der anderen Hand am Hinterkopf. »Braucht man den denn?«

»Nun, ich denke, das sieht die Wasserschutzpolizei anders und ja, ich denke, man darf nicht einfach so fahren, wie man es möchte.«

»Wann soll ich das denn bitte machen? Ich meine, ich habe echt mehr als beide Hände voll zu tun. «

Sie lächelte mich nachsichtig an und ich liebte dieses schelmische Grinsen, das sie immer dann zur Schau trug, wenn sie sich an etwas erinnerte. Ich drehte mich zu ihr und lehnte mich mit der Hüfte gegen das blaue Metall. »Letzte Nacht hattest du beide Hände voll zu tun, das ist richtig.«

Nun musste ich auch grinsen. »Ja, ich war gut … beschäftigt.«

»Ich verstehe, dass du keine Zeit für die ganzen Unterrichtsstunden und das Gelerne für einen Segelschein hast.«

»Siehst du, sag ich doch.« Mein Handy vibrierte und es war meine Mom, die ein Foto von meinem Dad, Katie und sich schickte.

»Gehts Katie gut?«

»Ja ihr gehts sehr gut. Ich bin nicht sicher, ob sie das zweite oder das dritte Eis heute bekommt!« Lachend zeigte Florence das Foto.

»Lass sie, sie ist in den Ferien. Natürlich wird sie sich von Eis ernähren. Aber nicht nur.«

»So, davon bist du überzeugt, ja?«, fragte ich und zog die wunderschöne Frau vor mir an mich. Sie roch so gut. Dieser Geruch verfolgte mich, ängstigte mich und machte mich gleichzeitig zum glücklichsten Mann der Welt. Wenn ich immer mal wieder in die Stadt musste, weil ich im Verlag etwas zu klären hatte, oder meine Eltern besuchte, dann war ihr Duft eines der Dinge, die ich am meisten vermisste. Wie hatte ich nur jemals ohne Florence leben können? Wie hatte ich das nur überhaupt in Erwägung ziehen können? Ich musste von allen guten Geistern verlassen gewesen sein.

»Ach, sie wird auch Chicken Nuggets essen, Burger und Fritten, Brownies und Milchshakes trinken. Oh, und das Karamellpopcorn, das niemand so gut kann wie deine Mom.«

»Du machst mir Hoffnung.«

»Wir können wieder streng sein, wenn sie wieder zu Hause ist.«

Zu Hause. Es fühlte sich immer noch seltsam an, das zu sagen, aber Florence hatte recht. Harpers Ferry war jetzt unser Zuhause. Katie und ich waren in Harpers Ferry geblieben, nachdem ich mich mit Florence vertragen hatte. Außerdem hatte ich den Brief von Phoebe, welchen ich als Mahnmal, mich nie mehr selbst zu vergessen und meine Gefühle zu vernachlässigen, in meinem Nachttisch liegen. Harpers Ferry – Kleinstadt mit Herz.

»Apropos Zuhause«, sagte ich und beugte mich zu Florence. »Wollen wir nach Hause gehen?«

»Aber das Hafenfest ist nur einmal im Jahr!«, brachte sie schwer atmend hervor, da ich mich gerade an ihrem Kiefer entlangküsste.

»Das bedeutet aber«, hauchte ich gegen ihre weiche Haut, »dass es nächstes Jahr doch wieder ist.«

»Damit hast du recht und eigentlich haben wir ja auch schon alles gesehen, was wir sehen wollten, oder?«

»Finde ich auch!«

»Na, ihr beiden Turteltauben?«

»Hi, Jim«, sagte ich, den Mund immer noch an Florence' Körper. Jim und ich verstanden uns mittlerweile ganz gut und wir gingen ab und an ein Bier zusammen trinken.
»Hi!«, quietschte Florence, entzog sich mir und ich verdrehte die Augen.
»Falscher Zeitpunkt, Alter!«
»Nein, Mann. Richtiger Zeitpunkt!«
»Was ist los?«
»Erinnerst du dich an die Kleine? Vor Kurzem in der Bar am Hafen?«
»Mr. Molina? Haben Sie mir etwas zu sagen?« Florence hatte die Arme vor der Brust gekreuzt und sah mich streng an.
»Ich erinnere mich.« Ich ignorierte sie und versuchte, nicht auf ihren vollen Busen zu starren.
»Ich erinnere mich nicht, könnte mich jemand erleuchten?«, warf sie ein.
»Dafür ist jetzt keine Zeit.« Jim klang aufgeregt. »Ich wusste, dass ich sie irgendwoher kenne.«
»Okay, und das ist gerade jetzt wichtig, weil?«, brachte ich durch zusammengebissene Zähne hervor. »Wir wollten gerade gehen! Können wir das nicht morgen bei einem Bier besprechen? Morgen ist auch ein Spiel, das könnten wir uns ansehen.«
»Es ist wirklich wichtig. Sie ist keine Neue in Harpers Ferry, wie ich heute gemerkt habe.«
»Okay, aber das kann doch mal vorkommen.«
»Nicht, wenn sie dir eine förmliche Klage zustellt, und dir sagt, dass sie der vorläufige Vormund deines Kindes ist.«
Sprachlos starrte ich ihn an. Sprachlos starrte er zurück. Aus dem Augenwinkel sah ich, dass sich Florence Mund öffnete und schloss wie ein Fisch auf dem Trockenen.
»Das ist nicht dein Ernst.« Ich schüttelte frustriert den Kopf, Jim nickte, auch wenn mir klar war, dass er darüber keine Witze machen würde. »Geh schon mal vor, Baby, ich ...«
»Ich versteh schon, er war für dich da, du jetzt für ihn.«
Jim zwinkerte ihr zu und zuckte die Schultern.

»Ich hab ihm viel zu verdanken.« Das hatte ich wirklich, denn Jim war einer derjenigen, der mich verstehen konnte. Weil er damals seine große Liebe verloren hatte, wie er mir erzählt hatte. Sie war vielleicht nicht tot, aber was sie mit ihm gemacht hatte, war noch wesentlich einschneidender gewesen, als ich es jemals für möglich gehalten hätte. »Wir sehen uns später zu Hause, okay?«

»Ja, viel Spaß euch, Jungs. Wir sehen uns zu Hause.« Ich legte eine Hand an ihre Wange, küsste Florence tief und sah ihr hinterher, als sie den Weg durch das bunt beleuchtete und von Menschen gefüllte Hafenfest machte, um nach Hause zu gehen. In unser gemeinsames Haus, das Phoebe für uns ausgesucht hatte.

»Also, Mann, was ist denn passiert?«, fragte ich und Jim und ich gingen in die entgegengesetzte Richtung, um uns Bier zu besorgen. Es klang ziemlich ernst. »Hast du die Klage dabei?«

Er reichte mir die Dokumente und ich las sie durch, während er unser Bier bestellte. Verfluchter Mist. Jim saß wirklich tief in der Scheiße, wenn man den Dokumenten Glauben schenken durfte.

* * *

»Hey, Babe«, wisperte ich meiner wundervollen, schlafenden Freundin ins Ohr und küsste sie sanft. »Aufwachen.«

»Was?«, kam es verschlafen von ihr. »Wie viel Uhr ist es?«

»Es ist mitten in der Nacht, aber ich habe dir versprochen, dass ich dich wecke, wenn ich heimkomme.«

»Alles okay mit Jim?«

»Nun … nein, aber das ist jetzt nicht unser Problem.«

»Was ist denn dann unser Problem?«

»Haben wir eins?«

»Ich weiß nicht, haben wir?«

»Wenn wir eins haben, dann hat es damit zu tun, dass ich mich zu wenig um dich kümmere.« Mit einer fließenden Handbewegung zog ich mein Shirt über den Kopf, öffnete den

Gürtel meiner Hose und schob sie zusammen mit meinen Shorts in einem Rutsch nach unten.

»Eine Frage, Molina.« Florence angelte nach der Nachttischlampe und schaltete sie an. Ich liebte es, dass ihre kurzen Haare so verzottelt um ihr Gesicht hingen und sie offensichtlich nackt geschlafen hatte. »Du kümmerst dich zu wenig um mich und darum ziehst du dich aus?«

Ich biss auf meine Lippe. »Du hast das für dich ja anscheinend schon erledigt.«

»Es ist heiß.«

»Aha, klar!« Die Ironie tropfte aus jeder meiner Poren und ich streckte die Hand aus, fuhr an ihrem nackten Bein entlang und massierte leicht die Innenseite ihres Oberschenkels. »Es ist heiß.«

»Ja«, seufzte sie. »Das ist es. Und darum hab ich mich ausgezogen.«

Ich warf einen skeptischen Blick auf Florence. »Hast du dich selbst berührt?«, fragte ich direkt, den Blick demonstrativ auf den Vibrator, den sie nicht zurück in die Schublade geräumt hatte, neben ihr haftend.

»Nein.«

»Du lügst!«, stieß ich heiser aus, kam zu ihr aufs Bett und kickte die Decke komplett nach unten auf den Boden. »Wieso lügst du mich an, Florence?«

»Ich lüge ... nicht«, erklärte sie erneut, beobachtete mich mit Adleraugen, als ich den Vibrator auf sanfte Stufe anstellte und von ihrem rechten Hüftknochen zum linken gleiten ließ.

»Na, na, na« Ich schnalzte tadelnd mit der Zunge. »Ich glaube dir nicht.«

Ich fuhr mit dem grauen, großen Teil über ihre Klit und sie zuckte zusammen, bog den Rücken durch und da ich meine Frau mittlerweile sehr gut kannte, wusste ich, dass sie nach mehr bettelte. »Von null auf hundert ... in wenigen Sekunden.«

»Was soll ich tun? Das ist es, was du mit mir machst.«

»Das höre ich gern.« Ich spielte mit ihr, indem ich den Vibrator immer wieder zwischen ihre Schamlippen gleiten ließ, in sie eintauchte und danach die Feuchtigkeit auf ihrer Klitoris verteilte. Florence hielt sich selbst an den Nippeln fest und drückte die bereits steifen Knospen. Ich genoss es so sehr, wie sinnlich sie war, von sich und ihrem Körper überzeugt. Vollkommen im Einklang. Mein Schwanz war bereits hart und bettelte um Erlösung. Aber er musste noch warten. »Ich steh so dermaßen drauf, wie du dich mir hingibst.« Meine Stimme war heiser, weil ich es wirklich liebte, wenn sie so war. Ich seufzte, verwöhnte sie mit dem Vibrator und ihr leises Stöhnen durchbrach die Stille der Nacht. Das sanfte Licht, in das sie getaucht wurde, in dem sie aussah, als wäre sie ein Engel, erhellte den Raum. Florence stöhnte leise.

»Ich will dich. Ich will dich so sehr. Immer.« Sie klang verzweifelt und ich genoss es, dass sie dasselbe empfand wie ich. Pures Verlangen. »Komm zu mir, Caleb«, wisperte sie mit dieser Stimme, in dieser Tonlage, bei der ich ihr überallhin gefolgt wäre.

Ich ließ den Vibrator noch einmal in sie gleiten, sah, wie sie sich wand und mir entgegenstreckte, wie sie versuchte, tief Luft zu holen, und sie schließlich anhielt, damit sie noch intensiver, noch besser fühlen konnte. »Bitte«, wimmerte sie und ich grinste dreckig, schmiss den Vibrator zur Seite und schob mich mit einem Ruck in sie.

Wir benutzten schon eine ganze Weile kein Kondom mehr, weil wir fest zusammen waren und genauso, wie ich es damals vermutet hatte, war es das Paradies, so mit ihr verbunden zu sein. Ich schob die Hüften heftig vor und zurück, griff an ihren Busen und drückte ihn. Florence keuchte und stöhnte und ich tat es ihr gleich. Es war nicht tief genug. Es würde nie tief genug mit ihr sein, das wusste ich bereits. Egal, wie oft wir beide Sex hatten, wie oft ich mit ihr zusammen den Höhepunkt erreichte, es war immer wieder ein pures, rohes und ungezügeltes Erlebnis. Es war jedes Mal anders und doch so vertraut, wie es nur mit einem Menschen sein konnte, den man ohne Widersprüche liebte und an sich heranließ.

Einem Impuls folgend, verlangsamte ich meine Stöße, zog mich aus ihr zurück und bevor Florence protestieren konnte, legte ich mich auf sie.

Allerdings so, dass ich mich mit meinen Ellbogen neben ihren herrlichen Titten abstützte, damit ich sie nicht erdrückte. Florence schlang ihre Beine um meinen Hintern und drückte mich in sich. Sie grinste dreckig, aber genauso wie ich es liebte.

Unsere Lippen fanden sich und wir küssten uns tief, während ich mich langsam vor und zurück bewegte, ihre süße Pussy genoss und uns beide in ungeahnte Höhen trug.

Erst als sie ihren Orgasmus hinausschrie, und es war mir fuckegal, ob uns jemand hörte, war ich zufrieden und erlaubte mir ebenfalls, zu kommen.

»Ich liebe dich, Florence Price.«
»Ich liebe dich auch, Caleb Molina.«
Wir waren verbunden.
Wir waren eins.
Davor.
Danach.
Und mit jeder Facette dazwischen.
Bis in alle Ewigkeit.

Ende - Du hast noch nicht genug?

Du möchtest mehr von Caleb und Florence lesen?

https://emily-key.de/buecher/just-because-i-need-you/malibu-heat-sehnsucht-bonus-ek23ztop/

Kennst du schon?

Penthouse Affair

Jackson Brewer gilt gemeinsam mit seinem besten Freund Andrew Wellington als einer der abgebrühtesten Makler von ganz New York.

Nicht umsonst haben die beiden es mit Brewer & Wellington an die Spitze der New Yorker Maklerwelt geschafft.

Als gerne gesehener Gast der New Yorker High – Society zieht Jackson gerne Vorteile aus den Kontakten, die er dort knüpft. Zumal er sich vor Angeboten von heißen Frauen nicht retten kann. Doch Sex ist für ihn mehr, als eine kleine Zwischenbeschäftigung. Er liebt es, die Frauen zu verführen und sie um den Verstand zu bringen.

So auch Sarah White. Die Frau, die er eigentlich nicht einmal angucken dürfte, wenn er nicht alles verlieren will, wofür er so hart gearbeitet hat. Sie ist die verbotene Frucht, von der er, einmal gekostet, nicht mehr loskommt. Entgegen aller Vernunft beginnen die beiden eine Affäre im Penthouse des Skyline Palace Hotels.

Schmutzig und ohne Tabus.
Heiß und mit vernebeltem Verstand.
Verbote treffen auf Leidenschaft.
Hingabe auf konventionelle Zwänge.
Willkommen in der Welt von Brewer & Wellington!

Alle Geschichten der New York Gentlemen Reihe sind unabhängig zu lesen und jeweils mit abgeschlossenem Ende.

Kennst du schon?

Mine: Ruby Love

Eine Nacht, die dein Leben verändert.
Eine Nacht, von der niemand etwas erfahren darf.
Jim Mine hat alles, was man sich nur wünschen kann. Ein Apartment mitten in Manhattan, dazu das Aussehen eines griechischen Gottes. Einen absoluten Traumjob als Schönheitschirurg und die besten Freunde, die man sich nur vorstellen kann.
Niemals hätte er gedacht, dass genau *sie* ihm zum Verhängnis werden kann ...
... Jessica Montgomery. Chefärztin der Herzchirurgie, nicht an Beziehungen interessiert, vollkommen freiheitsliebend und die beste Freundin seiner kleinen Schwester.

Die hübsche Frau hat nämlich so ganz und gar keinen Bedarf, den arroganten Kerl, der ihr den letzten Nerv raubt, ständig sehen zu müssen. Auch wenn Jim eindeutig andere Pläne verfolgt.

Immer wieder verwischen die Grenzen zwischen Hass und Leidenschaft.

Immer wieder übertreten sie die Linie zwischen Vernunft und Verlangen.

Immer wieder entsteht ein Drahtseilakt zwischen Eifersucht und Hingabe.

Der dritte Teil der Familie »Mine« der dir den Atem rauben wird. Das Buch ist abgeschlossen und ist unabhängig von den anderen Bänden zu lesen.

Ueber die Autorin

Emily Key ist das Pseudonym, einer mehrfach ausgezeichneten #1 Kindle und Bildbestsellerautorin, die mit ihrem Mann und ihren drei Kindern im wunderschönen Bayern lebt.

Sie liebt es in fremde Welten abzutauchen und diese in Worte zu fassen.

Prickelndes Verlangen, atemraubende Leidenschaft, fesselnde Liebe und verhängnisvolle Hingabe, all diese Attribute vereint sie zu einem Happy End.

Denn jeder hat ein Happy End verdient ... oder?

Weil Bücher der Schlüssel für's Herz sind!

Website: http://www.emily-key.de
E-Mail: Emily@emily-key.de
Instagram: https://www.instagram.com/emilykeyauthor/
Facebook: https://www.facebook.com/EmilyKeyAutor
Tik Tok: https://www.tiktok.com/@emily_key_autor

Weitere Werke der Autorin

Just because I need you
Malibu Heat Hingabe (Malibu Summer Feelings 5)
Malibu Heat - Verlangen (Malibu Summer Feelings 4)
Malibu Heat - Sehnsucht (Malibu Summer Feelings 3)
Melissa & Scott (Malibu Summer Feelings 2)
Hannah & Adam (Malibu Summer Feelings 1)
Malibus Gentlemen: Sammelband

Penthouse Affair
New York Nights - True Passion

Mine - Smaragd Desire (Mine Family Reihe 1)
Mine - Onyx Passion (Mine Family Reihe 2)
Mine - Ruby Love (Mine Family Reihe 3)
Mine - Sapphire Obsession (Mine Family Reihe 4)

Two glorious Mornings (New York Lovestorys Band 1)
Velvet Nights (New York Lovestorys Band 2)
Underground Princess Band I (New York Lovestorys Band 3)
Underground Princess Band II (New York Lovestorys Band 4)
Gentleman's Secret (New York Lovestorys Band 5)

Owen Black – Black Family

Canadian Winter
Canadian Summer

Whiskey on the Rocks
Bourbon on Ice
Scotch and Soda

It's always been you
Three Damn Nights: Für drei Nächte mein Bodyguard - Jackson's Story
Black Tie Affair
Chocolate - Ms Hapers Verlangen

Alle Romane können unabhängig voneinander gelesen werden. *Weitere Ideen und Storys befinden sich in Planung.*

Wenn du keine Neuerscheinung verpassen willst, melde dich zu meinem Newsletter an.
Newsletter & Bonus-Epilog sichern:
https://bit.ly/3FNHoew
Ich freue mich, wenn du mir auf meinen Kanälen folgst, meine Bücher liest und sie bewertest. Damit unterstützt du deine Autorin und kannst dich noch auf viele weitere wundervolle Geschichten freuen.